W0229805

Nathan Englander
Zur Linderung unerträglichen Verlangens

Aus dem Amerikanischen von Martin Richter

Für Merle N. Englander

Für Joel

Ohne die Freundschaft und Unterstützung vieler Menschen wäre dieses Buch nicht entstanden. Ihnen allen bin ich zu großem Dank verpflichtet, außerdem Glen Weldon, Deborah Brodie und Lois Rosenthal von der Zeitschrift *STORY*. Dank auch an Jordan Pavlin für ihre einfühlsamen und klarsichtigen Kommentare und an meine Agentin und geschätzte Freundin Nicole Aragi.

INHALT

DER SIEBENUNDZWANZIGSTE MANN

Die Anweisungen kamen aus Stalins Landhaus in Kunzewo. Er erteilte sie dem diensthabenden Geheimpolizisten mit nicht größerer Regung, als wenn es um die Ermordung von Kulaken, Priestern oder den allzu freimütigen Ehefrauen enger Freunde gegangen wäre. Die Beschuldigten waren am gleichen Tag festzunehmen, gleichzeitig ins Gefängnis einzuliefern und im selben Moment mit einem Keuchen und einem letzten Atemzug durch eine einzige knatternde Gewehrsalve in die Verdammnis zu schicken.

Es ging nicht um Haß, bloß um Gehorsam, denn Stalin wußte, daß man nur einer einzigen Nation treu sein könne. Über die Namen der Schriftsteller auf der Liste wußte er weniger gut Bescheid. Als ihm der schriftliche Befehl am nächsten Morgen vorgelegt wurde, unterschrieb er ihn dennoch, obwohl es nun siebenundzwanzig waren und nicht mehr sechsundzwanzig, wie noch am Tag zuvor.

Es kam nicht darauf an, außer vielleicht für den siebenundzwanzigsten.

Die Anweisungen erlaubten kaum Abänderungen und keinerlei Verzögerung. Sie waren geheim und gleichzeitig auszuführen – letzteres wurde noch einmal besonders hervorgehoben. Doch wie sollten die Geheimpolizisten die Männer aus Moskau und Gorki, Smolensk und Penza, Schuja und Podolsk genau zum selben Zeitpunkt in das Gefängnis nahe dem Dorf X bringen?

Der diensthabende Geheimpolizist war sehr von seinen Führungsqualitäten eingenommen, aber die Rolle des Strategen delegierte er an seinen Hut. Er schnitt die Liste in Streifen, warf diese in den frisch gepreßten Hut und mischte sie vorsichtig, um ihn nicht aus der Form zu bringen. Die meisten dieser Schriftsteller hielten sich gegenwärtig in Moskau auf. Die wenigen, die sich in ihren Heimatdörfern befanden, irgendwo zur Kur waren oder sich in eine Hütte eingeschlossen hatten und versuchten, ein bahnbrechendes Werk zu vollenden, würden bestimmt kräftig Prügel kassieren, wenn zwei von der anstrengenden Fahrt gereizte Geheimpolizisten eintraten.

Nach der Lotterie wurden die Beamten, die einen Namen gezogen hatten, der eine lange Reise bedeutete, von ihren Freunden mit gutmütigem Spott bedacht. Für die meisten würde es ein leichtes Spiel sein, sie hatten kaum mehr zu tun, als einen alten Rebellen in den Wagen zu stoßen, mußten vielleicht erdulden, daß ihnen auf dem Land bei einer Szene des Sich-Sträubens und Haareausraufens vor einem Haufen abergläubischer Bauern die Hemden zerknittert wurden.

Andere hatten es schwer, wie die beiden Geheimpolizisten, die Wassily Korinsky zugewiesen waren. Korinsky sah keinen Ausweg und war bereit, sein Schlafzimmer leise zu verlassen, aber seine Frau Paulina schlug dem kleineren Beamten eine orientalische

Messingvase über den Kopf. Es kam zu einem Handgemenge, Paulina wurde überwältigt, der kleine Beamte bewußtlos hinausgetragen, und eine wertvolle Stunde der zur Verfügung stehenden Zeit war vergeudet.

Dann war da das Paar, das für Moische Bretzky zuständig war. Er liebte den Wodka ebenso aufrichtig wie das Land, aus dem dieser stammte. Auf den ersten Blick hätte man ihn kaum als einen der empfindsamsten jiddischen Lyriker aller Zeiten erkannt. Er war von gewaltigem Umfang, ungepflegt und stank wie ein Pferd. Einmal im Jahr kam ihm während der zehn Bußtage vor *Jom Kippur* sein sündiges Leben zu Bewußtsein, und er entsagte dem Alkohol bis zu diesem Tag. Nach dem Fasten ergriff er Federhalter und Notizblock und schrieb wochenlang fieberhaft in der stickigen Küche seiner Schwester, den schmerzenden Kopf noch immer in den Gebetsschal gehüllt. Das vollendete Werk wurde mit einem randvollen Gläschen Wodka begrüßt. Dann erwachte Bretzkys Durst von neuem, und er verschwand für ein weiteres Jahr. Sein Schwager hätte diesem alljährlichen Ritual einen Riegel vorgeschoben, wären die von Bretzky zurückgelassenen schweißgetränkten Blätter nicht bares Geld wert gewesen.

Die beiden Geheimpolizisten brauchten die ganze Nacht, um Bretzky zu finden. Sie folgten seiner Spur zu einem der Bordelle, die es nicht gab, und wenn es sie doch geben sollte, wurden sie gewiß nicht von Beamten der Geheimpolizei betreten. Dennoch schlichen sie unbemerkt in sein Zimmer. Bretzky lag bewußtlos auf dem Bauch, während unter jedem seiner Arme ein lächelndes Mädchen eingeklemmt lag. Der zeitraubende Vorgang, die Huren zu befreien, Bretzky auf die Beine zu stellen und in den Korridor zu bugsieren, trieb dem jüngeren Mann die Tränen in die Augen.

Der ältere Geheimpolizist ließ den Körper in der Obhut seines Kollegen und ging auf ein Schwätzchen mit der Chefin. Er stellte sich mehrmals vor, als wären sie einander noch nie begegnet, erklärte seine Notlage und zog ein Dutzend Frauen zur Unterstützung heran.

Zwölf der stärksten Damen des Hauses mit rosa oder roten Roben, Flitterpantoffeln und lackierten Zehennägeln trugen den Bären unter lautem Gekicher zum wartenden Auto. Wäre Bretzky bei Bewußtsein gewesen, hätte er einen solchen Aufruhr über alle Maßen genossen.

Die einfachste unter den mühsamen Entführungen war die von Y. Zunser, dem ältesten der Gruppe. Gegen ihn hatte sich 1949 einer der ersten gefährlichen Angriffe wegen Kosmopolitentums gerichtet. In der *Literaturnaja Gazeta* vom 19. Februar war er als überholter Autor kritisiert, des Anti-Sowjetismus' bezichtigt und wegen seines Künstlernamens gescholten worden, der seine jüdischen Wurzeln verstecken sollte. Im gleichen Heft wurde sein wahrer Name Melman mitgeteilt und ihm so die Privatsphäre geraubt, die er bis dahin sehr genossen hatte.

Drei Jahre später holten sie ihn ab. Die beiden Geheimpolizisten waren von diesem Auftrag alles andere als begeistert. Auf der Oberschule hatten sie beide einen jüdischen Literaturlehrer gehabt, den sie trotz seiner Abstammung bewunderten und der ihnen sogar ein oder zwei Gedichte abgerungen hatte. Beide waren recht anständige Burschen, und die Gefangennahme eines einundachtzigjährigen Mannes paßte nicht ganz in ihr Bild vom mutigen Dienst an der Partei. Sie führten bloß ihre Befehle aus. Dennoch verbarg sich irgendwo unter ihren Rechtfertigungen eine tiefsitzende Furcht vor Strafe.

Es war noch vor Sonnenaufgang, und Zunser saß bereits angezogen vor einer Tasse Tee am Tisch. Die Beamten baten ihn, freiwillig aufzustehen, wobei der eine es mit dem Namen Zunser versuchte und der andere Melman beschwor. Er weigerte sich.

»Ich werde mich weder wehren noch mithelfen. Die Verantwortung ruht ganz allein auf Ihrem Gewissen.«

»Wir haben unsere Befehle.«

»Ich habe nicht gesagt, Sie hätten keine Befehle. Ich sagte, Sie müssen die Verantwortung selber tragen.«

Zuerst versuchten sie ihn an den Armen hochzuheben, aber Zunser war zu zerbrechlich dafür. Dann packte der eine seine Fußknöchel, während der andere ihn um den Brustkasten faßte. Zunsers Kopf fiel zurück. Die Geheimpolizisten fürchteten ihn umzubringen, was man ihnen untersagt hatte. Sie legten ihn auf den Boden, und der größere der beiden hob ihn auf und trug den alten Mann wie ein Kind in den Armen.

Als sie an einem Bild seiner gestorbenen Frau vorbeigingen, bat Zunser sie, einen Augenblick stehenzubleiben. Ihm schien, das Foto habe einen neuen Ausdruck von Gram angenommen, als wollten sich die sepiafarbenen Augen mit Tränen füllen. Er sagte laut: »Es macht nichts, Katja. Mit deinem Tode war mein Leben vorbei; alles, was danach kam, war Nostalgie.« Der Geheimpolizist verlagerte das Gewicht des Romantikers auf seinen Armen und ging zur Tür hinaus.

Die einzige komplizierte Entführung außerhalb Moskaus hätte die einfachste von allen siebenundzwanzig sein sollen. Die simple Aufgabe bestand darin, Pinchas Pelovitz aus dem Gasthaus zu holen, an dem die Straße zum Dorf X und zum Gefängnis vorbeiführte.

Pinchas Pelovitz hatte sich seine eigene Welt mit einem mitfühlenden Gott und einer bunten Menge von Gläubigen geschaffen. Die Menschen dieser Welt stellte er durch moralische Zwangslagen und Tragödien – und manchmal auch noch wirkungsvoller durch Freude und Glücksfälle – auf die Probe. In seinen Notizbüchern zeichnete er die Prüfungen und Ereignisse dieser Welt in Erzählungen und Romanen, Essays und Gedichten, Liedern, Hymnen, Märchen, Witzen und ausführlichen Geschichtsbüchern auf, die bis zu seiner eigenen Epoche reichen.

Seine Eltern wußten nie, was sie von ihrem Sohn halten sollten, der den ganzen Tag schrieb, aber nichts veröffentlichte, der über seinen Romanen lachte und weinte, aber im alltäglichen Leben Sinn für scharfe Logik bewies. Was sie aber wußten, war, daß Pinchas gewiß nicht das Gasthaus übernehmen würde.

Als sie zu alt wurden, um es weiterzuführen, blieb ihnen nichts anderes übrig, als es zu einem lächerlich niedrigen Preis zu verkaufen – vorausgesetzt, die neuen Besitzer würden dem Jungen sein Zimmer lassen und ihm zu essen geben, wenn er hungrig war. Selbst als das Haus Staatseigentum wurde, ließ man Pinchas in seinem Träumerzimmer in Frieden: *was soll's, der ist harmlos; er ist wie ein Glücksbringer für das Gasthaus; niemand weiß, daß er überhaupt da ist; vielleicht schreibt er die Geschichte dieses Lokals auf, und wir werden noch alle berühmt.* Er schrieb sie nicht auf, aber wer weiß, vielleicht hätte er es einmal getan, wenn sein Name, den Reisende flüsternd weitertrugen, nicht auf Stalins Liste gelangt wäre.

Die beiden Geheimpolizisten erreichten das Gasthaus in einer klapprigen Droschke und gaben sich als Söhne verarmter Landbesitzer aus, ein Einfall, von dem sie hofften, daß er ihre Vorgesetzten erheitern könnte. Der eine hatte eine Luger (ein Andenken aus dem Krieg), der andere trug einen Gummiknüppel im Stiefel. Sie fanden den schmalen Korridor, der zu Pinchas' Zimmer führte, und klopften an die Tür. »Keinen Hunger«, war die Antwort. Der Geheimpolizist mit der Luger stieß mit der Hüfte gegen die Tür, sie bewegte sich nicht. »Versuch's mit der Klinke«, sagte die Stimme. Er tat es, und die Tür ging auf.

»Du kommst mit uns«, sagte der mit dem Knüppel im Stiefel.

»Kommt nicht in Frage«, stellte Pinchas sachlich fest. Der Geheimpolizist fragte sich, ob sein »Du kommst mit uns« ebenso überzeugend geklungen habe.

»Leg das Buch auf den Stapel, zieh die Schuhe an und komm.« Der Beamte mit der Pistole sprach langsam. »Du bist wegen anti-sowjetischer Aktivitäten festgenommen.«

Dieser Vorwurf machte Pinchas sprachlos. Er dachte einen Moment nach und kam zu dem Ergebnis, es gebe nur eine einzige Verfehlung, mit der er zu tun gehabt habe, obwohl es ihm etwas übertrieben schien, dafür eingesperrt zu werden.

»Sie können sie haben, aber eigentlich gehören sie

mir gar nicht. Sie steckten in einem Buch von Zunser, das ein Gast vergessen hat, und ich wußte nicht, wo ich sie hinschicken sollte. Trotzdem hab ich sie mir genau angesehen. Sie können mich mitnehmen.« Er reichte den Geheimpolizisten fünf Postkarten. Drei waren detaillierte Federzeichnungen einer Geisha in wechselnden Stellungen mit weit gespreizten Beinen. Die beiden anderen waren identische Fotos einer drallen russischen Maid vor gemaltem Tropenhintergrund, die einen Hularock trug und vergeblich versuchte, ihre Brüste zu bedecken. Pinchas begann seine Notizbücher aufzustapeln, während die Geheimpolizisten die Plastikkarten unter sich aufteilten. Er war traurig, der Versuchung nicht widerstanden zu haben. Er würde seine Spaziergänge vermissen und das Schreibpult, auf dessen bunt gesprenkelter Platte er geschrieben hatte.

»Darf ich mein Pult mitnehmen?«

Der Mann mit der Luger wurde allmählich nervös. »Du brauchst nichts, zieh bloß deine Schuhe an.«

»Meine Bücher wären mir lieber als die Schuhe«, sagte Pinchas. »Im Sommer geh ich manchmal ohne Schuhe spazieren, aber nie ohne einen Roman. Setzen Sie sich, während ich meine Notizen ordne –«, und Pinchas fiel vom Knauf der Pistole getroffen zu Boden. In eine Bettdecke gerollt, aus der seine nackten Füße hervorlugten, wurde er aus dem Gasthaus geschleppt.

Als Pinchas erwachte, hatte er von dem Schlag und der allzu engen Augenbinde Kopfschmerzen. Sie wurden schlimmer durch das Geräusch des brechenden Eises unter den Droschkenrädern, wie es typisch für die Straße am Fluß westlich von X war. »Auf dieser Straße ist die Brücke unpassierbar«, sagte er. »Am besten nehmen Sie die Abkürzung durch Bunakow. Das machen im Winter alle.«

Der Gummiknüppel wurde aus dem Stiefel gezogen, und Pinchas bekam einen weiteren Schlag über den Kopf. Die Vorstellung, ihr Gefangener könne gleich bei der Ankunft den Namen des Geheimgefängnisses ausposaunen, war demütigend. Um ihn zu verwirren, bogen sie auf eine offensichtlich unbenutzte Landstraße. Es hat seine Gründe, wenn unbenutzte Straßen nicht benutzt werden. Keinen halben Kilometer weiter brach ein Rad, und es ging zu Fuß weiter zu einer nahegelegenen Schweinezucht. Der Beamte mit der Pistole beschlagnahmte einen Eselskarren und ließ einen wütend fluchenden und gegen die Stallwand tretenden Schweinezüchter zurück.

Bei der Ankunft waren alle drei ein wenig erleichtert: Pinchas, weil ihm aufging, daß diese Sache mit mehr als bloß seinem kleinen Vergehen zu tun hatte, und die Geheimpolizisten, weil drei andere Wagen nur wenige Minuten vor ihnen eingetroffen waren – allesamt sträflich verspätet.

Beim Eintreffen der Nachzügler hatte sich der erste Schrecken der dreiundzwanzig anderen schon gelegt. Die Situation war ernst und gespannt, aber auch einzigartig. Eine bedeutende Auswahl der überlebenden jiddischen Schriftsteller Europas wurde in einem Raum von den Ausmaßen einer weiträumigen Kammer festgehalten. Hätten sie gewußt, daß sie sterben würden, wäre es vielleicht anders gewesen. Da sie es nicht wußten, wollte I. J. Manger nicht, daß Mani Zaretzky ihn wegen *Rachmones* weinen sah. Er hatte auch gar keine Zeit dazu. Pjotr Koljasin, der berühmte Atheist, hatte ihn bereits in eine hitzige Diskussion darüber verwickelt, was es bedeute, wenn man Gottes Willen einsetze, um in eine zuvor »logische« Handlung drastisch einzugreifen. Manger verstand das als Angriff auf sein Werk und fragte Koljasin, ob er alles, was er nicht verstehe, als »unlogisch« bezeichne. Auch die gegenwärtige Lage war zu besprechen, außerdem alte Rivalitäten, neue Gedichte, umstrittene Rezensionen, Zeitschriften, die auch schon mal besser gewesen waren, vielversprechende Redakteure und natürlich der Klatsch, denn hatten sie nicht gehört, Lew habe sein letztes Manuskript zum Feueranzünden verwendet?

Als der Lärm zu groß wurde, öffnete ein Wärter das Guckloch in der Tür und sah, daß eine allgemeine Diskussion im Gange war. Dies führte dazu, daß die anderen bei der Ankunft von Nummer vierundzwanzig bis siebenundzwanzig bereits auf kleinere Zellen verteilt worden waren.

Jede Zelle sollte vier Gefangene aufnehmen und enthielt drei verrottende Matten zum Schlafen. Die hölzernen Bretterwände hatten rohe Löcher, und es war schwer zu sagen, ob diese von den Wärtern zur Belüftung gebohrt worden waren oder ob frühere Gefangene sie mühsam herausgekratzt hatten, um sich der Existenz der Außenwelt zu versichern.

Die vier Nachzügler hatten sich sofort hingelegt, Pinchas auf den nackten Boden. Er war benommen und zitterte, unterdrückte aber sein Stöhnen, damit die anderen schlafen könnten. Seine Zellengenossen dachten nicht einmal an Schlaf: Wassily Korinsky aus Sorge, was aus seiner Frau werden würde, Zunser, weil er sich an die gewandelte Lage anzupassen suchte (die einzige Veränderung, die er in seiner Alltagsroutine geplant hatte, war der Tod gewesen, und der im Schlaf), und Bretzky, weil er gar nicht richtig wach gewesen war.

Außer Pinchas hatte keiner eine Ahnung, wie lange sie gefahren waren, ob von morgens bis abends oder bis zum nächsten Tag. Pinchas versuchte seine Reise als Rettungsanker zu benutzen, verlor in der Dunkelheit aber bald das Zeitgefühl. Er lauschte dem Atem der anderen, um sicherzugehen, daß sie lebten.

Die Glühbirne, die an einem zerschlissenen Kabel von der Decke hing, ging an. Es war eine Erlösung: nicht nur ein Ende der Dunkelheit, sondern ein Einschnitt, eine Naht in der scheinbaren Unendlichkeit.

Ohne zu blinzeln, starrten sie in das matte Leuchten der Birne und hatten Angst, von ihr im Stich gelassen zu werden. Alle außer Bretzky, dessen massiger Körper bereits nach einem Wodka dürstete und der sich nicht traute, die Augen zu öffnen.

Zunser sprach als erster. »Mit dem Morgen kommt die Hoffnung.«

»Auf was?« fragte Korinsky aus dem Mundwinkel. Sein Auge war an ein Loch in der Rückwand gepreßt.

»Auf einen Ausweg«, antwortete Zunser. Er beobachtete die Glühbirne und fragte sich, wieviel Strom das Kabel führe, wie er herankommen könne und für wie viele von ihnen er ausreichen würde.

Korinsky mißverstand diese Worte als einen Ausdruck von Optimismus. »Ihr Ausweg und Ihr Morgen, pah! Draußen ist es stockdunkel. Entweder ist es Nacht, oder wir sind an einem Ort ohne Sonne. Ich werde hier noch erfrieren.«

Alle waren ein wenig schockiert, als Bretzky zu reden begann. »Abgesehen davon, daß du keine von den Huren bist, die ich bezahlt habe, und daß das hier nicht das Bett ist, in das wir gefallen sind, blicke ich nicht durch. Egal wie die Umstände sind, ich werd sie aushalten, aber nicht, wenn du vor einem alten Mann in Hemdsärmeln und diesem mageren Burschen ohne Schuhe rumjammerst, dir wär kalt.« Seine Beobachtungsgabe kehrte bereits zurück, obwohl *Jom Kippur* noch Monate entfernt war.

»Mir geht's gut«, sagte Pinchas. »Ein Buch wär mir lieber als Schuhe.«

Alle runzelten die Stirn und musterten ihn, sogar Bretzky stützte sich auf dem Ellbogen auf.

Zunser lachte, dann fielen die anderen drei ein. Ja, es wäre viel besser, ein Buch zu haben. Ein Buch von wem? Sicher nicht die Broschüre von diesem Narren Horiansky – ein wohlbekannter und aktueller Fehlschlag. Ihr Gelächter wurde lauter. Korinsky verstummte aus Sorge, einer der anderen Männer in der Zelle könne Horiansky sein. Zum Glück befand sich Horiansky in einer Zelle am anderen Ende des Ganges, und so blieb ihm diese tiefste Demütigung vor seinem Tod erspart.

Keiner sagte etwas, bis die Glühbirne wieder ausging, und dann blieben sie stumm, weil es Nacht zu sein schien. Es war jedoch nicht Nacht. Korinsky sah Licht durch die Löcher und Ritzen in den Latten. Er würde es den anderen erzählen, sobald die Birne wieder anging, falls das je geschah.

Pinchas hätte endlos lachen können, oder wenigstens bis zu seiner Hinrichtung. Sein Geist war nicht geschult und nie zur Zurückhaltung angehalten oder für seinen unbekümmerten Überschwang bestraft worden. Pinchas hatte geschrieben, weil ihn nichts anderes interessierte, außer seinen Spaziergängen und den Bildern, die er verstohlen betrachtet hatte. Seit seiner Kindheit hatte er es keinen Tag versäumt zu schreiben.

Ohne Papier und Tinte dachte er sich eine Geschichte aus und entschied sich für etwas Kurzes, das er ausfeilen und bis zu seiner Freilassung jeden Tag ein Stückchen weiterführen konnte.

Zunser spürte, wie die Kälte des Bodens in seine Knochen drang und sie spröde machte. Es war sowieso an der Zeit. Er hatte ein langes Leben gehabt und Anerkennung für etwas genossen, das ihm Freude gemacht hatte. Alle anderen, die seine Stufe des Ruhms erreicht hatten, waren in den Vernichtungslagern verendet oder nach Amerika gegangen. Wie sollte Erfolg überhaupt noch von Belang sein, wenn es keine Konkurrenz mehr gab? Warum überhaupt schreiben, wenn deine Leser zu Asche geworden sind? Überlebe niemals deine Sprache. Zunser drehte sich auf die Seite.

Bretzky schwitzte den Alkohol aus. Er versuchte sich einzureden, daß alles eine Vision im Rausch sei, deutlicher zwar, weil er älter wurde, aber dennoch ein Trugbild. Wie oft hatte er sich schon umgedreht, weil er seinen Namen rufen hörte, ohne jemanden zu erblicken? Er tastete nach einer Brust, einer weichen, rosigen Wange, einem Stück Satin und schlief ein.

Bevor er die Augen schloß und dabei nur neue Dunkelheit fand, sprach sich Pinchas zum letzten Mal stumm den ersten Absatz vor:

An dem Morgen, als Mendel Muskatow erwachte und sah, daß sein Schreibpult, sein Zimmer und die Sonne verschwunden waren, glaubte er gestorben zu sein. Das beunruhigte ihn, und so sprach er das Totengebet und dachte dabei an sich selbst. Dann fragte er sich, ob so etwas erlaubt sei, und sorgte sich nun, die erste Handlung nach seinem Tod könne eine Sünde gewesen sein.

Als das Licht wieder anging, regte sich Korinsky merklich, als müsse er das Eis brechen und als wären sie den Regeln der zivilisierten Gesellschaft verpflichtet. »Wissen Sie, es ist gar nicht Morgen, es ist ungefähr neun oder zehn, spätestens Mitternacht.«

Pinchas rezitierte stumm seinen Absatz, spielte mit den Wörtern, fügte Veränderungen ein und wünschte sich, er hätte eine Schiefertafel.

Korinsky wartete auf eine Antwort und starrte die anderen an. Schwer zu glauben, daß sie Schriftsteller waren. Bestimmt war er auch zerzaust, aber er hatte doch wenigstens noch ein bißchen Stil. Diese anderen, ein Trinker, ein inkontinenter alter Brummbär und ein Idiot, konnten nicht von seinem Kaliber sein. Sogar der Versager Horiansky wäre ihm jetzt recht gewesen. »Ich habe gesagt, es ist gar nicht Morgen. Die versuchen uns zu täuschen, unsere innere Uhr durcheinanderzubringen.«

»Dann schlaf weiter und laß uns unsere Täuschung.« Bretzky hatte diesen Holzkopf schon gestern gewarnt.

Er wollte der Liste angeblicher Verbrechen nicht noch einen Mord hinzufügen.

»Sie sollten nicht so abfällig mit mir reden. Ich versuche bloß, uns etwas Würde zu bewahren, solange wir hier festgehalten werden.«

Zunser saß mit dem Rücken zur Wand und benutzte seine gefaltete Matte wie einen Stuhl, um sich vor den Splittern zu schützen. »Sie sagen ›festgehalten‹, als wäre es etwas Vorübergehendes und wir würden demnächst irgendwohin kommen, wo es uns besser gefällt.«

Korinsky wandte den Blick zu Zunser und musterte ihn von oben bis unten. Er ließ sich nicht gerne provozieren, schon gar nicht von einem alten Trottel, der nicht wußte, wen er vor sich hatte.

»Genosse«, sprach er Zunser mit beißender Stimme an, »ich bin ganz sicher, meine Verhaftung ist bloß ein bürokratischer Irrtum. Ich weiß nicht, was Sie geschrieben haben, das Sie hierhergebracht hat, aber meine Weste ist rein. Ich war führendes Mitglied des Antifaschistischen Komitees, und meine Ode *Stalin aus Silber, Stalin aus Gold* ist im ganzen Land beliebt.«

»»Einst weckte uns der Freiheit Morgenglut, nun säuft der große Stalin unser Blut.‹« Bretzky zitierte eine Verballhornung von Korinskys Gedicht, die von frechen Kindern und trunkenen Freigeistern verbreitet worden war.

»Wagen Sie nicht, mich zu verspotten!«

»Ich hatte noch nicht das Vergnügen, das Original zu hören«, sagte Zunser, »aber ich muß sagen, die Parodie klingt ganz unterhaltsam.«

»»Einst weckte uns der Freiheit Morgenglut, nun

ruht das Land in Stalins weiser Hut.‹« Alle Köpfe
wandten sich Pinchas zu, Korinskys am schnellsten.

»Wundervoll«, sagte Korinsky höhnisch zu den beiden anderen. »Es ist doch schön, wenigstens einen Bewunderer um sich zu haben.«

Dies war eine der vielen menschlichen Situationen,
die Pinchas noch nie erlebt hatte. Er merkte es nicht,
wenn jemand Lobhudelei forderte.

»Oh, ich bin kein Bewunderer. Sie sind ein Meister
der jiddischen Sprache, aber alle Ihre Werke leiden an
einer plumpen Parteidoktrin, die nichts mit den Menschen zu tun hat, über die Sie schreiben.« Er sagte es
mit einer Beredsamkeit, die in Korinskys Ohren klang,
als rede der Narr von oben herab.

»Die Figuren sind doch bloß Vehikel, Erfindun-
gen!« schrie er Pinchas an. Es ist doch ein Idiot, den
ich hier anschreie, dachte er, während die beiden anderen sich schieflachten.

»Die Figuren sind sehr wirklich«, sagte Pinchas und
begann wieder, sich vor und zurück zu wiegen und vor
sich hin zu murmeln.

»Was habt ihr Dummköpfe eigentlich zu lachen?
Meine Bücher werden jedenfalls gelesen.«

Bretzky geriet erneut in Zorn. »Mit mir kannst du
reden, wie du willst. Wenn's mich zu sehr stört, reiß
ich dir den Kopf ab.« Er machte eine kneifende Bewegung mit den kräftigen Fingern. »Aber zeig ein
bißchen mehr Respekt für Ältere. Außerdem hab ich
das vage Gefühl, das Gesicht dieses alten Mannes gehört dem legendären Zunser, der jeden anderen leben-
den Schriftsteller in Rußland weit überragt, ob jiddisch
oder nicht.«

»Zunser?« fragte Korinsky.

»Y. Zunser!« kreischte Pinchas. Er konnte sich nicht vorstellen, mit einem so einzigartigen Geist die Zelle zu teilen. Pinchas hatte Zunser nie für einen wirklichen Menschen gehalten. Mein Gott, er hatte den großen Seher in einen Eimer pinkeln sehen. »Zunser«, sagte er zu dem Mann. Er stand auf, hämmerte gegen die Tür und schrie wieder und wieder »Zunser«, als wäre es ein Losungswort, das seine Wärter verstehen und bei dem sie erkennen müßten, daß das Spiel jetzt vorbei war.

Ein Wärter kam den Korridor entlang und schlug Pinchas zu Boden. Er ließ eine Schale Wasser und ein paar Krusten Schwarzbrot da. Die drei aßen schnell. Bretzky hielt den Verletzten, während Zunser ihm etwas Wasser einflößte.

»Der ist verrückt, er wird uns noch umbringen.« Korinsky stand mit dem Auge an einem Astloch und spähte in die Dunkelheit ihres Tages.

»Uns vielleicht, aber wer würde es wagen, den Hofdichter des kommunistischen Reiches umzubringen?« Bretzkys Stimme war beißend, obwohl sein Gesichtsausdruck nichts davon merken ließ. Er hielt Pinchas' schlaffen Körper in den Armen, während Zunser dem Jungen die Stirn mit dem Ärmel abtupfte.

»Es ist jetzt nicht die Zeit, Witze zu reißen. Ich wollte ein Treffen mit dem Wärter arrangieren, aber das Geschrei von dem Irren hat's vermasselt. Kriegt einen Anfall wie ein junges Mädchen. Hat er noch nie einen Mann getroffen, den er bewundert?« Korinsky steckte den Finger durch eins der größeren Löcher, als versuche er die Oberfläche der Dunkelheit draußen zu betasten. »Wer weiß, wann der Wärter wiederkommt.«

»Ich würde mich nicht beeilen, rauszukommen«, sagte Zunser. »Ich versichere Ihnen, es gibt hier nur einen Ausgang.«

»Ihr Gerede führt uns nicht weiter.« Korinsky lehnte sich mit der Schulter an eine kalte Planke.

»Und was hat Sie weitergeführt?« fragte Zunser. »Ihre Liebesgedichte an die Partei? Ich höre keinen Hufschlag in der Ferne. Stalin gibt seinem Roß nicht gerade die Sporen, um Sie zu retten.«

»Er weiß nichts davon. Er würde denen nicht erlauben, so mit mir umzuspringen.«

»Mit Ihnen vielleicht nicht, aber mit dem Juden, der Ihren Namen trägt und in Ihrem Haus wohnt und neben Ihrer Frau schläft.« Zunser massierte sein steif werdendes Knie.

»Es geht hier nicht um mich, nur um meine Kultur, meine Sprache, mehr nicht.«

»Nur um Ihre Sprache?« Zunser wischte seine Worte mit der Hand beiseite. »Wer sind wir ohne Jiddisch?«

»Die vier Söhne am *Seder-Abend*, bestenfalls.« Korinsky klang bitter.

»Es geht um mehr als die Tradition, Korinsky. Es geht um das Blut.« Bretzky spuckte in den Eimer. »Früher trank ich immer mit Kapler, Glas für Glas.«

»Und?« Korinsky preßte das Auge ans Loch, lauschte aber aufmerksam.

»Und hat Kapler in letzter Zeit einen Film gedreht? Er hatte sich mit der Tochter des Vaters der Werktätigen angefreundet. Jetzt ist er in einem Arbeitslager –

falls er noch lebt. Stalin gefiel es nicht, daß ein Jude die reine weiße Haut seiner Tochter berührt.«

»Ihr beiden Hexer könnt einen Stalin in einen Hitler verwandeln.«

Bretzky gab Korinsky einen Klaps aufs Knie. »Wir haben die Nazis gar nicht nötig, mein Freund.«

»Pah, Sie leiden unter Verfolgungswahn, wie alle Trinker.«

Zunser schüttelte den Kopf. Der Kommunist ging ihm auf die Nerven, und er machte sich Sorgen um den Jungen. »Er hat Fieber. Und er hat Glück, wenn sein Schädel noch ganz ist.« Der alte Mann zog sich die Schuhe aus und streifte Pinchas seine Socken über.

»Ich mach das«, sagte Bretzky.

»Nein. Geben Sie ihm Ihre Schuhe, meine werden ihm zu klein sein.« Pinchas' Füße glitten leicht in Bretzkys abgenutzte, aus dem Leim gehende Schuhe.

»Hier, nehmen Sie die.« Korinsky gab ihnen seine Matte. »Es ist bestimmt nicht wegen der *Mizwa*. Ich ertrag bloß eure tugendhaften Blicke nicht.«

»Die Augen, die Sie spüren, sind nicht unsere«, erwiderte Zunser.

Korinsky starrte finster seine Wand an.

Pinchas Pelovitz war nicht bewußtlos. Er hatte sich nur verirrt. Er hörte die Gespräche, achtete aber nicht auf sie. Das Gewicht seines Körpers lastete wie ein Leichnam auf ihm. Er arbeitete an seiner Erzählung, sprach sie sich laut vor und hoffte, die anderen würden ihn hören und zurückholen.

Mendel dachte sich, es sei das beste, in solchen Dingen den Rabbi um Rat zu fragen. Es war das erste Mal, daß Mendel

*den Rabbi in seiner Studierstube besuchte, da er sich zuvor
nicht um die Feinheiten des Ritus gekümmert hatte. Mendel
war höchst überrascht, daß die Studierstube des Rabbi genausogroß war wie sein verschwundenes Zimmer. Überdies
schien der Traktat, in den dieser vertieft war, auf Mendels
verschwundenem Lesepult zu ruhen.*

Die Glühbirne leuchtete auf, und mit dem Licht kam
die Erleichterung. Was, wenn man sie in der Dunkelheit gelassen hätte? Sie haßten die Birne wegen ihrer
Macht, ein so unbedeutendes Ding.

Sie hatten ein bißchen Wasser für den Morgen auf-
gespart. Wieder hielt Bretzky Pinchas, während Zunser ihm die Schale an die Lippen führte. Korinsky sah
zu und hätte sie am liebsten ermahnt, sie sollten auf-
passen, damit sie nichts verschütteten und etwas für
ihn übrig blieb.

Pinchas prustete, dann sagte er: »Gut, das war gut.«
Für jemanden, der so krank zu sein schien, sprach er
recht laut. Bevor Zunser selbst trank, gab er die Schale
an Korinsky weiter.

»Schön, daß du bei uns bist«, sagte Zunser und versuchte dem Jungen in die Augen zu blicken. »Ich
wollte dich fragen, warum meine Anwesenheit dich so
beunruhigt? Wenn ich die Lage recht verstehe, sind
wir hier alle Schriftsteller.«

Er wandte sich an Bretzky, der diese Aussage bekräftigen sollte. »Na los, sagen Sie dem Jungen, wer Sie
sind.«

»Moische Bretzky. In den Klatschspalten heiße ich
Der Unersättliche.«

Zunser lächelte dem Jungen zu. »Siehst du. Ein

großer Name. Berühmt für seine Gedichte wie für seine Eskapaden. Und jetzt sag uns, wer du bist.«

»Pinchas Pelovitz.«

Keiner hatte den Namen je gehört. Zunsers Neugier war geweckt. Bretzky war es egal. Korinskys Unbehagen wurde nur noch größer, weil er die Zelle mit einem Irren teilen mußte, der nicht mal berühmt war.

»Ich gehöre eigentlich nicht hierher«, sagte Pinchas, »aber wenn ich könnte, würde ich an die Stelle von jedem von Ihnen treten.«

»Aber du bist nicht an unserer Stelle hier, du bist hier als einer von uns. Schreibst du?«

»O ja, das ist alles, was ich tue, alles, was ich je gemacht habe, außer Lesen und Spazierengehen.«

»Wenn es dir etwas bedeutet, heißen wir dich als Kollegen willkommen.« Zunser schaute sich in dem Verschlag um. »Ich würde das lieber in meinem Haus zu dir sagen.«

»Sind Sie sicher, daß ich hier bin, weil ich Schriftsteller bin?« Er blickte die drei Männer an.

»Nicht bloß, weil du Schriftsteller bist, mein Freund.« Bretzky klopfte ihm sanft auf den Rücken. »Du bist hier als umstürzlerischer Schriftsteller. Als Staatsfeind! Eine ganze Menge für einen Unbekannten.«

Die Tür öffnete sich, und alle vier wurden aus der Zelle gezerrt und von je einem Wärter in einzelne Verhörräume gebracht – Bretzky mit drei Mann Bewachung. Dort wurden sie geschlagen, erniedrigt, mußten zahllose Verbrechen bekennen und Geständnisse unterschreiben, in denen sie die wissentliche Verbreitung zionistischer Propaganda zugaben, die auf den Umsturz der sowjetischen Regierung abzielte.

Zunser und Pinchas befanden sich in nebeneinanderliegenden Kammern und hörten die Schreie des anderen. Auch Bretzky und Korinsky waren Wand an Wand, aber hier blieb es nach jedem Schlag still. Korinskys Gefühl der eigenen Würde war so stark, daß er sein Schreien unterdrückte. Bretzky schrie gar nicht. Er weinte unaufhörlich. Seine Peiniger verhöhnten ihn und spotteten über das große Baby, doch die Ursache seiner Tränen war nicht der Schmerz. Es war die nüchterne Erkenntnis der menschlichen Grausamkeit und die Vorstellung des Leidens seiner Gefährten, vor allem Zunsers.

Hinterher bekamen sie genügend Wasser, ein Stück Brot und etwas kalte Kartoffel- und Rettichsuppe. Sie wurden in dieselbe dunkle Zelle zurückgebracht. Zunser und Pinchas mußten getragen werden.

Pinchas hatte sich auf seine Erzählung konzentriert, so daß seine Schreie wie aus weiter Ferne kamen. Für jeden Hieb, den er empfing, fügte er einen Satz hinzu, und sein Geist nahm den Hieb wahr wie den stumpfen Schlag beim Einrasten eines Schiebefensters:

»Rabbi, haben Sie bemerkt, daß heute keine Sonne am Himmel steht?« fragte Mendel als erstes.

»Meine Läden sind geschlossen, damit kein Lärm hereindringt.«

»Hat es niemand beim Morgengebet erwähnt?«

»Es ist niemand gekommen«, sagte der Rabbi und setzte seine Lektüre fort.

»Kam Ihnen das nicht seltsam vor?«

»Zuerst schon, bis du mir das mit der Sonne erzählt hast. Jetzt verstehe ich es – kein vernünftiger Mann würde

aufstehen, um einen Morgen zu begrüßen, der dann doch nicht kommt.«

Als die Glühbirne anging, waren alle wach. Zunser machte seinen Frieden mit sich und bereitete sich auf den sicheren Tod vor. Die Finger seiner linken Hand waren verkrümmt und blutig. Nur am Daumen war noch ein Nagel.

Pinchas hatte eine Frage an Zunser. »Alle Ihre Werke handeln vom Schicksal, als wäre es eine Mücke, die man verscheuchen kann. Alle Ihre Figuren kämpfen ums Überleben, und doch spielen Sie das Opfer. Sie hätten wissen müssen, daß man Sie holen würde.«

»Du hast recht«, sagte Zunser, »eine gute Frage. Und ich antworte mit einer anderen: Warum soll immer ich es sein, der überlebt? Ich habe die Juden Europas in Rauch aufgehen sehen. Ich habe eine Frau und ein Kind begraben. Ich glaube, man kann dem Schicksal entgehen. Aber warum soll man annehmen, das Leben sei das Ziel?« Zunser schob die verstümmelte Hand auf seinen Bauch. »Wie viele Tragödien soll ich noch überleben? Jetzt mag irgendwer meine eigene bezeugen.«

Bretzky war anderer Meinung. »Wir haben unseren Kosmos verloren, das ist wahr. Trotzdem kann ein Mann sich nicht für die Sünde des Überlebens zum Tode verurteilen. Wir können nicht auf ewig im Schatten der Lager stehen.«

»Ich würde alles geben, um zu entkommen«, sagte Korinsky.

Zunser wandte den Blick zur Glühbirne. »Ich habe mich in jeder meiner Geschichten nur an eine einzige Regel gehalten: Die Verzweifelten haben nie die Wahl.«

»Dann glauben Sie nicht, daß es einen Grund gibt, warum ich mit Ihnen hierhergebracht wurde?« fragte Pinchas, und für ihn war niemand als sein Mentor im Raum. »Es ist nicht Teil von etwas Größerem, einem kosmischen Gleichgewicht, einem großen Witz des Himmels?«

»Ich glaube, irgendein Schreiber hat einen Fehler gemacht.«

»Das ertrage ich nicht«, sagte Pinchas.

Das viele Reden hatte Zunser angestrengt, und er hustete etwas Blut. Pinchas versuchte ihm zu helfen, konnte aber nicht aufstehen. Bretzky und Korinsky rappelten sich auf. »Bleibt sitzen«, sagte Zunser. Sie gehorchten, beobachteten ihn aber aufmerksam, während er versuchte, sich freizuhusten.

Pinchas Pelovitz verbrachte den Rest jenes Tages mit den letzten Zeilen seiner Erzählung. Als das Licht ausging, hatte er sie schon beendet.

Sie hatten noch nicht lange im Dunkeln gelegen, als sie von dem Licht der Glühbirne und dem Lärm draußen geweckt wurden. Sofort preßte Korinsky das Auge an die Wand.

»Draußen stellen sie alle in einer Reihe auf. Sie haben Maschinengewehre. Es ist Morgen, und alle blinzeln wie Neugeborene.«

Pinchas unterbrach ihn. »Ich möchte etwas erzählen. Eine Geschichte, die ich mir ausgedacht habe, während wir hier waren.«

»Fang an«, sagte Zunser.

»Laß hören«, sagte Bretzky.

Korinsky riß sich an den Haaren. »Was kommt es denn jetzt noch drauf an?«

»Für wen?« fragte Pinchas und erzählte dann seine kleine Geschichte:

An dem Morgen, als Mendel Muskatow erwachte und sah, daß sein Schreibpult, sein Zimmer und die Sonne verschwunden waren, glaubte er gestorben zu sein. Das beunruhigte ihn, und so sprach er das Totengebet und dachte dabei an sich selbst. Dann fragte er sich, ob so etwas erlaubt sei, und sorgte sich nun, die erste Handlung nach seinem Tod könne eine Sünde gewesen sein.

Mendel dachte sich, es sei das beste, in solchen Dingen den Rabbi um Rat zu fragen. Es war das erste Mal, daß Mendel den Rabbi in seiner Studierstube besuchte, da er sich zuvor nicht um die Feinheiten des Ritus gekümmert hatte. Mendel war höchst überrascht, daß die Studierstube des Rabbi genausogroß war wie sein verschwundenes Zimmer. Überdies schien der Traktat, in den dieser vertieft war, auf Mendels verschwundenem Lesepult zu ruhen.

»Rabbi, haben Sie bemerkt, daß heute keine Sonne am Himmel steht?« fragte Mendel als erstes.

»Meine Läden sind geschlossen, damit kein Lärm hereindringt.«

»Hat es niemand beim Morgengebet erwähnt?«

»Es ist niemand gekommen«, sagte der Rabbi und setzte seine Lektüre fort.

»Kam Ihnen das nicht seltsam vor?«

»Zuerst schon, bis du mir das mit der Sonne erzählt hast. Jetzt verstehe ich es – kein vernünftiger Mann würde aufstehen, um einen Morgen zu begrüßen, der dann doch nicht kommt.«

»*Das alles ist sehr verwirrend, Rabbi, aber ich glaube, wir sind irgendwann in der Nacht gestorben.*«

Der Rabbi erhob sich lächelnd. »*Und nun habe ich die ganze Ewigkeit Zeit, den Talmud zu studieren.*«

Mendel blickte zu den Büchern, die die Wände bedeckten.

»*Ich habe ein Schreibpult und einen Stuhl und in der Ecke ein Stehpult, falls ich stehen will*«, *sagte der Rabbi.* »*Ja, anscheinend bin ich im Himmel.*« *Er klopfte Mendel auf die Schulter.* »*Ich muß dir danken, daß du herbeigeeilt bist, um es mir zu sagen.*« *Der Rabbi schüttelte Mendel die Hand und nickte freundlich, während seine Augen schon wieder die richtige Stelle im Text suchten.* »*Bist du noch wegen etwas anderem gekommen?*«

»*Ja*«, *sagte Mendel und versuchte zwischen den Büchern die Stelle zu finden, wo einmal die Tür gewesen war.* »*Ich wollte wissen*«, – *und hier begann seine Stimme zu zittern* – »*wer von uns das* Kaddisch *sagen soll?*«

Bretzky stand auf. »Bravo«, sagte er und klatschte in die Hände. »Wie ein Komet. Eine Erzählung, die mit ihrem Erzähler endet.« Er trat vor, um von dem Geheimpolizisten, der an der Tür stand, abgeführt zu werden. »Ihre tiefste Bedeutung ist mir nicht entgangen.«

Korinsky zog die Knie an die Brust und legte die Arme darum. »Nein«, gab er zu, »mir ist sie auch nicht entgangen.«

Pinchas errötete weder, noch senkte er den Kopf. Während sie aus der Zelle getrieben wurden, wandte er die Augen nicht von Zunser und fragte sich, was der große Schriftsteller wohl denke.

Draußen waren alle anderen schon versammelt.

36

Dort standen Horiansky und Lubowitsch, Lew und Soltzky. All die großen Stimmen, die die größten Geschichten ihres Lebens zu erzählen hatten und sie mit ins Grab nehmen mußten. Pinchas, dessen Publikum sich verdreifacht hatte, lächelte.

Pinchas Pelovitz war der siebenundzwanzigste, oder, falls man vom jeweiligen Ende der Reihe zählte, der vierzehnte. Bretzky hielt Pinchas, dessen Gleichgewichtssinn nicht zurückgekehrt war, von rechts fest. Zunser stützte ihn von links, hielt sich aber selbst kaum auf den Beinen.

»Hat es Ihnen gefallen?« fragte Pinchas.

»Ja, sehr«, sagte Zunser. »Du bist ein talentierter Junge.«

Pinchas lächelte wieder, dann fiel er, und sein Kopf landete auf Zunsers strumpfloser Wade. Einer seiner geborgten Schuhe flog nach vorne, obwohl seine Füße im Schmutz nach hinten rutschten. Bretzky fiel über die beiden. Er wurde von fünf oder sechs Kugeln getroffen, aber da er ein so großer und starker Mann war, lebte er lange genug, um das Knattern der Gewehre zu hören und zu wissen, daß er tot war.

GILGUL AUF DER PARK AVENUE

Der jüdische Tag beginnt in der Ruhe des Abends, wenn er den menschlichen Organismus nicht durch sein Erscheinen erschüttert. Als drei Sterne am Himmel von Manhattan standen und ein neuer Tag begonnen hatte, begriff Charles Morton Luger, daß er eine jüdische Seele besaß.

Ping! So kam es, wie ein Messer auf Glas.

Wenn Charles Luger überhaupt etwas wußte, dann, daß da tief in ihm eine jiddische *Neschama* war.

Er gehörte nicht zu denen, die Gespräche mit Taxifahrern anfingen, aber dieses Erlebnis mußte er mit jemandem teilen. Eine New Yorker Geschichte erster Güte, wie eine Entbindung im Fahrstuhl oder ein Hot dog-Verkäufer, der mit einem Taschenmesser und einem Kugelschreiber am offenen Herzen operiert. War es nicht schon eine Wiedergeburt? Jedenfalls etwas ganz Besonderes. Er lehnte sich also nach vorn, hob die Hand und klopfte an die kugelsichere Scheibe.

Der Fahrer blickte in den Rückspiegel.

»Ein Jude«, sagte Charles, »ein Jude auf Ihrer Rückbank.«

Der Fahrer griff nach oben und öffnete das Schiebefenster, das laut gegen den Rahmen stieß.

»Komisch, daß ich gerade jetzt Jude geworden bin. In Ihrem Taxi.«

»Kein Problem. Jeder Glaube zahlt dasselbe.« Er zeigte auf den Taxameter.

Charles dachte darüber nach. Eine positive Erfahrung, oder zumindest eine günstige. Ja, günstig. Was hatte er erwartet?

Er schaute durchs Fenster auf die Park Avenue, ein Jude, der die Welt betrachtete. Die Farben waren weder heller noch dunkler, obwohl er zugeben mußte, bereits nach jemandem mit rundem Hut Ausschau zu halten, einem Landsmann, der ihn vielleicht anblicken, ihm zuzwinkern und bestätigen würde, was er schon wußte.

Das Taxi hielt vor seinem Apartmenthaus, und Petey, der Portier, war schon auf dem Weg zum Bordstein. Charles zog einen Fünfziger aus seinem Geldclip und reichte den Schein nach vorn.

»Ein Jude«, sagte Charles und drückte dem Fahrer den Fünfziger in die Hand. »Ein Jude, hier, in Ihrem Taxi.«

Charles hängte seinen Mantel auf und stellte seine Aktentasche neben den Ständer mit verzierten Spazierstöcken und Regenschirmen, auf die Sue überall in der Stadt Jagd machte und die er nicht anfassen durfte. Sue hatte Diele, Wohn- und Eßzimmer ganz in Chintz neudekorieren lassen, eine überwältigende Fülle von Tier- und Pflanzenmustern, eine ungeheure, rutschig wirkende Weite. Charles eilte hindurch zur Küche, wo Sue gerade das Abendessen aus dem Kühlschrank nahm.

Sie las den vom Dienstmädchen hinterlassenen Zettel, heizte entsprechend den Ofen an und betätigte

Drehschalter. Charles trat von hinten auf sie zu. Er atmete Parfüm und den darunterliegenden schwachen Zigarettengeruch ein. Sue drehte sich um, und sie küßten sich, eher leidenschaftlich als freundlich, was weder alltäglich noch etwas ganz Seltenes war. Sie trug immer noch ihre Kontaktlinsen, ihre Augen waren leuchtend blau.

»Du wirst es nicht glauben«, sagte Charles, selbst am meisten überrascht über seine gehobene Stimmung. Er war ein ausgeglichener Mann, nur selten das Opfer extremer Stimmungen.

»Was werd ich nicht glauben?« fragte Sue. Sie löste sich aus den Armen ihres Mannes und schob ein Tablett in den Ofen.

Sue war Art Director bei einem schicken Magazin, ein vergleichsweise glamouröser Beruf. Die tägliche Arbeit eines Finanzfachmannes verdiente in Charles' Augen nicht mal eine höfliche Erwähnung. Er erzählte ihr nie etwas, das sie nicht glauben würde.

»Also, was ist es, Charles?« Sie hielt ein Glas gegen die Eismaschine im hinteren Teil des Kühlschranks. »Verdammt«, sagte sie. Charles hatte sie beim Frühstück auf »zerkleinertes Eis« gestellt und so stehenlassen.

»Du würdest nicht glauben, was für eine Fahrt im Taxi ich mitgemacht hab«, sagte er, und plötzlich wurde ihm klar, daß ein Mensch, der wegen Eiswürfeln enttäuscht war, eine solche Veränderung nicht günstig aufnehmen würde.

»Dein Gesicht«, sagte sie.

»Nichts, ich erinnere mich bloß dran. Wahnsinnsfahrt. Ein Irrer. Bei Rot durchgefahren. Den Bürgersteig gestreift. Ist die Third Avenue gefahren, bevor sich der Stau auf der Brücke aufgelöst hat.«

Das Dienstmädchen hatte Hähnchen-Cordon-bleu vorbereitet. Als sie sich zum Essen setzten, starrte Charles auf seinen Teller; er war erst eine halbe Stunde Jude und fühlte sich schon gebunden. Er wußte, daß es Speiseregeln gab, Milch und Fleisch, das man nicht anrühren durfte, aber er wußte nicht, ob Huhn als Fleisch galt, und wagte nicht, Sue zu fragen und eine Auseinandersetzung zu riskieren, bevor er einen Plan gemacht hatte. Morgen vormittag würde er Dr. Birnbaum, seinen Psychoanalytiker, anrufen. Oder sich vielleicht einen Rabbi suchen. Wer konnte ihm in solchen Dingen besseren Rat geben?

Und so aß Charles wie ein moderner *Marrane* sein Huhn, während er im Herzen Jude war.

Am nächsten Vormittag nahm Charles die Sache in seinem Büro sofort in Angriff.

Er zog die Gelben Seiten hervor, durchsuchte den Index und folgte den Querverweisen durchs ganze Telefonbuch. Bei mehr als einer Nennung mit »Zion« meldete sich ein Altersheim. »Erlösung« brachte ihn noch weiter vom Kurs ab. Als er von neuem suchte, fand er eine Organisation, die ihm erschreckend passend erschien, nicht zuletzt, weil es eine Nummer aus Royal Hills war, einer Gegend voller Juden.

Die Nummer gehörte dem Royal Hill Mystical Jewish Reclamation Center oder R-HMJRC, wie die Stimme auf dem Band sagte, mit einer Pause nach dem »R«. Es war eine Art Umschlagplatz für Jüdisch-Übernatürliches: drücken Sie 1 für die messianische Uhrzeit, 2 für Traumdeutung und Beratung, 3 für Zahlen-symbolik und 4 für einen Exerzitien-Zeitplan. Das »und 4« nahm ihm den Wind aus den Segeln. Ein schlechtes Zeichen. Stimmen vom Band sagten nie »und 4« und dann »und 5«. Aber das Band lief weiter. Ein kleines Wunder. »Für alle *Gilgulim*, Fälle von möglicher Reinkarnation und wiedergefundener Er-innerung, rufen Sie bitte Rabbi Salman Meintz unter folgender Nummer an.«

Charles notierte sie in gehobener Stimmung. Des-halb war er vor so vielen Jahren aus Idaho nach New York gezogen. Genau aus dem Grund, weil man in den Gelben Seiten von Manhattan alles finden konnte. Alles. Ein Buch so dick wie ein Steinblock.

Das r-hmjrc war ein schön renovierter neogotischer Ziegelbau im Herzen von Royal Hills. Die Stufen vor dem Eingang waren auf die ganze Breite des Gebäudes verbreitert, die Fassade der ersten beiden Stockwerke herausgerissen und durch einen Steinbogen vor einer Glaswand ersetzt worden. Charles war beeindruckt von der Eingangshalle aus Marmor. In der Sache mit Gott steckt Geld, dachte er und merkte es sich für die Zukunft.

Es kam so: Er stand mitten auf dem Marmorboden, spürte die kalte Ausdehnung des Raums, und das ein-zig Vertraute war seine unvertraute Seele. Dann war es wieder da. Ping! Wieder das Verstehen.

Gestern noch hatte sein Leben ganz ihm gehört, vertraut, ganz sein eigen. Er hatte darin gelebt wie in einem alten Wollpullover. Heute: Brooklyn, ein Tür-bogen, weißer Marmor.

»Hier, hier drüben. Folgen Sie meiner Stimme. Kommen Sie zum Licht.«

Charles war die Treppe bis ganz nach oben gestiegen und betrat etwas, das anscheinend ein Dachboden war, mit schrägem Dach und Staub, voller Dachbodenkram: Stühle und ein Schaukelpferd, eine Krocket-Ausrüstung und Kisten, überall Kisten – als wären alle Überbleibsel des früheren Lebens dieses Ziegelbaus nach oben verbannt worden.

»Rechts von Ihnen ist ein Weg. Gehen Sie durch, es ist möglich. Ich hab's ja auch geschafft.« Die Worte waren wie von Gelächter durchsetzt. Eine vor Freude bebende Stimme, ein glückliches Stottern.

Der Weg führte zur Vorderseite des Gebäudes und zu einer Lichtung hinter einem orientalischen Wandschirm. Der Rabbi saß in einem Ledersessel, einer abgestoßenen Couch gegenüber – beides offensichtlich aus dem Gerümpel gerettet, das den Raum füllte.

»Salman«, sagte der Mann und sprang auf, um Charles die Hand zu schütteln. »Rabbi Salman Meintz.«

»Charles Luger«, sagte Charles und legte den Mantel ab.

Die Couch hatte zwar schon bessere Tage gesehen, war aber sauber. Charles hatte eine Staubwolke beim Hinsetzen erwartet. Sobald er den Bezug berührte, sank seine Stimmung. Noch mehr Chintz, alles von sonnengebleichten Blumen überwuchert.

»Bin gerade erst eingezogen«, sagte Salman. »Neue Umgebung, viel größer. Wie Sie sehen, bin ich noch nicht dazu gekommen –«, er deutete auf bestimmte Gegenstände, einen Spiegel, einen kleinen Geschirr-

43

schrank. »Bitte entschuldigen Sie – oder vergeben – bitte entschuldigen Sie, wie es hier aussieht. Wichtigere Dinge gehen vor. War in letzter Zeit beschäftigt, sehr beschäftigt.« Wie zur Bestätigung klingelte ein Telefon, das auf einem Puppenhaus thronte. »Sehen Sie«, sagte Salman. Er griff hinüber und stellte die Klingel ab. »So geht's den ganzen Tag – nachts auch. Nachts sogar noch mehr.«

Die Umgebung flößte ihm kein Vertrauen ein, wohl aber Salman. Er konnte kaum viel älter als dreißig sein, sah für Charles aber wie ein richtiger Jude aus: langer schwarzer Bart, schwarzer Anzug, neben sich einen schwarzen Hut, und er hatte eine schöne, große Nase wie aus einer Karikatur, wie Fagin, aber freundlicher.

»Also, Mr. Luger, was führt Sie in meine Höhle?«

Charles war noch nicht zum Reden bereit. Er wandte seine Aufmerksamkeit einer gemalten Seelandschaft an der Wand zu. »Ist das Tiberias?«

»O nein.« Rabbi Meintz lehnte sich lachend zurück und schlug ein Bein über das andere. Charles fiel zum ersten Mal auf, daß er dicke Wollsocken und Wildledersandalen trug. »Das ist Bolinas. Mein alter Tummelplatz.«

»Bolinas?« fragte Charles. »Bolinas in Kalifornien?«

»Ich seh schon, was los ist. Ist ganz offensichtlich.« Salman setzte sich wieder aufrecht und legte die Hand auf Charles' Knie. »Haben Sie keine Scheu«, sagte er. »Bis hierhin haben Sie's geschafft und mich in der hellen Ecke eines Dachbodens in Brooklyn gefunden. Falls dieses Treffen vorherbestimmt war, was es seinem ganzen Wesen nach sein muß, sollten wir es nutzen.«

44

»Ich bin Jude«, sagte Charles. Er sagte es mit all der Kraft, Erregung und Erleichterung, die jedem großen Bekenntnis eigen ist. Stille trat ein. Salman lächelte, hörte aufmerksam zu und wartete anscheinend auf weiteres.

»Ja«, antwortete er, wobei er sein Lächeln kaum unterbrach. »Und?«

»Seit gestern. In einem Taxi.«

»Oh«, sagte Salman. »Oh! Jetzt verstehe ich.«

»Es kam einfach über mich.«

»Irre«, sagte Salman. Er klatschte in die Hände, schaute an die Decke und lachte. »Ein Wunder.«

»Unglaublich«, ergänzte Charles.

»Nein!« gab Salman zurück. Sein Lächeln war verschwunden, und er hielt einen Finger hoch. »Nein, unglaublich ist es nicht. Keineswegs. Ich glaube Ihnen. Ich wußte es, bevor Sie's sagten – deshalb hab ich auch nicht reagiert. Ein Jude sitzt vor mir und sagt, er sei Jude. Das ist keine Überraschung. Aber einen so jüdischen Mann zu sehen, der mein Bruder sein könnte, der mein Bruder *ist*, und der mir erzählt, er habe erst jetzt entdeckt, daß er Jude ist – das ist ein wirkliches Wunder, mein Freund.« Während dieser Rede hatte er den Finger langsam zurückbewegt, nun richtete er ihn wieder auf Charles. »Aber nicht unglaublich. Ich sehe dauernd solche Fälle.«

»Dann ist es möglich? Daß es wahr ist?«

»Schon ganz jüdisch«, lachte Salman. »Sie stellen Fragen, die Sie schon beantwortet haben. Sie kennen die Wahrheit besser als ich. Sie haben die Entdeckung gemacht. Wie fühlen Sie sich?«

»Gut«, sagte Charles. »Verändert, aber gut.«

»Meinen Sie nicht, daß Sie bestürzt wären, wenn Ihr Wissen nicht echt wäre? Daß es Ihnen richtig dreckig gehen würde, wenn es ein Alptraum wäre? Daß Sie irgendwie darunter leiden würden, wenn Sie verrückt geworden wären?«

»Wer hat was von verrückt gesagt?« fragte Charles. Er war nicht verrückt.

»Hab ich das getan?« fragte Salman. Er faßte sich an die Brust. »Ein bloßer Zufall, ein Versprecher. So viele, die zu mir kommen, haben zu Hause Ärger wegen der Neuigkeit. Ihre Familien zweifeln daran.«

Charles verlagerte sein Gewicht. »Ich hab ihr noch nichts gesagt.«

Salman zog eine Braue hoch und drehte den Kopf, um das anklagende Auge zu betonen.

»Ihre Frau weiß nichts davon?«

»Deshalb bin ich hier. Weil ich Rat suche.« Charles legte die Beine auf die Couch und ließ sich zurücksinken wie bei Dr. Birnbaum. »Ich muß es ihr sagen, ich muß rauskriegen, wie ich das mache. Ich muß auch wissen, was ich tun soll. Gestern abend hab ich Milch und Fleisch gegessen.«

»Erst mal zum Historischen«, sagte Salman. Er streifte eine Sandale vom Fuß. »Ihre Mutter ist keine Jüdin?«

»Nein, niemand. Noch nie. Nicht, soweit ich weiß.«

»Auch das ist möglich«, sagte Rabbi Salman. »Vielleicht war nur Ihre Seele am Berg Sinai. Vielleicht ein ägyptischer Sklave, der vorbeikam. Aber sobald die Seele die Wunder am Berg Sinai sah und das Wort Gottes annahm, wurde sie eine jüdische Seele. Glauben Sie an die Seele, Mr. Luger?«

»Ja, allmählich.«

»Ich sage bloß, daß die Seele nicht lebt oder stirbt. Sie ist nicht organisch wie der Körper. Sie ist da. Und sie hat eine Geschichte.«

»Und meine gehörte einem Juden?«

»Nein, nein. Das ist genau der Punkt. Jude, Nichtjude, das ist ganz egal. Es ist die Seele selbst, die jüdisch ist.«

Das Gespräch dauerte über eine Stunde. Salman gab ihm Bücher, *Die Auserwählten*, *Die Rosenhecke* und *Das Buch der jüdischen Gebote*. Charles willigte ein, seinen Termin beim Analytiker für den nächsten Tag abzusagen, und Salman würde in sein Büro kommen, um mit ihm zu studieren. Er würde natürlich etwas bezahlen. Eine kleine Gebühr, Spesen, ein bißchen was für gute Zwecke und künftiges Glück. Das Geld sei nicht das wichtige, versicherte ihm Salman. Entscheidend war es, einen Ratgeber zu haben, der ihm bei seiner Verwandlung zur Seite stand. Und wer war besser geeignet als Salman, der auf die gleiche Art zum jüdischen Glauben gekommen war? In Bolinas war er unglücklich gewesen, süchtig nach Kummer und Drogen, er stand auf der Kippe, als er seine jüdische Seele entdeckte.

»Und Sie mußten nie formell konvertieren?« fragte Charles erstaunt.

»Nein«, erwiderte Salman. »So etwas ist für andere da, für die Rechthaber und Formalisten; wer von seiner Seele gerufen wird, braucht solche Rituale nicht.«

»Dann sagen Sie mir eins.« Charles sprach aus dem Mundwinkel und fühlte sich selbstsicher und wie ein

Kumpel. »Wo haben Sie's her? Sie sehen jüdisch aus, Sie reden jüdisch – absolut authentisch. Ich werde Jude, und man merkt nichts. Sie kommen aus Bolinas und klingen, als wären Sie nie aus Brooklyn rausgekommen.«

»Und wenn ich entdeckt hätte, daß ich Italiener wäre, würde ich Boccia spielen wie ein Profi. Das ist nun mal meine Natur, Mr. Luger: Ich lasse das Form annehmen, was wahrhaft in mir steckt.«

Natürlich war das eine Frage der individuellen Erfahrung. Salmans eigener. Die von Charles würde zwangsläufig anders aussehen. Einzigartig. Wenn die Veränderung langsamer verlief, so sei es. Schließlich konnte er, so Salmans Worte, die Gebote nicht einfach vertilgen wie Bonbons, sondern nur nach und nach annehmen, wenn er soweit war. Hatte er nicht fünfundfünfzig Jahre gebraucht, um zu erfahren, daß er Jude war? Ja, alles in Ruhe.

»Mit einer Ausnahme«, sagte Salman und stand auf. »Sie müssen es sofort Ihrer Frau sagen. *Koscher* kann warten. *Tefillin* können warten. Aber eines erträgt die empfindliche Seele nicht – den jüdischen Stolz zu opfern.«

Sue hatte nach der Arbeit eine Wurzelbehandlung. Sie kam spät nach Hause und brachte eine Packung Eiscreme mit. Für den unwahrscheinlichen Fall, daß sie doch etwas essen könne, hatte Charles schon den Tisch gedeckt und das Abendessen aufgetragen.

»Wie war es?« fragte er, zündete eine Kerze an und goß den Wein ein.

Er machte sich nicht über sie lustig, verlor kein Wort

über ihre undeutliche Aussprache oder ihre erschlafften Gesichtszüge. Er tat, als wäre es eine ständige Behinderung, ein Nervenleiden, als wäre es ein Geschäftsessen und Sue eine Mandantin mit deformierter Lippe.

Sue ging zum Tisch und nahm die Flasche in die Hand. »Na, jedenfalls verläßt du mich nicht, soviel sehe ich. Du hättest nie eine Flasche von deinem geliebten Haut-Brion aufgemacht, um mir zu sagen, daß du mit deiner Sekretärin nach Griechenland durchbrennst.«

»Stimmt«, sagte er. »Dann hätte ich ihn aufgehoben, um ihn auf unserer Veranda in Mykonos zu trinken.«

»Freut mich, daß der Wunschtraum schon so weit gegangen ist«, sagte sie und drückte ihm einen feuchten und erbarmungswürdig schlaffen Kuß auf die Wange.

»Eigentlich ist der Wein bloß ein schwacher Versuch, ein bestimmtes Thema anzuschneiden.«

Sue öffnete die Eiscremeschachtel und stellte sie in die Mitte ihres Tellers. Beide setzten sich.

»Erzähl«, sagte sie.

»Ich bin Jude.« So einfach. Es war schließlich nicht das erste Mal.

»Gibt's eine Pointe, oder soll ich die liefern?« fragte sie.

Er sagte nichts.

»Okay. Versuchen wir's noch mal. Ich spiele mit. Sag mir deine Zeile.«

»Gestern im Taxi. Ich wußte es einfach. Ich hab verstanden, gefühlt, daß es wahr ist, und –« Er blickte in ihr verzerrtes, von der Betäubung totes Gesicht. Eine surreale Miene als Lohn für eine surreale Neuigkeit. »Und es hat mir überhaupt keinen Schmerz bereitet, außer der Angst, es dir zu sagen. Ansonsten fühle ich mich gut dabei. Verändert, aber als ob die Dinge, die großen Dinge, endlich geradegerückt sind.«

»Können wir erst was klären?« Sie zog eine Grimasse, eine schreckliche Grimasse. Charles dachte, sie versuche sich vielleicht auf die Lippe zu beißen – oder finster dreinzublicken. »Okay?«

»Schieß los.«

»Was du mir wirklich sagen willst, ist: Schatz, ich habe einen Nervenzusammenbruch, und das ist die beste Art, es dir zu sagen. Stimmt's?« Sie stieß einen Teelöffel in die Eiscreme und förderte einen dicken Klumpen zutage. »Wenn es kein Nervenzusammenbruch ist, will ich wissen, ob du das Gefühl hast, klinisch geistesgestört zu sein?«

»Ich habe nicht erwartet, daß es einfach wird«, sagte er.

»Du tust so, als hättest du gewußt, daß ich negativ reagieren würde.« Sue redete schnell, und Charles versuchte darüber hinwegzusehen, daß sie sabberte. »Aber bei deinem unermüdlichen Optimismus hast du geglaubt, ich würde bloß lächeln und sagen: dann werd ruhig Jude. Das hast du geglaubt, Charles.« Sie rammte den Löffel wieder in die Eiscremeschachtel und ließ ihn stecken. »Dieses Mal hast du dich aber getäuscht. Im Herzen lagst du falsch und im Kopf richtig. Es konnte gar nicht einfach werden. Und weißt du, warum? Weißt du das?«

»Warum?«

»Weil das, was du mir aus heiterem Himmel erzählst, als wär's gar nichts, in sich verrückt ist.«

Charles nickte wiederholt, als sei eine bittere Wahrheit bestätigt worden.

»Er hat gesagt, du würdest das sagen.«

»Wer?«

»Der Rabbi.«

»Du hast mit Rabbis angefangen?« Sie befühlte ihre gefühllose Lippe.

»Natürlich Rabbis. Wer gibt einem Juden sonst Rat?«

Am nächsten Tag las Charles im Büro seine Bücher und füllte seinen Block mit Notizen. Als die Sekretärin über die Sprechanlage durchsagte, Dr. Birnbaum sei wegen der plötzlichen Absage am Telefon, nahm Charles den Anruf des Doktors zum ersten Mal nicht an, seit er 15 000 Dollar zuvor mit der Behandlung begonnen hatte. Er nahm gar keine Anrufe an, vertiefte sich in die Lektüre der *Rosenhecke*, dem maßgeblichen Wegweiser zu einer gesunden Ehe durch rituelle Reinheit, und wartete auf Rabbi Salman.

Als er Salman im Vorzimmer hörte, betätigte Charles den Summer für seine Sekretärin. Auch das war neu. Er betätigte sonst nie den Summer, bevor seine Sekretärin ihn damit benachrichtigt hatte. Das Eintreten in sein Büro war einem bestimmten Protokoll unterworfen. Es ist gut, wenn ein Besucher Summen und Gegensummen hört. Es schafft eine bestimmte Atmosphäre.

»Haben Sie's ihr gesagt?« fragte Salman und setzte sich.

Charles steckte den Füller in seinen Halter und stellte diesen mit beiden Händen senkrecht. »Sie glaubt mir halb. Genug, um sich Sorgen zu machen. Nicht genug, um mir den Kopf abzureißen, aber sie weiß, daß ich keinen Spaß mache. Und sie glaubt, ich wäre verrückt.«

»Und wie fühlen Sie sich?«

»Zufrieden.« Charles lehnte sich in seinem Drehstuhl zurück und ließ die Arme an den Seiten herabhängen. »Jüdisch und zufrieden. Aufgeregt. Immer noch aufgeregt. Das Ganze ist absurd. Ich war etwas, und jetzt bin ich etwas anderes, aber keins von beidem scheint etwas zu bedeuten. Ich glaube, erst als ich entdeckt habe, daß ich Jude bin, habe ich auch Gott entdeckt.«

»Wie Abraham«, sagte Salman mit einem anbetenden Blick zur Decke. »Jetzt ist der Augenblick gekommen, ein paar Götzenbilder zu zerschlagen.« Er zog ein ernsthaft aussehendes Buch mit Ledereinband und goldgeprägtem Rücken hervor. Bestimmt ein Buch voller Geheimnisse, dachte Charles. Sie studierten, bis Charles sagte, er müsse wieder arbeiten. »Bei mir hat die Stunde nicht bloß fünfzig Minuten«, sagte Salman, um dem Psychologen eins auszuwischen. Sie kamen überein, sich täglich zu treffen, und schüttelten sich zweimal die Hand, bevor Salman hinausging.

Er war noch nicht lange genug weg, um bei den Fahrstühlen zu sein, als Walter, der leitende Manager, in Charles' Büro platzte und direkt an der Tür stehen blieb.

»Wer ist denn dieser Sohn Abrahams?«

»Makler.«

»Wovon?« Walter klopfte mit seinem Ehering gegen das Namensschild an der Tür.

»Rohstoffe«, sagte Charles. »Metall.«

»Metall.« Noch ein Klopfen des Rings. Ein wissendes Augenzwinkern. »Versprich mir eines, Charley. Wenn der Bursche versucht, dir die Brooklyn Bridge anzudrehen, handel ihn wenigstens runter.«

Es hatte ein paar relativ ruhige Abende gegeben und eine Serie von Mahlzeiten ohne jegliche konfliktträchtige Zutaten, darunter Risotto, gefolgt von einer gegrillten Forelle, oder Spaghetti mit einer scharfen Gemüsemarinade und dann auf Wunsch von Sue eine Rotbarbe mit Tomaten und den karamelisierten Knoblauchstückchen, die das Dienstmädchen so wunderbar kochte.

Sue hatte Charles' Bekenntnis im großen und ganzen ignoriert und auch Charles selbst. Er verbrachte seine Zeit im Arbeitszimmer, wo er die Bücher las, die Salman ihm gegeben hatte.

So lebte das Paar bis zu dem Tag, an dem das Dienstmädchen Boeuf Bourguignon vorbereitet hatte.

»Das Fleisch ist nicht koscher und der Wein auch nicht«, sagte Charles, wobei er den Wein im Essen und den im Glas meinte. »Hier ist jede Menge Schweinefett drin. Ich beschwere mich nicht, ich stelle es bloß fest. Ich esse einfach was von dem Brot.« Er nahm ein paar Scheiben aus dem Brotkorb und goß Wasser in sein Weinglas.

Sue funkelte ihn wütend an.

»Du beschwerst dich nicht?«

»Nein«, sagte er und griff nach der Butter.

»Aber ich beschwere mich! Ich beschwere mich hier und jetzt!«

Sue schlug mit der Faust auf den Tisch, so daß ihr Glas umfiel und der Wein sich auf ihre geliebte Tischdecke ergoß. Beide sahen zu, wie die Decke den Wein aufsaugte, die Spitzen und Stickereien anschwollen und die Farbe sich wie durch ein Geflecht von Venen verteilte. Keiner rührte ein Glied.

»Sue, deine Tischdecke.«

»Scheiß auf die Tischdecke«, sagte sie.

»O je.« Er nippte an seinem Wasser.

»O je stimmt haargenau, Mister.« Sie machte ein Geräusch, das Charles wie ein Knurren vorkam. Die Frau, mit der er seit siebenundzwanzig Jahren verheiratet war, knurrte ihn an.

»Wenn du glaubst, ich werde dir je vergeben, daß du mit der Sache angefangen hast, als ich mit Novocain vollgepumpt war, daß du mich angegriffen hast, als ich kaum reden konnte. Wenn du glaubst, ich zahle künftig zwölf Dollar fünfzig für ein Brathähnchen, dann hast du dich schrecklich geirrt.«

»Was haben Brathähnchen damit zu tun?« Charles sprach immer noch leise.

»Die gläubige Frau im Büro. Mittwochs macht sie die Bestellungen. Jede Woche bestellt sie dasselbe verdammte Essen. Ein Brathähnchen für zwölf Dollar und fünfzig Cent.« Sue schüttelte den Kopf. »Wenn du koscheres Essen willst, hättest du die Küchenchefin einer Fluggesellschaft heiraten sollen.«

»Das ist ein Nebenschauplatz, Sue. Uns steht ein Kampf bevor, aber ich glaube, du fängst den falschen an.«

»Warum klärst du mich dann nicht auf?« sagte sie. »Warum sagst du mir nicht, um welchen Konflikt es geht, wenn dir alles enthüllt worden ist?«

»Ich glaube wirklich, du fühlst dich bedroht, darum will ich, daß du weißt, daß ich dich immer noch liebe. Du bist immer noch meine Frau. Du solltest dich für mich freuen. Ich habe Gott gefunden.«

»Genau das ist das Problem. Du hast nicht unseren Gott gefunden. Ich würde gar nichts sagen, wenn du unseren Gott gefunden hättest – oder einen weniger anspruchsvollen. Eine weniger ausgefallene Gottheit.« Ihre Augen überflogen wieder den Tisch, als habe er einen seiner Fehler wie einen Hausschlüssel aus Versehen liegengelassen. »Heute ist der Käse weg. Du hast den ganzen Käse weggeworfen, Charles. Was kann Gott gegen Käse haben?«

»Eine Frau, die Pfirsiche zu zweideutig für eine Obstschale findet, könnte über ein oder zwei Macken hinwegsehen.«

»Du meinst, ich weiß nicht, was vorgeht, daß du morgens rituelle Waschungen machst.« Sue tunkte ihre Serviette ins Wasserglas. »Ich habe auf deine Midlife-crisis gewartet, aber ich hatte etwas erwartet, womit ich umgehen könnte, eine kleine Prüfung. Eine Strafarbeit, etwas, worüber ich mich erheben und womit ich meine Liebe zu dir beweisen könnte. Warum konntest du nicht Veganer werden? Oder liberaler Demokrat? Oder wirklich mit deiner Sekretärin schlafen.« Sue tupfte auf dem Weinfleck herum. »Über diese Dinge wäre ich hinweggekommen.«

Charles sah sie forschend an.

»Also sagst du im Grunde, es wäre okay, wenn

ich ein liberaler Jude von der West Side geworden wäre. Als würden wir plötzlich im Apthorp Building wohnen.«

Sue dachte darüber nach.

»Wenn du schon jüdisch werden mußt, warum *so* jüdisch? Warum nicht wie die Browns in Apartment Sechs K? Ihr Kind geht aufs Haverford College.« Sie schloß die Augen und preßte zwei Finger an die Schläfe. »Warum müssen Leute, die zum Glauben finden, immer so gottverdammt extrem sein?«

»Extrem« erschien Charles ein zu extremes Wort, wenn man bedachte, was alles zu lernen und wie viele Gesetze künftig zu beachten waren. Er war noch nicht in der Synagoge gewesen. Er hatte noch nicht den Sabbat gefeiert. Er hatte bloß seinen Speiseplan geändert und ein paar Gebete gesprochen.

Dafür war er aus seinem eigenen Schlafzimmer vertrieben worden.

Ab und zu suchte Sue ihn auf, immer genau im richtigen Moment. Am ersten Morgen, an dem er den Gebetsschal und die sogar für ihn selbst äußerst seltsam aussehenden Gebetsriemen angelegt hatte, kam sie in sein Arbeitszimmer. Der Lederbehälter und der eng um den linken Arm gewickelte Riemen, der andere Behälter mitten auf der Stirn. Er war mitten im *Achtzehnbittengebet*, als Sue eintrat, und gezwungen, ihrer Tirade schweigend zu lauschen.

»Mein Charley muß immer alle übertreffen«, sagte sie, während sie zusah, wie er sich vor und zurück wiegte und seine Lippen sich stumm bewegten. »Ich hab von Wolfsmenschen und Besessenen gehört. Ich hab sogar moderne Vampire im Fernsehen gesehen, Menschen, die wirklich Blut trinken. Aber das hier ist die Krönung.« Sie ging hinaus und kam dann mit einem Kaffeebecher wieder.

»Ich hab mit Dr. Birnbaum gesprochen. Ich wollte ihn anrufen, um zu hören, wie er mit deiner Veränderung umgeht.« Sie pustete auf ihren Kaffee. »Rat mal, was passiert ist, Charley. Er ruft mich zuerst an, entschuldigt sich, daß er Grenzen überschreitet, und erzählt mir dann, du würdest nicht mehr zu ihm kommen und seine Anrufe nicht annehmen. Oh, sage ich, das kommt, weil Charley jetzt Jude ist und sehr eifrig mit dem Rabbi studiert. Der ist gut, dein Analytiker. Bleibt ganz ruhig. Und dann fragt er mich völlig sachlich, was für ein Rabbi – als käm's darauf an. Ich hab ihm dasselbe erzählt, was du mir erzählt hast, Wort für Wort. Einen aus Bolinas. Einen, der nicht geweiht zu werden braucht, weil er seine letzten neun Leben Rabbi gewesen ist. Und was soll ein Mann, der seit zehn Generationen Rabbi gewesen ist, mit einem Zeugnis, frag ich ihn.« Sue stellte den Becher auf einen Lampenständer.

»Dr. Birnbaum kommt nächste Woche zum Abendessen. Montag. Ich hab sogar koscheres Essen bestellt, Pappteller, die ganze Chose. Du wirst in deinem eigenen Haus wie ein Mensch essen können. Ein Abend ohne Streit, an dem wir wie Erwachsene darüber reden können. Es war seine Idee. Er sagte, ich sollte wenigstens einmal *koscheres* Essen bestellen, bevor ich dich verlasse. Also hab ich eine Bestellung aufgegeben.« Ihre Augenbrauen glätteten sich wieder, als sie auf eine Antwort wartete. »Du kannst aufhören zu beten,

Charles«, sagte sie und wandte sich zum Gehen. »Deine Hühnchen sind unterwegs.«

Charles hatte keine Anzüge mehr. *Schatnes*, das Vermischen von Leinen und Wolle, ist streng verboten. Auf Salmans Anraten schickte er seine Sachen zum Testen nach Royal Hills und war am nächsten Tag gezwungen, in Freizeithose, Hosenträgern, weißem Hemd und Schlips ins Büro zu gehen. Walter hatte keine Ruhe gegeben, seit er das Büro betreten hatte. »Es ist nicht Freitag, Charley«, sagte er immer wieder. »Freizeitsachen sind nur einmal die Woche angesagt.« Zur Abwechslung sagte er auch mal: »Warum machst du dir solche Mühe? Ein gut gebügelter Bademantel tut's auch.«

Als Salman eintrat, hatte Charles sich schon in seinen Ärger hineingesteigert. Er hatte den ganzen Vormittag nichts geschafft.

»Ich werde schwach«, sagte Charles. »Die Offenbarung dauert eine Sekunde, kommt und geht, ein Blitz auf der Rückbank eines Taxis. Aber die Kopfschmerzen, die man davon kriegt – die Riesenkopfschmerzen –, die bleiben.«

Salman kratzte sich mit dem kleinen Finger am Nasenloch, eine vornehmere Art des Popelns. »Waren Sie auf dem College in einer Studentenverbindung?«

»Natürlich.«

»Dann stellen Sie sich vor, Sie wären ausgesucht worden, hätten eine Aufgabe bekommen, und jetzt wartet der schwierige Teil, bevor es richtig gut wird. Jetzt ist der Zeitpunkt, wo Sie heimlich die Pariser gekauft haben und sie zu Hause vor dem Spiegel drüberziehen.«

»Herrlich, Salman. Schön gesagt. Aber so einfach ist es nicht. Ich muß meinem Boß bald was sagen, und zu Hause wird es immer schwieriger. Montag haben wir ein Abendessen. Meine Frau und mein Analytiker gegen mich. Sie hat sogar koscheres Essen bestellt, um mir einen Gefallen zu tun.«

»Koscheres Essen.« Salman schlug sich auf die Knie und lachte laut. »Der erste Schritt. Klingt für mich durch und durch positiv. War sie zufällig schon im Tauchbad?«

Charles drehte den Stuhl herum und schaute zum Fenster hinaus, dann drehte er sich langsam wieder zurück.

»Salman, das ist eine kitzlige Frage, und ich glaube fast, Sie hören gar nicht richtig zu. Sue weigert sich aus verschiedenen Gründen. Der eine ist, weil sie mich haßt und unsere Ehe in die Brüche geht. Der andere – und das ist ein überzeugender Grund –, weil sie keine Jüdin ist.«

»Ich verstehe.«

»Ich möchte, daß Sie Montag auch kommen, Salman. Nach dem Wochenende wird eine Stimme der Vernunft nützlich sein. Ich werde meinen ersten Sabbat halten. Und wenn Sue in Form ist, steht mir ein Riesenkrach bevor.«

»Finden Sie raus, wo das Essen herkommt. Wenn es wirklich koscher zubereitet ist, komme ich.«

Die Uhren waren noch nicht umgestellt, und der Sabbat kam immer noch früh. Charles zog sein als koscher bestätigtes Jackett und seinen Mantel an und ging ohne Erklärung nach Hause. Er rührte die Kerzenhalter auf dem Kaminsims nicht an, um nicht Sues Zorn herauszufordern, statt dessen kramte er ein fleckiges und eingedelltes Paar aus einer niedrigen Vitrine im vollgestopften und nie benutzten Anrichteraum. Das Dienstmädchen ging vorbei, sagte aber nichts. Sie trug ihren Geldbeutel und den Müll in den Hausarbeitsraum.

In Abwesenheit von Ehefrau oder Tochter fällt die Ehre, den Sabbat einzuleiten, dem einsamen Mann zu. Charles räumte ein Stück des Fensterbretts im Arbeitszimmer frei, bedeckte die Augen vor den brennenden Kerzen und machte das Segenszeichen. Er blieb an der Stelle stehen, wo es der Frau gestattet ist, Gott ihre Wünsche und persönlichen Bitten um Segen für andere mitzuteilen, stand mit den kühlen Handflächen vor den Augen da und stellte sich Sue vor.

Die Kerzen flackerten am Fenster und brannten schnell und schief.

Charles klappte die Fußstütze an seinem Sessel aus. Er schloß die Augen und dachte an die erste Nacht, die er als Kind nicht in seinem Bett geschlafen hatte, sondern auf einer Matratze neben dem Bett seines Cousins. Er war vier oder fünf, und sein älterer Cousin schlief bei fest geschlossener Tür, es drang nicht mal ein Lichtschein aus dem Korridor. Von allen seinen Erfahrungen kam diese seiner gegenwärtigen, dem Verlieren und Gewinnen einer Welt, am nächsten.

Als er Sue ins Schlafzimmer gehen hörte, waren die Kerzen heruntergebrannt. Er versuchte einen freundlichen und alltäglichen Gesprächsstoff zu finden. Ihm fiel nichts ein, er konnte sich nicht erinnern, worüber sie während ihres gemeinsamen Lebens geredet hatten. Was hatten sie zueinander gesagt, wenn es nichts Dringendes gab? Worüber hatten sie in siebenundzwanzig Jahren geschwatzt?

Er stand auf und ging zu ihr.

Sue saß am hinteren Fenster auf dem zierlichen, antiken Stuhl, der nur zum Anschauen da war. Sie hielt eine Zigarette in der Hand und schnippte die Asche in ein Porzellanschälchen auf ihrem Knie. Im Halbprofil vor der elektrischen Dämmerung der Stadt wirkte Sue so entspannt wie Charles sie schon lange vor seiner Erleuchtung nicht mehr gesehen hatte. Er wußte oder glaubte zu wissen, daß sie sich darauf konzentrierte, seine Anwesenheit zu ignorieren. Sie wollte sich ihren Moment des Friedens nicht verderben lassen.

Das war seine Ehefrau. Eine Frau, die so tun konnte, als wäre er nicht da, wenn es ihr lieber war. Eine Frau, die stets in zwei Wirklichkeiten zugleich leben konnte. Sie konnte einen Arbeitstag damit verbringen, Telefonhörer hinzuknallen und mit zerrissenen Layouts in der Hand Korridore entlangzustürmen, und dann zu Hause Gäste empfangen, Abendessen servieren und Teetassen auf eine Art herumreichen, die einen Raum verstummen ließ.

Wie sollte er seinen eigenen Mangel an Wandlungsfähigkeit erklären? Hier war eine Frau, die in zwei Generationen gleichzeitig lebte. Wie sollte er seinen Kampf verständlich machen, bloß in einer zu leben? Und wie der Frau mit zwei Leben eröffnen, daß er Salman eingeladen hatte, der in seiner Seele sogar zehn Leben trug?

Am Sonntag las Charles gerade den Roman *QB VII* von Leon Uris, als Sue ins Arbeitszimmer rannte –

buchstäblich rannte – und ihn am Arm packte. Er war schockiert und machte die unbeholfenen Bewegungen eines Menschen, der zugleich verwirrt ist und grob angefaßt wird, wie ein irrtümlich festgenommener Tourist.

»Sue, was soll das?«

»Ich könnte dich umbringen«, sagte sie, und obwohl sie kleiner war, hatte sie ihn bereits hochgezerrt. Charles folgte ihr in die Diele.

»Was ist das?« schrie sie und riß die Tür auf.

»Eine *Mesusa*, wenn du das meinst«, sagte er. Er zeigte auf die kleine, an den Türpfosten genagelte Metallkapsel. »Ich brauche sie, ich muß sie küssen.«

»O mein Gott«, sagte sie und schlug die Tür zu, wodurch die Nachbarn einen schwachen Eindruck von ihrer Stimmung erhielten. »Mein Gott!« Sie stützte sich mit der Hand gegen die Wand. »Wo kommt die her? Da ist blaue Farbe dran. Wo kauft man eine gebrauchte *Mesusa*?«

»Ich weiß nicht, wo man welche kriegt. Ich hab sie mit einem Brieföffner bei Elf D abgemacht. Die benutzen sie nicht mal. Steve Fraiman hat mir letztes Jahr ihren Weihnachtsbaum gezeigt. Ihre Tochter geht mit einem Farbigen aus.«

»Bist du wahnsinnig? Fünf Jahre auf der Warteliste für ein Apartment, und jetzt läufst du rum und klaust Sachen aus dem Korridor? Glaubst du, irgendwer außer mir kauft dir so eine Geschichte ab? Oh, ich bin kein Nazi, Mrs. Fraiman, bloß ein alternder Mann, der plötzlich als Jude aufgewacht ist.«

»Es geschah in einem Taxi. Ich bin als gar nichts aufgewacht.«

Sue stützte auch die andere Hand gegen die Wand und ließ den Kopf hängen.

»Ich hab den Rabbi eingeladen«, sagte Charles.

»Meinst du, das regt mich auf? Meinst du, ich hab nicht gewußt, daß du ihn mit reinziehen würdest? Gut, soll er kommen. Vielleicht ist im Bellevue Hospital ja ein Doppelzimmer frei.«

»Das ist sehr intolerant, Sue.« Er streckte die Hand aus, um sie zu berühren.

»Geh in dein Arbeitszimmer«, sagte sie. »Betatsch eins von deinen Büchern.«

Sie sahen sich den Eßtisch an. Charles und Sue standen an entgegengesetzten Seiten und beurteilten die Anstrengungen des Dienstmädchens.

Es war eindrucksvoll.

Eine Papiertischdecke, Pappbecher und Champagnergläser aus Plastik. Bedruckte Papierservietten, die zum Muster auf den Tellern paßten, Plastikgabeln, Plastiklöffel und noch ein paar andere Dinge – billig, aber nicht zum Wegwerfen. Die Messer, zum Beispiel, die Messer waren echt, neue Steakmesser mit Holzgriffen. Sue hatte sich sogar die Mühe gemacht, eine ordentliche Flasche kosheren Wein zu finden. Eine Flasche. Die andere war Brombeerwein. Charles fragte sich, ob der Brombeerwein eine Warnung sei, was andauernde Frömmigkeit einem verfeinerten Gaumen antun könne. Wein mit Schraubverschluß. Zuckrige Plärre. Er wollte etwas sagen, aber als er den Tisch wieder anschaute, die beiden eingesetzten Ausziehplatten, das polierte Silber auf der Kredenz, hielt er inne. Es war mehr als ein Waffenstillstand. Es war ein Versuch der Offenheit – oder wenigstens die Anweisung, das Dienstmädchen solle es so aussehen lassen.

»Schrecklich«, sagte sie. »Wie ein Kindergeburtstag. Fehlt bloß noch, daß ein Papieresel an der Wand hängt.«

»Ich bin dir dankbar, Sue, wirklich.« In seiner Stimme lag Wärme und zum ersten Mal seit seiner Eröffnung echte Liebe. Er zog die Augenbrauen hoch und lächelte. Es war ein Lächeln, das zugleich eine Entschuldigung und ein Achselzucken war.

»Achtundachtzig Dollar für das mieseste Essen, das du je bekommen hast. Die Suppe ist ungenießbar, das reine Salz. Ich habe einen Löffel probiert und mußte danach extra eine Blutdruckpille nehmen. Wahrscheinlich sterbe ich noch während des Essens, dann haben wir keine Probleme mehr.«

»Allmählich bist du es, die jüdisch klingt«, sagte Charles, zog eine *Jarmulke* aus der Tasche und setzte sie auf.

Als Charles auf das Klopfen hin die Tür zum Arbeitszimmer öffnete, war er erstaunt, dort Salman stehen zu sehen, erstaunt, daß Sue ihn nicht geholt hatte.

»Sehr nett, Ihre Frau«, sagte Salman. »Allem Anschein nach sehr vernünftig.«

»Der Anschein ist wichtig«, sagte Charles.

Salman lachelte und strahlte dabei Freude aus.

»Es wird alles gut«, sagte er, hakte Charles unter und führte ihn den Korridor entlang.

Sue und Dr. Birnbaum – letzterer in einem gelben Pullover – saßen schon am Tisch.

Dann trat die schmerzhafteste Stille ein, die Charles

je erlebt hatte. Er war sich seines Atems, seines Pulses, seiner Temperatur bewußt. Er spürte das Innere seiner Eingeweide, das Blut in seinem Kopf und die Luft, die geräuschlos und glatt wie ein See gegen seine Trommelfelle drückte.

Es war Salman, der das Wort ergriff.

»Kann ich mich irgendwo waschen?« fragte er.

Bevor man Brot aß, wußte Charles.

»Ja«, sagte er, »ich gehe auch.«

Er schaute Sue an, als er aufstand. Charles wußte, was sie dachte.

Sprich es aus, wollte er ihr sagen. Sag es Dr. Birnbaum. Du hast recht. Es stimmt.

Waschungen.

Andauernd diese Waschungen.

Rabbi Salman segnete das Brot, und Dr. Birnbaum murmelte »Amen«.

Sue starrte ihn einfach an. Ein Mann mit Vollbart, einem schwarzen Vollbart und Schläfenlocken, saß in ihrer Wohnung. Charles wollte sie darauf hinweisen, daß sie ihn anstarrte, sagte aber nicht mehr als »Sue«.

»Was ist?« fragte sie. »Was ist, Charles?«

»Wollen wir essen?«

»Ja«, antwortete Salman mit einem breiten Lächeln seiner weißen, kalifornischen Zähne. »Essen wir zuerst. Mit vollem Magen können wir besser diskutieren.« Er griff erst in die eine Richtung, dann in die andere, nahm eine Flasche und goß sich ein Glas Brombeerwein bis zum Rand ein.

Sie aßen in einer Stille, die zwar nicht absolut, aber immer noch bedrückend war. Allen war es am Gesicht abzulesen, außer Salman, der tief in den Vorgang des Essens vertieft war und ihn nur einmal unterbrach, um zu sagen: »Jüdischer Name – Birnbaum«, bevor er sich wieder seinem Essen widmete. Die anderen drei blickten abwechselnd von einem zum anderen und dann wieder auf ihren Teller. Häufig wurde Salman angestarrt, wenn sie nirgendwo anders hinschauen konnten.

»Die Gerste ist köstlich.« Dr. Birnbaum lächelte, als habe Sue irgend etwas von dem Essen selbst zubereitet.

»Danke«, sagte sie, ergriff die leere Packung neben Salman und ging in die Küche, um eine neue zu holen. Dr. Birnbaum ergriff die Gelegenheit, Charles auf das Thema anzusprechen.

»Ich glaube, man kann getrost sagen, daß Ihre Nachricht mich verblüfft hat.«

»Bloß eine ganz normale Erweckung, nichts Ungewöhnliches.«

»Trotzdem wäre es mir lieber gewesen, Sie hätten mit mir darüber gesprochen. Nach so vielen Jahren.«

Sue kam mit einer großen Packung Gerste wieder, den Deckel in der Hand. Charles räusperte sich, dann trat Stille ein. Sie legte den Kopf schief. Eine leichte Neigung, ein fragender Blick. War bei einer ihrer Dinnerpartys je Stille eingetreten? Hatte ihre Anwesenheit je abrupt ein Gespräch unterbrochen?

Sie knallte die Packung auf den Tisch, und dieses laute Geräusch schreckte Salman auf. Er schaute zu ihr auf und entfernte ein Stückchen Gerste aus seinem Bart.

»Ich wollte gerade erklären, warum ich hier bin«, sagte Dr. Birnbaum, »und Charles versichern, daß wir keinen geheimen Plan haben. Er wird hier nicht auf Zurechnungsfähigkeit geprüft, und ich habe keine Thorazin-Spritze dabei.«

»Das war vorher«, sagte Sue, »letzte Woche, bevor Ihr Patient angefangen hat, Judaica zu klauen. Bevor er anfing, mich in diesem Gebäude zu demütigen. Wissen Sie, daß er am Freitag abend im Fahrstuhl wie ein Idiot rauf und runter gefahren ist und gewartet hat, daß jemand unsere Etage drückt? Wie ein zurückgebliebenes Kind. Er betritt den Fahrstuhl und erklärt jedem: Darf leider am Sabbat nicht den Knopf drücken, haha. Er kann die Leute nicht drum bitten, weil man bloß eine *Andeutung* machen darf.«

»Sehr gut«, sagte der Rabbi, »ein aufmerksamer Schüler.«

»Sie Eindringling, Sie!« sagte sie zu Salman. Dann wandte sie sich wieder an Dr. Birnbaum. »Ich hab's von der alten Mrs. Dallal gehört. Sie hat dann den Knopf gedrückt. Unsere arme alte Nachbarin muß mit diesem Schwachkopf im Fahrstuhl fahren. Sie hat mir erzählt, sie hätte mit Petey, dem Portier, geredet und nicht verstanden, warum sich die Fahrstuhltür immer wieder öffnete, Charley aber nicht rauskam. Sie hat ihn wirklich gefragt: ›Wollen Sie aussteigen?‹ Ist das nun verrückt oder nicht, Doktor? Muß man gesunde Menschen auffordern, aus dem Fahrstuhl zu steigen, oder tun sie's von allein?«

Charles sprach als erster.

»Freitag nacht hat sie das Licht im Badezimmer ausgemacht. Sie weiß, daß ich den Schalter nicht anfassen darf. Ich mußte im Dunkeln gehen. Es war böswillig.«

»Wir sitzen bei Tisch, Charles, ob mit Papptellern oder nicht. Auch wenn ein Mann hier seine Gabel hält wie ein Tier, werden wir uns manierlich benehmen.«

Salman lachte laut über Sues Beleidigung.

»Und sind das Manieren? Einen Gast beleidigen?« brüllte Charles. »Und dann noch einen Rabbi.«

»Er ist nicht mal Jude, Charley. Und du auch nicht. Zu Wahnsinnigen braucht man nicht höflich zu sein. Solange man sie nicht mit kaltem Wasser abspritzt, verletzt man nicht die guten Sitten.«

»Sie ist boshaft, Doktor. Sue hat Sie nur eingeladen, damit Sie zusehen, wie sie mich beleidigt.«

»Wenn ich mal ein Wort sagen soll, ist jetzt vielleicht der richtige Moment«, sagte Dr. Birnbaum.

»Ein Wort?« fragte Salman. »Was kostet das bei Ihnen?«

»Vielen Dank«, gab der Doktor zurück. »Ein schönes Beispiel für die sinnlose Art von Aggression, die aus einem Gespräch ein lautes Gezänk machen kann.«

»Das kommt, weil Sie keinen Schlips tragen«, warf Charles ein. »Wie wollen Sie Leute ohne Schlips kontrollieren?«

»Ich versuche nicht, irgendwen zu kontrollieren.«

»Stimmt«, sagte Salman. »Ich bin zwölf Jahre zum Analytiker gegangen. Sie kontrollieren nicht. Sie geben Absolution, wie atheistische Priester. Keine Verantwortung für das eigene Handeln, niemand, dem man Rechenschaft schuldig ist. Anarchisten mit Hochschulabschluß.« Salman wandte sich nun an den Doktor. »Sie können den Menschen nicht erlauben, Gott zu ignorieren. Sie haben nicht das Recht dazu.«

»Sir, Rabbi«, sagte Dr. Birnbaum. »Als Charles'

geistlichen Berater bitte ich Sie, mir dabei zu helfen, dieses Gespräch konstruktiv zu gestalten.«

»Genau deshalb bin ich hier«, antwortete Salman. Er schob den Stuhl zurück und stützte die Ellbogen auf den Tisch. »Es gibt nur eine Art, wie Sie helfen können, und das ist, Charles Ihren Segen zu geben, oder wie Sie das sonst nennen. Therapeuten sagen immer, es ist okay. Also sagen Sie ihm, es ist okay, sagen Sie ihr, es ist okay, dann wird alles besser werden.«

»Das kann ich nicht tun – tue ich auch sonst nicht«, erwiderte der Doktor. Er wandte sich an seinen Patienten. »Sollen wir in ein anderes Zimmer gehen und da weiterreden?«

»Wenn ich das wollte, wäre ich zu unseren Terminen gekommen. Alle Therapie der Welt hat mir nicht den einfachen Trost gebracht, den ich im Glauben an Gott gefunden habe.«

»Hören Sie sich das an«, sagte Sue. »Hören Sie, was ich zu ertragen habe? Geschwätz!« Der Doktor blickte zu ihr, hob die Hand und tätschelte die Luft.

»Ich höre zu«, sagte er. »Ich will es wirklich hören. Aber von ihm. Daß Charles vom christlichen Ungläubigen zum orthodoxen Juden geworden ist, ist offensichtlich. Es ist auch verwirrend.« Er sprach in vernünftigem Ton. Die anderen hörten zu, jederzeit bereit, ihn zu unterbrechen. »Ich bin zum Essen gekommen, um von Charles zu hören, warum er sich verändert hat.«

»Wegen seiner Seele«, sagte Salman und warf ungeduldig die Arme in die Luft. »Er hat diese Seele immer gehabt. Charleys Denken ist Gott immer ein Wohlgefallen gewesen, aber erst jetzt hat Gott ihm gezeigt, daß sein Handeln es nicht war.«

»Das ist wahr«, sagte Charles. »Genau dieses Gefühl habe ich, als ob es schon immer in mir gewesen wäre, aber erst jetzt die Zeit für mich gekommen ist, gottgefällig zu handeln.«

Sue sagte kein Wort, spannte aber den ganzen Körper an, Fäuste, Schultern und Zähne.

»Und gottgefälliges Handeln bedeutet, als orthodoxer Jude zu leben?« Der Doktor sprach ganz sanft. »Sind Sie sicher, es könnte nicht auch etwas anderes sein – wie Gärtnern oder Meditation? Haben Sie schon an Wohltätigkeit gedacht, Charley, nur mal als Beispiel?«

»Sehen Sie nicht, was er tut?« fragte Salman. »Die scharfe Zunge des Philosophen.« Er sprang auf. Der Tisch wackelte unter seinem Gewicht, wenn auch lautlos, ohne die übliche Sammlung von Silber und Kristall, was der Szene etwas von ihrer Dramatik nahm. »Sagen Sie ihm, was der König der Khasaren vor fünfhundert Jahren zu seinem scharfzüngigen Philosophen sagte.« Anklagend zeigte er mit dem Finger auf den Doktor. »›Deine Worte sind überzeugend, aber sie führen mich nicht zu dem, was ich suche.‹«

»Halten Sie doch endlich den Mund«, sagte Sue.

»Schon gut, Salman«, sagte Charles, und Salman setzte sich wieder. »Ich hätte es nicht so ausgedrückt, Doktor«, sagte Charles, »aber es ist, was ich fühle. Sie sehen, Doktor – ich meine, mit Ihren Augen. Sie sehen, wie ich aussehe, wie ich handle. Nicht anders als vorher. Andere Rituale, vielleicht, andere Speisen, aber der gleiche Mensch. Nur daß ich Frieden und Erfüllung spüre.«

Während Charles redete, glitt Sue vom Stuhl zu

Boden, als sei sie betrunken. Sie fiel nicht vornüber, sondern blieb auf den Knien, faltete die Hände und senkte den Kopf.

Sie verharrte in der traditionellen christlichen Gebetshaltung. Seine Ehefrau, die es nicht ertrug, nach dem 1. Mai eine weiße Handtasche zu sehen, kniete vor ihnen.

»Sue, was machst du da? Steh auf.«

Sie hob das Kinn, hielt aber die Augen geschlossen.

»Hast du ein Monopol auf Gott? Bist du der einzige, der beten darf?«

»Du hast recht, du hast recht.«

»Es geht nicht ums Rechthaben«, sagte sie. »Ich verstehe es jetzt. Du warst ebenso verzweifelt wie ich jetzt. Gott ist für die Verzweifelten. Für den Tag, wenn man nichts mehr tun kann.«

»Es gibt immer etwas«, sagte Salman. Niemand beachtete ihn.

»Es gibt immer einen Ausweg, Sue.« Charles schwitzte sein Hemd durch.

Sue öffnete die Augen und saß auf einen Arm gelehnt auf dem Boden, die Beine abgespreizt.

»Nein«, sagte sie. Sie weinte nicht, aber alle wußten, wenn sie den falschen Ton oder das falsche Wort traf, irgendwie noch aufgeregter, dann würde sie völlig die Fassung verlieren. »Du scheinst es nicht zu begreifen, Charles, weil du es nicht willst, aber ich weiß nicht, was ich tun soll.«

Wenn es ein Opfer gab, das Charles ihr nicht zugetraut hatte, war es, vor Fremden Offenheit zu zeigen und vor einem Tisch mit Papptellern müde und überarbeitet auszusehen.

»Ist es das, was du hören wolltest, Charles? Ich finde mich mit überhaupt nichts ab. Ich werde dich nicht umbringen oder einsperren lassen oder zur Gehirnwäsche ins Sommerhaus schleifen lassen.« Charles war zugleich erleichtert und erschrocken – sie hatte offensichtlich ihre Möglichkeiten überdacht. »Aber ich werde abwarten und nachdenken, Charley. Daran kannst du mich nicht hindern. Ich werde hoffen und beten. Ich werde sogar zu deinem Gott beten und ihn bitten, daß du ihn vergißt. Daß er dich verstößt.«

»Das ist falsch, Sue.« Es klang falsch.

»Nein, Charles. Es ist fair. Fairer, als du zu mir warst. Du hast eine Erleuchtung und willst, daß jeder dieselbe hat wie du. Aber selbst wenn wir eine hätten, selbst wenn es die beste, größte, heiligste Sache der Welt wäre. Wenn jeder Mensch dieselbe hätte, bliebe für dich höchstens ein brillanter Einfall übrig.«

»Ich weiß nicht, ob das theologisch haltbar ist«, sagte Salman und zwirbelte die Spitzen seines Vollbarts.

»Es ist wundervoll«, sagte der Doktor. Sein Gesicht war voller Stolz.

Charles ließ sich auf den Boden nieder und setzte sich mit gekreuzten Beinen vor Sue. »Was heißt das, Sue? Was bedeutet es für mich?«

»Es bedeutet, daß dein Augenblick der Gnade vorbei ist. Ob echt oder nicht, er ist jetzt vorbei. Jetzt hast du das Leben – den Alltag. Ich sage dir bloß ganz klar, du solltest dir ebensoviel Gedanken um mein Wohlwollen machen wie um das Gottes. Es ist wie eine neue Liebschaft, Charles, du bist verwirrt wie ein Schulmädchen. Aber denk dran, wer von uns beiden plötzlich in dein Leben getreten ist und wer schon immer da war. Ich *will* versuchen, es durchzustehen. Aber ich warne dich: Ebenso rasch wie Gott in dein Leben kam, könnte ich eines Tages weg sein.«

»So kann ich nicht leben«, sagte Charles.

»Das wünsche ich mir immer bevor ich einschlafe.«

Aus dem Augenwinkel sah Charles, wie Dr. Birnbaum sich hinauszuschleichen versuchte, ohne das Gespräch zu stören. Er sah, wie der Doktor sich zurückzog und mit lautlosen Schritten entfernte, dann wandte er sich zu Sue. Er wandte sich zu ihr und ließ auf seinem Gesicht all den Groll erscheinen, den er fühlte. Er ließ die Muskeln erschlaffen, die Lider sinken und sich verhärten und redete so vertraut mit ihr, als sei Salman nicht da.

»Das Größte, was mir je passiert ist, und du gibst mir das Gefühl, ich hätte es besser für mich behalten sollen.«

Sie dachte darüber nach. »Stimmt. Es wäre besser gewesen. Ich hätte viel lieber nach deinem Tod einen Karton gefunden: Gebetbücher und Käppchen, gebrauchte Nadeln und Damenunterwäsche. Jetzt, in meinem Alter, wäre es einfacher gewesen, alles zu finden, wenn du nicht mehr da wärst.«

Charles blickte zu Salman, der sich wie der Doktor langsam zur Tür bewegte.

»Sie verlassen mich auch?«

»Nicht so elegant wie der Doktor, aber nicht so dumm, daß ich nicht wüßte, wann es Zeit zum Gehen ist.«

»Eine Minute«, sagte Charles zu seiner Frau. »Ich bin in einer Minute zurück. Ich bringe ihn zur Tür.

Unseren Gast«, flehte er sie an, während er die Beine entknotete.

Charles folgte dem Rabbi durch die vordere Diele. Salman legte den Mantel an und zog sich den Hut in die Stirn, ein zusätzlicher Schutz gegen die Stadt dort unten.

Sie standen neben dem Schirmständer. Salman nahm einen Spazierstock heraus. Er kratzte sich die Nase mit dem kleinen Finger. »Es ist ein uraltes Problem. Alle Großen müssen Prüfungen bestehen. Ich wäre nicht überrascht, wenn der König der Khasaren vor der gleichen stand.«

»Was wurde aus dem König?« fragte Charles. »Wie geht es für die Großen aus?«

Salman lehnte den Stock an die Wand.

»Das ist gleichgültig. Wichtig ist, daß sie alle Gott besaßen. In ihren Herzen kannten sie Gott.«

Charles legte Salman die Hand auf die Schulter. »Ich möchte es nur wissen.«

»Sie wissen es schon«, erwiderte er. Die Freude verließ sein Gesicht. »Sie wissen es, aber Sie wollen, daß ich lüge.«

»Ist das so schlimm?«

Das Gesicht des Rabbi wirkte lang und weich, die Begeisterung kehrte nicht zurück. »Keine Hoffnung, Mr. Luger. Ich sage Ihnen das von einem Juden zum anderen. Für die Frommen gibt es keine Hoffnung.«

Als Charles ins Eßzimmer zurückkam, war Sue fort, der Tisch abgeräumt und die Stühle an ihrem Platz. Konnte es länger als eine Minute gewesen sein? Er sah den Mülleimer aus dem Anrichteraum mitten in der

Küche stehen, oben schaute die Papiertischdecke heraus. Ein Wegwerfdinner und ein scheinbar unberühr-
tes Eßzimmer.

Er wollte zum Schlafzimmer gehen und blieb an der
Tür des Arbeitszimmers stehen. Sue stand am Fensterbrett, wo das heruntergetropfte Wachs die angelaufe-
nen Leuchter festgeklebt hatte. Sie löste die verhärte-
ten Gebilde, indem sie den Fingernagel darunterschob
und sie vom lackierten Holz des Fensterbretts abhob.

»Ich hoffe, das ist kein Sakrileg.« Sie kratzte weiter
an dem Wachs, das Flechten über die silbernen Leuchter gelegt hatte.

»Nein, ich glaube nicht.«

Er durchquerte das Zimmer und stellte sich neben
Sue. Er faßte nach der Hand, die über die feinen
Wachsschichten auf dem Fensterbrett kratzte. »Und
wenn es da bleibt, was soll's?« sagte er.

»Es wird die Farbe ruinieren.«

»Es wird den Fensterrahmen echt aussehen lassen.
Als ob jemand in dieser Wohnung lebt und dieses Zimmer benutzt.«

Charles blickte durchs Arbeitszimmer, zur Lampe
und zum Bücherschrank, dann aus dem Fenster auf die
Gebäude und den Himmel. Er war mit seiner Bibellek-
türe noch nicht sehr weit gekommen und hoffte noch
immer, Gott werde vielleicht seine Rettung bewerk-
stelligen.

Er ergriff Sues andere Hand und hielt sie beide fest.
Er wünschte sich, sie möge verstehen, daß tatsächlich
eine fundamentale Veränderung stattgefunden hatte,
aber daß deren äußeres Anzeichen nicht groß sei. Der
wahre Unterschied lag schließlich in seiner Seele.

Sue schaute eine Weile an ihm vorbei, bevor sie ihn anblickte.

Er versuchte, vor ihr offen zu erscheinen und ihr zu erlauben, ihn mit derselben tiefen Klarheit zu betrachten, die er erst vor so kurzer Zeit kennengelernt hatte. Charles war von verzweifelter Bereitwilligkeit. Er mühte sich, unvoreingenommen vor ihr zu stehen, nur vor Sues Augen, ganz von ihr gesehen zu werden, und wünschte, von ihr als Verwandelter geliebt zu werden.

VERSÖHNUNG

Das Haus hat einen sonderbaren Geruch, eine bestimmte Ausdünstung. Der Rabbi hat dreizehn Kinder,
daher der Geruch. Der ständige Kreislauf täglicher Be-
dürfnisse. Irgend jemand ißt immer gerade oder kackt,
zieht sich die Socken an oder aus. Aber es ist nicht
weiß wie in der Krankenstation, nicht steril und künstlich. Es ist das wahre Leben mit allen Gerüchen, die
dazugehören.

Das erklärt Marty einem anderen Patienten im
Aufenthaltsraum, während er eine Zigarette aus der
Tasche nestelt und sich einen Tabakkrümel von der
Zunge klaubt.

Marty fühlt sich in dieser Station zu Hause. Als es
noch die Entbindungsstation war, kamen seine beiden
Kinder hier zur Welt, ehe alles verändert wurde und
Stahltüren eingesetzt wurden. Dennoch läßt sich dieses
Gefühl nicht wegwischen, die Freude über Geburten
und neues Leben, über Töchter und Söhne. Vielleicht
ist das der Grund, warum jetzt die Geistesgestörten
hier sind – damit der Ort ihnen metaphysischen Auf-
trieb gibt und sie in einer Abteilung mit hoffnungs-
gesättigten, lebensbejahenden Mauern geheilt werden.

Er tut so, als befinde er sich in einem Country Club,
und trägt teure Freizeithosen und Slipper, gebügelte

Hemden und Pullover mit V-Ausschnitt, die mehr Wohlstand ausstrahlen als Jacketts und Krawatten. Er benimmt sich auch so, als müsse er halt das Beste draus machen, solange er nicht zu seiner Golfpartie zurückgehen kann, lächelt den anderen Patienten zu, schüttelt Hände und reißt Witze, zwinkert und schmunzelt bei jeder Gelegenheit.

Das Personal mag Marty und ermutigt seine neue Freundschaft.

Auf der Straße eines benachbarten Vororts bekommt irgendein Typ einen heftigen Wutanfall; er wird auf eine Bahre geschnallt und in die Abteilung gerollt, wobei er rasend versucht, entweder seine Handgelenke aus den Fesseln zu befreien oder sich dabei die Hände abzureißen.

Die Schwestern geben ihm eine Spritze in den Oberschenkel.

Dann schlendert Marty, die große Nummer der Abteilung, ins Zimmer, während zwei Schwestern die Fesseln entfernen. Marty benutzt einen Finger als Lesezeichen in einer Biographie, beugt sich über den Neuankömmling, schaut in das betäubte Gesicht und sagt: »Ich könnte schwören, wir sind uns schon mal begegnet. Kann es sein, daß Sie im letzten Frühjahr mit mir hier waren?«

Und der Typ antwortet einen oder zwei Augenblicke später: »Nein, das kann ich mir nicht vorstellen.«

Die meisten Schwestern und alle anderen Patienten haben Angst vor dem Neuankömmling, aber Marty hat in ihm einen großgewachsenen, brütenden Vertrauten gefunden. Und ein geneigtes Ohr. Er wirkt nicht besonders einfühlsam oder klug, es genügt, daß er ein Gefährte ist. Marty hat nämlich eine Menge zu erzählen und nicht genug Zeit dafür, wenn die Gedanken so rasch kommen und die Medikamente ihn träge machen.

»Als hätt ich eine Honigwabe im Kopf«, sagt er, »eine geometrische Form, bei der jede Seite genauso nach oben wie nach unten zeigt. Kaum stehe ich fest auf beiden Füßen, merke ich, daß ich waagerecht bin und alle anderen Schrägen flach wie der Boden aussehen.«

Wenn der Neue beschäftigt ist, wenn er einnickt oder einfach in seinem eigenen Kopf gefangen ist, stellt Marty sich vor, sich von Raum zu Raum zu bewegen und wie Fred Astaire die Wände hinaufzugehen, es mit diesen seltsamen Winkeln aufzunehmen, um zu sehen, wo sie hinführen.

Manchmal ist es der Teller, der fällt und fällt und fällt. Ein Satellit. Sein Mond. Marty ist zu Hause bei seiner Familie und sieht sich, sieht den Teller und sieht, wie alles schrecklich schiefgeht.

Dann ist *Schul*, er packt zu, der *Gabbai* brüllt. Die Tora fällt, entrollt sich und breitet sich aus wie ein roter Teppich, schwarzes Wort für Wort für Wort.

Die Häßlichkeit des Typen kommt von der Straße, d. h. er ist nicht von Natur aus häßlich, aber seine Nase ist mehrmals gebrochen gewesen, er hat alte Narben und neue Entzündungen, einen struppigen Bart und sieht immer gefährlich aus, so daß sogar jemand, der ihn schlafend hinter einer Mülltonne findet, sehr vorsichtig ist. Und vorsichtig sind auch die Schwestern. Sie gehen immer zu zweit, besonders beim Rundgang spätabends, obwohl es dann wohl eher aus Furcht vor der Dunkelheit geschieht, denn der Neue ist dann mit einer hohen Dosis an Beruhigungsmitteln vollgestopft.

Marty dagegen tauchte bei der Aufnahme mit einem ganzen Satz teurer italienischer Gepäckstücke auf.

Oberschwester Marjorie kennt ihn natürlich. Über die Jahre ist er immer häufiger drinnen. Mit zunehmendem Alter beschleunigt sich der Zyklus. »Meine Frau«, sagt er achselzuckend. Er ist wegen Robin da, um ihr einen Gefallen zu tun.

Die Schwestern haben etwas gegen diese Ehefrau. Im allgemeinen sind ihre Patienten nicht auf eine Art charmant und gutaussehend, die ihnen Herzklopfen bereiten würde. Wenn sie kommt, um sicherzugehen, daß Marty da ist, sehen sie eine kleine abgespannte und müde Frau in billigen Blusen und Discount-Schuhen. Robin hat kein Lächeln und keine Anekdoten für sie, keine Wärme. Wenn sie verschwindet, rätseln die Schwestern, ob sie sich selbst die Haare schneidet.

Kaum daß sie diesmal gegangen war, legte Marty einen Koffer auf den Tisch und ließ ihn aufschnappen, »Klick« und dann nochmal »Klick«. Während er ihn mit geübten Bewegungen durchwühlte, redete er in dramatischem Tonfall weiter. »Hab anscheinend wieder Ärger gemacht, die Familienkasse ein bißchen zu sehr beansprucht.« Er zog etwas hervor und sagte: »Hier ist es. Ein Geschenk für Sie, Marjorie.« Er nahm den Koffer herunter und reichte ihr eine mit Bändern und Schleife versehene Schachtel. Eine junge

Schwester wurde rot. »Ich hatte in Mailand das Gefühl, wir würden uns wiedersehen, und ich wäre bald wieder hier. Schönes Leder«, sagte er, »schöne Frauen, schönes Wetter. Ein wunderbares Land. Sie sollten mal versuchen, um diese Zeit dort hinzufahren.«

»Sagen Sie Robin, Sie hätten in Mailand an *sie* gedacht«, sagte Marjorie und gab das Geschenk zurück. »Und jetzt richten Sie sich mal wieder ein. Schwester Williams wird Ihnen Ihr Zimmer zeigen.«

Marjorie ließ sich nicht erweichen, niemals. Andere Schwestern waren seinen Schmeicheleien schon erlegen. Vor längerer Zeit war mal eine entlassen worden. Man hatte gesehen, wie sie sich die Nähte ihrer weißen Strümpfe geradezog, als sie aus seinem Zimmer kam.

»Ein Mond aus gehackter Leber«, sagt Marty, »wenn ich es festhalten müßte, den Moment, als ich wußte, daß es schiefgelaufen war. Ich bin nach der Synagoge ins Haus gekommen, wie immer. Der Tisch ist gedeckt, Wein und *Challa*, vier kleine Teller mit Leber, jeder mit einer kleinen Möhrenscheibe obendrauf. Kaum bin ich eine Sekunde im Zimmer, fliegt ein Teller durch die Luft auf mich zu. Und da ist dieser Augenblick, wo ich ihn am höchsten Punkt seiner Flugbahn sehe, in einem Bogen über dem Tisch. Robin schaut ihn an, die Kinder schauen ihn an, wir sehen alle diesen Teller in der Luft. Ein vollkommener kleiner Mond, in dem die ganze Traurigkeit und der Zorn stecken, aus denen mein Heim besteht.« Marty beißt an einem Nagel und blickt in die Ferne. Er wendet sich dem Typen zu. »Irgendwas ist in meinem Leben schrecklich falsch gelaufen.«

»Hier drin ist es besser«, sagt der andere. »Wenn ich hier bin, läuft es richtig.«

»Nee«, erwidert Marty. »Das kann man nicht sagen. Wo ich die Kinder so liebe, meine Lea und meinen Sammy, und wo ich Robin so liebe, bringt das bloß Unglück. Sie haben es richtig gemacht, für Leute wie uns ist es genau richtig, auf der Straße zu leben. Frei. Alle Leinen los.«

»Hab alles losgemacht, bin aber nicht weit getrieben«, sagt der andere.

Lea und Sammy, die Kinder, hatten ihn abgehängt, waren nach der Synagoge vor ihm zu Hause. Marty hatte sich Zeit gelassen, war die Walnut Street entlang geschlendert und hatte über alles nachgedacht, was er hätte sagen sollen. Während er eine Rechtfertigungsrede murmelte, war er ins Eßzimmer getreten, und die rasende Robin hatte ihm ein kleines Stück Steingutgeschirr an den Kopf geworfen. Es zersprang an der Wand, und er spürte die Splitter im Genick. Sie warf ein Glas, und es traf die Wand mit größerer Wucht. Marty faßte sich mit einem Finger hinters Ohr, und da war Blut. Lea kreischte: »Mama«.

»Geh«, sagte Robin. »Irgendwohin. Bloß geh. Verschwinde, oder ich bring dich um für das, was du dieser Familie antust. Ich erstech dich hier vor den Kindern, und das wird ihr Leben wirklich ruinieren.« Lea sah den Blick ihrer Mutter zum Tisch und ergriff das gezackte *Challa*-Messer auf dem Schneidebrett. »Keine Angst, mein Schatz, ich nehm' ein Fleischermesser. Ich werd deinen Vater ins Herz stechen, ihm nicht den Kopf absägen.«

»Mama!« kreischte Lea und hielt den Ton so lange, daß ihre Stimme brach und die Sehnen in ihrem Hals erschlafften. »Mama, tu's nicht«, schrie sie und fiel auf die Knie.

Sammy schrie nicht, er sagte überhaupt nichts. Wenn seine Mutter ein Fleischermesser aus der Küche geholt hätte, wäre er beiseite getreten, um sie vorbeizulassen.

»Wenn der Rabbi nicht wäre, hätte Robin mich längst verlassen. Der Meister des Vergebens. Er kann alles wegreden.

Es ist auch nicht so sehr, was er sagt, sondern sein Stil, sein Beispiel. Ein guter Mann, der Rabbi. Krempelt jederzeit die Ärmel hoch, um eine jüdische Ehe zu retten. Sitzt hinter seinem großen Schreibtisch vor einer ganzen Sammlung silberner Bilderrahmen. Redet mit seiner hohen Mädchenstimme über den Frieden in der Familie, während dieser süßliche Gestank in der Luft hängt. Und Robin kann nicht weg. In dem Haus, wo bei jeder Mahlzeit eine ganze Football-Mannschaft am Tisch sitzt und der Haushalt schnurrt wie eine Maschine, ist meine Frau wehrlos. Wenn die das schaffen, was soll Robin da sagen? Zwei nette Kinder und ein Problemehemann sind zuviel? Der Rabbi und seine Frau haben dreizehn: zwei zurückgebliebene und eins mit Beinschienen, das wie der Blechmann durchs Haus klappert.«

»Mein Bruder«, sagt der Typ. »Mein Bruder ist der Rabbi in Ihrer *Schul*.« Er macht eine lange, lange Pause und schaut an Marty vorbei. Er stößt einen kurzen Seufzer aus. »Vielleicht«, sagt er.

Marty beugt sich nach vorn und reibt beide Handflächen auf den Knien im Kreis. Er hat richtig gehört. Nicht die Behauptung, sondern den Begriff. Der Typ hat »*Schul*« gesagt. Nicht »Tempel« oder »Synagoge«, sondern »*Schul*«.

»Wieso der Rabbi?« fragt Marty.

»Drüben in Ohav Shalom. In Bridgelawn.«

Diesmal schweigt Marty. Er denkt nach. Es klang aufrichtig, aber hier in der Station mangelt es an Vernunft, nicht an Aufrichtigkeit. Da ist die alte Dame mit vertrocknetem Rouge auf den Wangen und einer ans Handgelenk geklebten Papierblume, die geduldig an der Aufnahme steht und wartet, daß ihr junger Mann sie zum College-Ball abholt. Da ist der ermüdende Schizoide wie aus dem Lehrbuch, der meint, die CIA sei hinter ihm her, und eine andere Patientin, die mit ihrer toten Tochter und mit Natalie Wood korrespondiert. Sie schreibt ihnen die gleichen Briefe und weiß genau, daß sie nie antworten werden. All diese Leute sind so aufrichtig wie nur möglich. Und jetzt der Typ: »Mein Bruder ist Ihr Rabbi.« Martys guter Zuhörer. Genau wie der Rabbi. Sein Freund. Marty blickt ihn an, mustert ihn, entscheidet blitzschnell.

»Natürlich«, ruft Marty und schlägt mit der flachen Hand auf den Tisch. »Ich wußte doch, daß ich Sie kenne. Hab ich's nicht gleich gesagt? Wie ist eigentlich Ihr Nachname?«

»Baum«, sagt der Typ. Und Baum stimmt. Rabbi Baum aus Bridgelawn.

»Sie lügen«, sagt Marty mit breitem Grinsen.

»Wegen Lügen bin ich nicht hier drin. Wenn man schon für's Lügen eingesperrt würde …«

Marty jault auf, will aufstehen, setzt sich wieder hin, haut wieder auf den Tisch.

»Verdammt will ich sein. Also daran erkenn ich Sie. An Ihren Augen und Ihrem Gang. Ich kenne Ihre Gene. Ich sehe die unverkennbare DNA der Baums.« Eine Schwester kommt, um zu sehen, was das für ein Lärm ist. Marty steht auf und legt dem Typ die Hand auf die Schulter. »Hab ich's nicht gesagt? Hab ich nicht gesagt, der Mann kommt mir bekannt vor?«

Er zwickt sie in die Wange. »Hab ich nicht vom ersten Tag an ein klassisches Baum-Gesicht erkannt?«

Am Abend des zerbrochenen Geschirrs fuhr Marty irgendwohin. Nach Mailand.

Als er zurückkam und ins Haus trat, gefolgt vom Fahrer der Mietlimousine, der einen herrlichen Koffer nach dem anderen hineintrug, sagte Robin nach einunddreißig Tagen Erholung: »Du bist wirklich 'ne Marke.«

»Du hast gesagt, ich soll verschwinden.«

»Und meine Kreditkarte klauen?«

»Meine hast du zerschnitten. Und es ist so einfach, du zu sein. Kann ich was dafür, daß dein Name so flexibel ist?«

»Die Logik eines Verrückten«, sagte sie.

»Ich hab Geschenke mitgebracht.«

Robin verstellte dem Fahrer den Weg, als er mit einem Schrankkoffer hereinkam. »Raus«, sagte sie. »Falsche Adresse. Zum Fünf-Zedern-Hospital. Zur Klapsmühle.« Als ob sie sie losschickte, um Milch oder ein Video zu holen oder die ruhigen Straßen nach dem verlorenen Hund der Kinder abzusuchen.

»Wirklich?« fragte der Fahrer.

»Kein Witz«, sagte Robin. Sie wandte sich zu Marty. »Sonst sind wir einfach weg, wenn du das nächste Mal Zigaretten holst oder zum Ententeich gehst oder dich bloß bückst, um die Zeitung vom Rasen aufzuheben. Ich, die Kinder, das ganze Haus. Einmal um den Block, und wenn du zurückkommst, ist hier nur noch ein Parkplatz oder ein Kartoffelfeld. Die Nachbarn würden sich nicht mal erinnern, was vorher hier war.«

»Weiß Ihr Bruder, daß Sie hier sind?«

»Für den bin ich tot«, sagt der Typ. »Der hat *Schiwa* über mich gesessen und sein Hemd zerrissen.«

»Was haben Sie angestellt?« fragt Marty.

»Was Schlimmes.«

»Muß es auch sein, wenn Sie für einen so gutherzigen Mann tot sind.«

Ein Pfleger versucht die beiden zum Essen zu holen. Er spricht von oben herab und behandelt den Typen wie einen Vollidioten. Ohne etwas anderes als den Arm zu bewegen, streckt der Typ mit überraschender Gewandtheit die Hand aus und packt den Pfleger an der Innenseite des Schenkels. Er hat einen festen Griff, wenn man nach dem Gewinsel des Pflegers und der Zahl der Schwestern urteilt, die seine Finger lösen müssen.

»Jetzt haben Sie's geschafft«, sagt Marty. Und der Typ hat es geschafft. Für den Rest des Tages kommt er in eine Einzelzelle.

Er bringt sie in Verlegenheit. Das ist Martys Hauptsünde, und wann immer Robin ihm das vorhält, erklärt sie ihm ganz genau, auf welche Art er gefehlt hat, ob er die Familie noch tiefer in Schulden gestürzt oder ihre Zukunft weiter erschwert hat. Dann sind da noch die endlosen öffentlichen Peinlichkeiten, die, soweit er weiß, darin bestehen, daß Marty er selbst ist und seine Lieben sich für ihn schämen.

Letzteres brachte Marty vor acht Jahren zum ersten Mal ins Arbeitszimmer des Rabbi. Ein kleiner Spaß, ein Ziehen an einer Badehose beim Rumtollen mit Sammy und seinen Freunden im Schwimmbad.

Die Bilderrahmen auf dem Schreibtisch stehen Marty deutlich vor Augen. Der Rabbi hinter dem Schreibtisch und die vielen schwarzen Rückseiten der Rahmen wie Grabsteine zwischen ihnen.

»Mein eigenes Kind, Rabbi.« Marty war in der Defensive gewesen. »Mein eigener Sohn sagt zu mir: ›Ich wünschte, du wärst tot.‹«

»Und deshalb schlägt er ihn.« Robins Hände ruhen auf der Handtasche auf ihrem Schoß, und sie beendet seine Sätze. »Erst stellt er seinen Sohn bloß, dann gibt er Sammy so eine Ohrfeige, daß ein Zahn locker wird.«

»Ein Milchzahn«, hatte Marty gesagt.

»Hat meinem Baby die Wange blaugeschlagen.« Robin begann zu weinen. Sie griff nicht nach einem Taschentuch, sondern ließ ihr Make-up zerlaufen, die Hände auf ihrer Tasche. »Ich kann so nicht leben, Rabbi. Ich bin noch jung.« Und der Rabbi – wie seltsam, sich jetzt daran zu erinnern –, der Rabbi, der Bruder des Typen, mit seiner eigenen verborgenen Schande, hatte den Tisch umkreist, ihre Stuhllehnen gefaßt und sich zu ihnen hinabgebeugt.

»Glaubst du, Marty wäre so erschaffen worden, wenn ihm nicht zugleich die Mittel gegeben worden wären, über seinen Zustand zu triumphieren? Glaubst du, Robin, dein Mann bräuchte außergewöhnliche Hilfe, wenn seine Frau nicht außergewöhnlich genug wäre, die Familie zusammenzuhalten?«

Sie verdrehten die Hälse, ihm ins Gesicht zu sehen, und dachten über die Fragen nach. Der Rabbi lächelte das warme Lächeln eines Geistlichen. »Das hier hat nichts mit Gott zu tun«, sagte er, »nichts mit Religion. Hier geht's um einfache Menschlichkeit. Wenn wir uns um unsere Verantwortung füreinander drücken, lassen wir die Familie zerbrechen und beschleunigen den Zerfall der ganzen Gesellschaft.«

Der Rabbi trat mit einer halben Verneigung zurück, seine Finger glitten von den Rückenlehnen der Stühle. Robin griff in ihre Handtasche, zog die Autoschlüssel hervor und ließ sie dann zuschnappen.

»Er hat meinem Sammy die Wange blaugeschlagen.«

»Mein eigener Sohn wünscht mir den Tod.« Marty schlug sich vor die Brust. »Das hat mir das ganze Leben blaugeschlagen.«

Während der Typ in seiner Zelle ist, zieht Marty seinen Stuhl ans Fenster. Er liest drei Kapitel in seinem Buch, er ruft mehrmals zu Hause an, um sicherzugehen, daß seine Familie noch da ist. Wenn seine Frau rangeht, legt er auf. Er fragt seine Tochter nach Neuigkeiten und versucht immer wieder, seinen Sohn zu sprechen.

Sammy geht ans Telefon.

»Hi«, sagt Marty. »Hallöchen.«

Wenn er in solcher Stimmung ist, will sein Sohn nichts mit ihm zu tun haben, also feuert Marty schnell ein paar Sätze hintereinander: »Alles okay? Schule okay? Neue Freundin?«

»Du machst wohl Witze?«

Marty ist von seinem Sohn verblüfft. Stolz. Schon jetzt ein zynischer kleiner Mann.

»Ich mach keine Witze. Ich hab extra angerufen, um mit dir zu reden. Es ist nämlich erlaubt, daß du mich besuchen kommst. Was ich hab', ist nicht ansteckend, das kann ich dir versprechen. Als ob man Bilder malen kann oder musikalisch ist, oder wie die Leute, die den Daumen ganz zurückbiegen können. Entweder man hat's, oder man hat's nicht. Kapiert?«

Nichts. Nur Schweigen.

»Herrgott noch mal, du bist hier geboren worden. Willst du's dir nicht mal ansehen?«

Sammy legt auf.

Lea erzählte ihm folgendes: Der Rabbi hatte weiterhin angerufen, wie er es Marty versprochen hatte. Der Rabbi rief sogar noch an, nachdem Robin ihn gebeten hatte, es sein zu lassen – bis Robin ihm sagte, er solle Marty ausrichten, sie habe nicht mehr mit ihm gesprochen. »Sagen Sie Marty, ich wollte nicht mit Ihnen reden«, hatte ihre Mutter gesagt. »Sagen Sie ihm, ich hab einfach aufgelegt.« Soweit Lea wußte, war der Rabbi damit zufrieden. Er rief nicht wieder an.

Marty ist ein *Cohen*, er stammt vom Priestergeschlecht ab. In ihrer orthodoxen Gemeinde hat das Gewicht.

An den hohen Feiertagen waschen die Leviten Marty die Hände. Während der Wiederholung des *Achtzehn-bittengebets* nähert er sich der Bundeslade auf Strümpfen und legt sich den Gebetsschal über den Kopf. Er spreizt die Finger, preßt die Daumen zusammen, wendet sich zur Gemeinde um und segnet sie im Namen Gottes.

Unter den hundertundsieben Familien der Gemeinde sind nur acht *Cohanim*, einschließlich Martys und seines Sohnes. Die erste *Alija* der Tora, der erste Aufruf zum Sprechen des Segens über das wöchentlich gelesene Stück, ergeht an einen *Cohen*. Marty hätte alle acht Wochen eine *Alija* erhalten müssen. Er rechnete im Kopf mit. Sie waren dreimal ganz damit herum und hatten noch nicht einmal seinen Namen aufgerufen.

Marty wußte, warum sie ihn übergingen, fand seine Gemeinde aber dünkelhaft und ungerecht. Sie machten Psst!, wenn er lauter sang als der *Chasan*, und zischten, wenn er den Rabbi in der Tradition der Talmudisten während seiner Rede in einen Dialog verwickelte. Andere verhielten sich vielleicht anders, wußte Marty, aber er hatte kein Verbrechen begangen. Daher war die ihm bezeigte Mißachtung nach jüdischem Gesetz unentschuldbar – eine Sünde größer als Mord, für die man seinen Platz im Himmel verliert. Marty hatte das selbst in den Büchern gelesen, die die *Chabad*-Missionare vor der Penn Station verteilten.

Also war er am Sonnabend aufgestanden, um seine *Alija* zu empfangen, und bis zur *Bima* gegangen, obwohl der *Gabbai* Irv Wexler aufgerufen hatte. Er fühlte die Tradition auf seiner Seite. Warum hat man von Geburt Vorrechte, wenn man sie nicht rechtmäßig wahrnimmt? Marty war vor Irv bei der Tora und ergriff die Rollen. Er sagte Dave Falk, dem *Gabbai*, er solle Irv Wexler streichen und seinen hebräischen Namen aufrufen. Dave Falk verdrehte die Augen und sprach aus dem Mundwinkel mit Marty. »Marty, wir sind hier nicht auf der Bank. Du kannst dich nicht einfach vordrängeln.«

»Ruf meinen Namen auf«, sagte Marty und griff fester zu, als wolle er, daß Falk klein beigebe, und als ob jedes Zerren an den Rollen ihm Schmerz bereite.

Lea saß auf der Frauenempore. Robin bereitete zu Hause den Lunch vor. Sammy hatte gehandelt und war entschlossen auf seinen Vater zugegangen. »Ich bitte dich«, sagte er und zog ihn am Ärmel. Aber Marty ging es ums Prinzip. Der *Gabbai* wollte nicht zurücknehmen, was er gesagt hatte, und blickte hilfesuchend zum Rabbi. Nach all den Jahren persönlicher Beratung hätte der Rabbi nur zu gut wissen müssen, mit wem er es zu tun hatte und was er sagen sollte. Vielleicht blieb er deshalb sitzen, vielleicht versuchte er herauszufinden, ob es gemäß der *Halacha* möglich sei, die *Alija* Irv Wexlers zurückzunehmen – eines anwesenden, engagierten, unbescholtenen und gesunden Mannes. Er mußte wissen, daß es unmöglich war, Marty durch Reden von seinem Vorhaben abzubringen.

Irv Wexler suchte die Lösung nicht im Talmud. Wie Dave Falk, Marty und die halbe Gemeinde war er in Brooklyn aufgewachsen. Er hatte seine eigene Lösung. Irv stieg die zwei Stufen empor und trat durch die Öffnung des Geländers, von dem das Podium eingefaßt wurde. Er sagte Marty, er solle sich dünnmachen, und gab ihm einen Schubs. So ging die Prügelei los. Es war

wie ein Boxkampf im Madison Square Garden, die
Männer in Anzügen um den Ring herum, die Frauen
auf der Empore kreischend. Es war nicht mal Marty,
sondern der *Gabbai* Dave Falk, der die Tora herunter-
stieß.

Sehr streng. Sie folgen dem Buchstaben des Gesetzes: Wenn eine Tora zu Boden fällt und entehrt wird,
muß die Gemeinde vierzig Tage fasten. Sie teilten die
Tage untereinander auf.

Im Rückblick entschied Marty, man habe ihn unge-
recht behandelt. Dave hatte die Tora runtergeworfen.
Robin hätte Dave Falk aus dem Haus werfen und ins
Fünf-Zedern-Hospital schicken sollen.

Lea erzählte Marty auch, der Rabbi sei nicht der einzige gewesen, der telefoniert habe. Robin hatte den
Rabbi zuerst angerufen. Sie bat ihn, das Fasten abzu-
brechen. Es sei eine Quälerei, die Gemeinde im Namen ihres Mannes fasten zu lassen, sagte ihre Mutter.
Der Rabbi wisse doch ganz genau, daß Marty ein kranker Mann sei. Aber Rabbi Baum ließ sich von niemandem reinreden. Krank oder nicht.

»Ich bin nicht krank«, sagte Marty zu Lea. »Findest
du, ich klinge krank? Es hat was mit meinen Werten zu
tun. Meine Werte sind verschoben. Nicht wie Typhus.
Es ist schließlich nicht die schwarze Pest. Es ist eine
Zahl, die nicht zu einer anderen Zahl auf einer Tabelle
paßt. Eine Diskrepanz. Bloß eine kleine Diskrepanz in
meinem Blut.«

»Es ist Verschwendung, wenn Sie sie gar nicht rau-
chen«, sagt Marty. Der Typ nimmt einen zweiten Zug,

um seinen guten Willen zu zeigen. Nach seinem Tag in der Einzelzelle kann Marty nicht mehr von ihm erwarten. »Versuch nicht, irgendwas zu beweisen«, sagt Marty zu ihm. »Solange wir hier drin sind, haben wir's verdammt gut.« Er lehnt sich im Stuhl zurück und spürt seine Lider über die Augen hinabgleiten. »Wie im Himmel«, sagt er, »als wär man im Himmel.« Marty meint das in mehr als einer Hinsicht. Das gedämpfte Licht von den Fenstern und die behutsamen, weißgekleideten Schwestern, die auf ihren lautlosen weißen Schuhen durch die Gänge schweben. Die Medikamente, die wie Melasse in alle Ritzen des Geistes sickern. Wer kann nach der Abenddosis beim Ausstrecken im Bett sagen, es sei anders, als im dichten Äther einer Wolke zu versinken?

Das Gepäck stapelt sich an der Aufnahme. »Sein Bruder ist mein Rabbi«, erzählt Marty ihnen zum tausendsten Mal. »Ist das nicht komisch?« Der Typ steht neben ihm und wartet darauf, daß er sich verabschiedet.

Marty zückt ein vergoldetes Etui und reicht ihm eine Visitenkarte. Eine zweite gibt er Marjorie. »Falls er seine verliert«, sagt er mit einem Augenzwinkern, als wäre es ein Witz unter ihnen. Zu dem Typen sagt er: »Wenn du rauskommst, dann kannst du bei uns wohnen. Du hast mir hier geholfen, daß es mir besser geht. Du wirst immer mehr wie dein Bruder. Jetzt bin ich dran, dir wieder auf die Beine zu helfen. Keine Nächte auf der Straße mehr. Bleibe lieber bei mir.« Marty gibt ihm einen Klaps auf den Rücken, und eine Schwester betätigt den elektrischen Türöffner.

Als er vorfährt, ist das Haus noch da, kein Kartoffelfeld oder Parkplatz, keine Abrißfirma, die die Wände einreißt. Es ist Abend, und alle Lichter sind eingeschaltet. Auf dem Eßzimmertisch stehen ein Teller und eine noch kühle halbvolle Milchpackung. Auf der Küchenanrichte ein nicht ganz ausgetrunkenes Glas, und in der Spüle ein Spaghettitopf zum Einweichen. Sammys Zimmer ist wie üblich ein Schlachtfeld. Auf Leas Schreibtisch liegt über den Schulbüchern ein aufgeschlagenes Familienalbum. Martys Schlafzimmer, ihr gemeinsames Schlafzimmer sieht aus, als habe Robin ein Hausmädchen engagiert. Nippes stehen in Reih und Glied, jede Oberfläche glänzt frisch poliert. Irgendwer hat all die dicken Röhren mit den Lithiumpillen aus dem Haus zusammengetragen und auf der Kommode zu einer Pyramide aufgeschichtet. Vielleicht hatte Lea das gemacht, während sie auf ihre Mutter wartete. Ihre Mutter hätte es tun können, statt Lebewohl zu sagen.

Marty holt den Zinnaschenbecher von seinem Nachttisch, nimmt eine neue Packung Zigaretten und setzt sich auf halber Höhe auf die Treppe. Er zieht sich die Hosenbeine hoch, hockt sich hin und stützt die Ellbogen auf die Knie.

Marty ruft den Rabbi an, weil er sicher ist, Robin würde vorher mit diesem geredet haben. »Sie muß Ihnen was erzählt haben«, sagt er.

»Sie hat mich nicht um Rat gefragt, Marty. Sie hat mich hinterher angerufen und keine Nummer hinterlassen. Sie sagte, sie würde einmal die Woche anrufen, bis du anrufen würdest. Und dann die übliche Zeit, das übliche Treffen, aber nicht, um es wieder hinzubiegen. Früher habe ich immer sie überredet, sich mit dir zu treffen, wenn sie aufgegeben hatte. Jetzt, da sie anscheinend endgültig aufgegeben hat, bitte ich dich um dieselbe Höflichkeit. Sie will sich mit dir treffen, in meiner Anwesenheit. Um die Sache sozusagen zu klären.«

Marty erzählt dem Rabbi nichts von dem Typen.

»Rabbi, Sie müssen wissen, daß es mir wegen der Tora sehr leid tut, obwohl es David Falk war, der sie runtergeworfen hat. Es tut mir leid, daß ich im Gottesdienst Ärger gemacht habe. Ich war nicht ganz bei mir, ich hoffe, Sie verstehen das.«

»Solche Dinge dürfen niemals passieren, Marty.«

»Ich weiß, Rabbi. Sie wissen, daß ich das weiß.«

»Ja. Ich glaube, ich verstehe.«

»Na ja, das Haus ist noch da. Auch schon was wert.« Marty zeigt dem Typen das Haus. Das Klavier im Wohnzimmer. »Ein Geschenk für meine Lea.« Auf dem Kaminsims steht eine antike, mit Lavendelblüten bemalte Uhr aus feinem Porzellan, die ein langsames, männliches Ticken von sich gibt. »Hat meine Großmutter aus Wien mitgebracht. Martin ist nämlich ein österreichischer Name.«

Der Typ hält immer noch seine Tasche in der einen Hand und eine Papiertüte aus der Apotheke im Fünf-Zedern-Hospital in der anderen. Marty hat ihn nicht aufgefordert, etwas abzustellen. »Die sind weg, nicht?«

»Scheint so«, sagt Marty, »scheint so. Soll ich dir den ersten Stock zeigen?«

»Ja.«

Marty bleibt mit ihm nacheinander an jeder Tür des Korridors stehen. Zuerst das Elternschlafzimmer, makellos, nur die Gläserpyramide stört, dann das Badezimmer, dann Leas Zimmer, genauso wie es war, als er kam, genau wie der Teller, das Glas und die Packung inzwischen saurer Milch im Eßzimmer. »Sammys Zimmer«, sagt Marty am Ende des Korridors. »Du kannst hier bleiben.« Marty schaut seinen Freund zum ersten Mal seit seiner Ankunft von oben bis unten an, als habe sich dieser um einen Aushilfsjob beworben. Er ist glattrasiert. Seine Jeans und sein Hemd sind schäbig, aber gewaschen, seine alten Stiefel poliert.

Das Zimmer ist ein Schlachtfeld.

»Wie ein Museum«, sagt der Typ, »so eins mit Zimmern, in die man nicht rein kann. Wo in den Türen halbhohe Scheiben sind.«

»Gut beobachtet«, sagt Marty. »Sehr clever. Die haben dich drinnen ja richtig schlau gemacht.« Marty tritt zuerst ein und spielt den Ausgeglichenen. »Mach dir's bequem, aber faß nichts an. Wenn sie zurückkommen, soll alles genauso aussehen wie vorher.« Marty nimmt eine Plattenhülle vom ungemachten Bett. An der Hülle hängt eine Socke. Er legt sie auf den Schreibtisch in der anderen Ecke des Zimmers.

»Was ist mit der Socke?« fragt der andere.

»Muß ich dran festkleben«, antwortet Marty. »Es muß ganz genauso sein.«

Beide machen ein Nickerchen. Marty in Leas, der andere in Sammys Bett. Marty ist als erster wieder auf, kommt den Korridor entlang und empfindet Trost da-

bei, wieder jemanden unter der Decke liegen zu sehen.
»Aufwachen«, sagt er und rüttelt ihn. Er schaut auf die
Uhr. Zeit für ihre Pillen.

»Was ist?« fragt der Typ. »Schlaf weiter.«

»Ich hab dir doch gesagt, dieses Mal bring ich dein
Leben wieder auf Kurs. Das heißt einen Zeitplan – für
uns beide. Mittagessen mittags. Schlafen nachts.
Wachsein am Tag.« Der Typ hat seine Pillengläser auf
dem Sockel der Nachttischlampe aufgereiht. Während
er sich rekelt, sieht Marty sich an, was er nehmen muß.

Eines der Medikamente sagt ihm nichts. Eine Pille,
die er nie genommen, über die er noch nie was gelesen
oder gehört hat. Er öffnet den Verschluß und schüttet
ein paar riesige grüne Tabletten in seine Hand.

»Wofür zum Teufel sind denn diese Pferdepillen?«

»Welche?« fragt der andere mit immer noch ge-
schlossenen Augen.

»Die grünen. Sehen trocken aus.«

»Sollen verhindern, daß ich gewalttätig werde.«

»Helfen sie?«

»Bisher nicht.«

Die Besitzerin der koscheren Pizzeria gehört zur Gemeinde Ohav Shalom. Sie ist eine freundliche Frau
und gibt Marty Kredit. Sie weiß, daß Robin irgendwann die Rechnungen zahlen wird. Das tut sie immer.

Marty und der Typ sitzen an einem Vierertisch.
Marty trägt einen Anzug und eine schwarze *Jarmulke*,
der andere eine *Jarmulke* von Sammy, an deren Rand
eine Klassenkameradin den Namen des Jungen gestickt
hat. Sogar wenn er sauber ist, sieht er wie ein Penner
aus. Die anderen Gäste starren ihn unverhohlen an.

Die beiden essen eine extragroße Pizza und trinken eine Dose von Dr. Browns Sauerkirschlimonade nach der anderen.

Der Typ ist ein guter Zuhörer, auch außerhalb der Station. Marty hat nie einen Menschen gehabt, der einen ähnlichen Hintergrund und ähnliche Probleme wie er hatte und mit dem er sich aussprechen konnte. In der Welt da draußen ist er nie offen gewesen, außerhalb der Abteilung hat er nie alles erzählt. Nun redet Marty in aller Öffentlichkeit und erzählt von seinem ersten Anfall wie von seiner ersten Liebe.

»Da ist noch nichts im Körper. Keine Hemmstoffe, keine Drogen. Und alles passiert gleichzeitig. Die Reaktion ist irgendwo in dir verborgen, sie baut sich ein Leben lang auf, wartet mit ihrem eigenen Zeitplan, ihrem eigenen Drang, geboren zu werden. Bei mir hat's mit einer Synästhesie angefangen. Ich gehe draußen spazieren, und es ist ein sonniger Tag. Sommer. Und ich sehe das Gras. Es ist grün. Und ich kann das Gras riechen, aber es ist kein Grasgeruch, es ist grüner Geruch. Und ich kann es schmecken und hören und alles, mein ganzes Ich war grasgrün. Es hat eine Minute oder eine Sekunde oder eine Stunde gedauert. Aber ich habe verstanden, was ich tun könnte, was ich alles tun könnte. Als ob man in einem Traum aufwacht und weiß, daß es ein Traum ist, und solange er dauert, kann man fliegen und Fremde ficken und sich in einen Astronaut oder einen Wolf verwandeln. Aber ich war ruhig und fühlte mich gut und dachte an meine tote Mutter. Ich habe sie so sehr geliebt und schrecklich vermißt. Also hab ich diese Veränderung dafür benutzt. Und auf diese allumfassende Weise war sie dann da, und ich konnte mit ihr reden und sie berühren und mich an sie erinnern, während ich mit ihr herumging. Ich konnte sie im selben Augenblick alt und jung sehen. Es war ein Wunder. Und dieses Wunder war einen Tag und eine Nacht und noch einen Tag um mich. Und so hab ich das Wesen meiner Mutter ganz erfahren. Ich war so glücklich, so überwältigt und voller Frieden, und ich wollte Robin alles zeigen. Robin sollte es sehen, ich wollte dieses allumfassende, mit allen Sinnen zu fühlende, wirkliche Wunder mit meiner Frau teilen.«

»Sie konnte es nicht«, sagt der Typ.

»Natürlich nicht. Ich hab's nicht mal geschafft, es zu erklären. Ein Riesenaufstand. Sie war draußen und zerrte mich ins Haus, als ich um die Ecke kam. Sie weinte und kreischte, wo ich denn gewesen sei und wo meine Schuhe seien und wie ich mir das Bein geschnitten habe und wie zum Teufel ich auch noch lachen könne? Wie konnte sie den Zauber dieses Augenblicks so durch ihr Geschrei kaputtmachen? Ihr Wutanfall ging einfach weiter. Die Kinder waren noch klein und zu Tode erschrocken. Und dann gleich zum Krankenhaus. Und auf dem Weg hab ich's verloren. Die Fähigkeit. Ich hab's nicht geschafft, Lebewohl zu sagen, und ich wollte es unbedingt. Niemand kriegt die Chance, es richtig zu sagen. Ich hatte sie gehabt und wollte sie wieder. Und ich hab's im Auto versucht. Ich hab versucht, wieder an diesen allumfassenden Ort zu kommen.« Marty lehnt sich vor und faßt den Typen am Arm. »Ich hab nie was zugegeben, wußte genug, um es abzustreiten. Aber dieses Gefühl, die letzte Begegnung mit meiner Mutter, ist für mich so wirklich wie mein

Hochzeitstag. Nur noch wirklicher, weil es besser war als die Wirklichkeit. Wundervoller und erstaunlicher als alles, was ich vorher oder nachher erlebt habe. Und manchmal ist es zu verlockend, wieder zu versuchen, dahinzukommen. Die Pillen nicht mehr nehmen und sehen, wo ich lande. Und jetzt verrat mir mal – wie soll ich das Robin erklären?«

»Geht nicht.«

»Genau. Darum brauch ich deinen Bruder. Er holt sie für mich zurück. Er schiebt die Sachen in meine Richtung mit seinen Reden über jüdische Familien und Mitleid-für-die-Kranken und Sein-Los-ertragen und Kinder-müssen-Väter-haben. Er redet sie nach Hause.«

»Weiß er, daß ich bei Ihnen bin?«

»Nein«, antwortet Marty, »aber am Mittwoch wird er's erfahren. Robin will sich in seinem Haus mit mir treffen. Es wird eine doppelte Versöhnung geben. Wir beide werden rausgeputzt und ganz ausgeglichen da aufkreuzen. Sie werden uns anschauen und alles verstehen. Es wird Gefühlsausbrüche geben – das läßt sich nicht vermeiden. Manche werden weinen, vielleicht wir alle. Aber alle werden sehen, wie gepflegt und gesund wir aussehen, und Ihr Bruder, der Meister des Vergebens, wird der erste sein. Sein übliches gutes Beispiel. Und dann werden beide Familien versöhnt sein. So einfach ist das.«

Es war Schlitzohrigkeit nötig, der Ruf nach dem Manager, etwas geübte Empörung des aufgebrachten Kunden, und Marty schaffte es, wieder sein Kundenkonto bei Brooks Brothers zu bekommen. Als die beiden zur Versöhnung in Rabbi Baums Haus fuhren, trugen sie smarte, klassische Nadelstreifenanzüge – das Muster nüchterner Eleganz.

Der Typ fummelt am Handschuhfach. Er versucht die Hand in eine zugenähte Jackettasche zu schieben.

»Vielleicht sollte ich warten«, sagt er.

Marty biegt von der Hauptstraße in Baums Querstraße ab. Er hält an.

»Nein, nein. Wir müssen zusammen reingehen und sie blenden, sie mit unserem Äußeren und unseren guten Absichten beeindrucken.«

»Sag du's ihm erst. Sag ihm einfach, daß ich hier bin.«

»Und du willst im Wagen sitzen und warten? Wie ein Idiot?« fragt Marty.

»Ja. Wie ein Idiot.«

»Kommt nicht in Frage. Wir treten gemeinsam auf. Zwei gefallene und wiedergeborene Männer.«

Robin redet auf den Stufen vor dem Haus mit der *Rebbizen*, als Marty und der Typ den mit Schieferplatten belegten Weg entlangkommen.

»Moisch«, ruft die *Rebbizen* ins Haus. »Moisch, komm her«, ruft sie durch die geschlossene äußere Windfangtür. In diesem Ton ruft sie, wenn die Kinder hinfallen und es Blut gibt. Robin dreht sich um, und ihr Lächeln verschwindet. Rabbi Baum steht auf der Treppe, sein Atem geht stoßweise. Er berührt seine Frau nicht in der Öffentlichkeit, und über die Jahre sind körperliche Gesten durch Blicke abgelöst worden. Er blickt sie an, sie antwortet. Wortlos. Und er blickt den Mann hinter Marty an.

Eine Versöhnung. Der Rabbi rennt die Stufen hinunter. Er ist ein kleiner, schmaler Mann, obwohl sein Gesicht mit den wie aufgesetzten Augen groß ist. Ein Baum-Gesicht, wenn es je eines gab. Als er näher kommt, hat Marty den Eindruck, die Perspektive sei verdreht und er werde mit jedem Schritt kleiner statt größer.

»Ein Alptraum«, sagt Rabbi Baum. »Die ganzen Jahre war's schrecklich genug, sich vorzustellen, wann ihr zwei euch da drin über den Weg lauft. Jedesmal, wenn du draußen warst, habe ich gewartet, dann doch nichts. Ich dachte, es würde mir vielleicht erspart.«

»Ihr Bruder, Rabbi Baum. Sieht aus wie das blühende Leben.«

Die *Rebbizen* preßt beide Hände auf den Mund. Man sieht, daß sie in ihre Handflächen spricht. Robin kommt herüber.

»Wer ist das?« schreit sie. »Sag mir, was du gemacht hast.«

Der Rabbi und der Typ starren einander an. Ihre Ähnlichkeit ist frappierend.

»Der Bruder des Rabbi, Robin. Er war mit mir auf der Station. Ein Zufall. Wir sind Freunde. Er schläft in Sammys Bett. Heute ist der Tag der doppelten Versöhnung. Ich hab den Bruder des Rabbi von den Toten zurückgebracht.«

Der Rabbi packt seinen Bruder an den Schultern. Er umarmt ihn nicht, sondern dreht ihn um. »Geh«, sagt er, »geh zurück in deine Gosse. Verschwinde in deiner Verkleidung.«

»Keine Versöhnungen mehr«, sagt Robin. »Kein vergeudetes Leben.«

»Geh weg«, schreit der Rabbi. Er stampft mit dem Fuß auf, als versuche er eine Katze zu verscheuchen. Sein Bruder steht immer noch mit dem Gesicht zur Straße, Wangen, Nacken und Ohren hell gerötet.

»Nur die Ruhe«, sagt Marty und berührt seinen Arm. »Wir wollen keinen Ärger.« Marty sagt das zu allen. »Es geht uns jetzt besser, wir haben uns unter Kontrolle. Wir haben Fehler gemacht, und es tut uns leid.«

»Du bist ein Mann, der keine Beschränkungen kennt«, sagt der Rabbi zu Marty. »Es gibt verbindliche und geschriebene Grenzen. Ihr habt sie überschritten, beide. Gnade ist nicht Pflicht. Nirgendwo steht geschrieben, daß ich vergeben muß.«

Hinter der Hand der *Rebbizen* kommt ein Geräusch hervor, ein seltsames dreifaches Geräusch aus Schreien, Weinen und Beten. Und hinter ihr erscheinen, in einem Fenster nach dem anderen, Gesichter. Ein kleines Mädchen versucht, die Vordertür zu öffnen. Die *Rebbizen* tritt vor sie, steht halb in und halb vor dem Haus und sieht durch das Glas der Tür zu.

Marty antwortet nicht. Er beobachtet die *Rebbizen* und die halboffene Tür. Er denkt unwillkürlich an den süßen Gestank ihres Hauses, der nach draußen sickert, das Nebenprodukt des Lebens, einer glücklichen Familie.

Lassen Sie nichts davon raus, möchte er zu ihr sagen. Wenn alle weg sind, werden Sie es brauchen, um weiterleben zu können.

»Geht weg, alle beide.« Der Rabbi stößt seinen Bruder in den Rücken, und dieser macht einen Kinderschritt vorwärts.

»Aber Sie haben noch nicht Frieden gemacht«, sagt Marty zu ihm. »Das ist Ihr Job. Sie sind mein Rabbi. Das Schicksal der jüdischen Familie. Schauen Sie, wie meine Frau mich grundlos haßt. Sie hat nicht gesagt, daß sie zurückkommt.«

»Mit dem Vergeben ist es aus«, sagt sie. »Ich kann es nicht mehr.«

»Ich weiß keinen Rat mehr«, sagt der Rabbi, ein bleicher, armseliger Mann, der seine Stimme erhebt, als habe er noch etwas unter Kontrolle. »Vielleicht ist es besser, wenn deine Familie zerbricht. Manchmal, in extremen Fällen, kann man nichts mehr tun.«

»Es gibt immer eine Möglichkeit«, sagt sein Bruder und dreht sich um. »Sogar Brüder, denen nicht mehr vergeben wird, kommen zurück und suchen nach einer Möglichkeit. Selbst wenn sie wissen, was sie angestellt haben.«

»Geh endlich!« Der Rabbi versucht erneut, ihn umzudrehen, aber diesmal gibt sein Bruder nicht nach: Er schiebt die Arme des Rabbi von seinen Schultern und stößt ihn weg. Rabbi Baum bleibt mit dem Absatz an einer Schieferplatte hängen und stolpert. Er fällt zu Boden und schlägt mit dem Kopf auf.

»Du wirst dich niemals ändern, nicht bis in alle Ewigkeit«, sagt Robin. »Du wirst uns alle quälen und noch lange leben, wenn wir schon tot sind. Ein kranker Mann ist kein Teufel. Aber du bist beides, Marty.« Sie spuckt ihm vor die Füße und verflucht ihn.

Aber es war der Typ, der den Rabbi niedergeschlagen hat, nicht Marty. Er hat das Gefühl, sie hätte *ihn* verfluchen, *ihm* vor die Füße spucken sollen. Das wäre schließlich gerechter gewesen.

Die *Rebbizen* rennt zu ihrem Mann. Robin geht zum Rabbi hinüber, beugt sich aber nicht hinab, fragt auch nicht, ob er verletzt ist. Der Typ steht mit rotem Gesicht und geballten Fäusten da. Und Marty blickt zu den vielen Kindergesichtern in den Fenstern auf und fragt sich, wenn es bei einer Tora vierzig Tage sind, wie lange muß ein Kind fasten, dessen Vater niedergeschlagen wird?

DIE PERÜCKE

Sie nimmt Farben und Stile wahr, Säume, Accessoires, Absatzbreite und -höhe. Auch, daß die Mädchen jeden Monat größer und knochiger werden und kränklicher aussehen. Ruchama hatte selbst eine gute Figur, bis die ersten drei Kinder geboren wurden. Einen Busen und einen richtigen Hintern hat sie aber seit ihrem zwölften Lebensjahr. Es ist ihr wirklich ein Rätsel, wie diese Zaunpfähle sich überhaupt hinsetzen können.

Ruchama interessiert sich besonders für das Haar. Seite für Seite blättert sie das neue *Harper's Bazaar* durch. Solche Magazine sind in Royal Hills Schmuggelware, eitle und schamlose *Narrischkeit*, fast schon Pornographie. Aber sie muß auf dem laufenden bleiben. Ihre Kundinnen bringen ihr Fotos wie diese, die sie ganz klein zusammengefaltet in Portemonnaies oder BHs gesteckt haben oder unter ihren Perücken hervorziehen. Und sie erwarten, daß Ruchama Bescheid weiß. Sie sind erleichtert, wenn sie ein faltiges Foto nimmt und mit wissendem Nicken sagt: »Ja, der Pony ist wieder im Kommen.«

Ruchama ist wegen der Seidenhauben nach Manhattan gefahren, auf die sie und Zippy – ihre beste Freundin und rechte Hand – das Haar knoten. Der Zeitungsstand befindet sich an der Ecke 23. Straße und Sixth Avenue, einer reichlich seltsamen Stelle, nicht weit von ihrem Lieferanten und weit genug von Royal Hills entfernt, daß sie niemanden trifft, den sie kennt. Sie steht zwischen Jamals Stand und dem Papierkorb und blättert die Magazine durch. Sie bezahlt fürs Durchblättern und zwingt Jamal, die zerknüllten Scheine zu nehmen, die sie hinlegt, wenn die neuen Ausgaben da sind, denn wenn sie könnte, würde sie diese mit nach Hause nehmen, und sie weiß, falls ein bekanntes Gesicht in der Menge auftaucht, wird sie die Hefte in den Papierkorb werfen, im Strom der Passanten mitschwimmen und die Straße bei der erstbesten Ampel überqueren, die gerade grün ist.

Sie erspäht niemanden. Sie ist mit dem Durchblättern fertig. Eines nach dem anderen stellt sie die Magazine wieder auf den Ständer. So gut wie neu.

Zippy trägt einen Karton mit Haar die Treppe zur Werkstatt hinunter.

»Neues Haar«, sagt sie und stellt die UPS-Sendung auf den Sortiertisch.

Ruchama spuckt dreimal aus, um den bösen Blick abzuwenden. Wenn ein Karton Haar aus Osteuropa kommt, ist da immer ein Schatten, ein düsteres Phantom. Zippy trinkt ihren Tee. Ruchama nimmt eine Rasierklinge zwischen die Finger, schneidet mit drei raschen Bewegungen das Klebeband auf und öffnet den Kartondeckel.

Sie nimmt ein Haarbüschel heraus, biegt es mit dem Daumen und läßt die Spitzen mit natürlicher Spannkraft zurückschnellen. Wie ein Pinsel, gut und dick. Sie hält sie ans Licht, um die Farbe festzustellen. Zippy und sie verwenden für Farben nie die gängigen, aber nutzlosen Bezeichnungen. Sie haben aus Enttäuschungen gelernt, haben gemeinsam vor einer roten, roten Perücke gestanden, für die sie zwei Monate gebraucht hatten, während eine Kundin sie anschrie, regelrecht anschrie: »Das soll Rot sein?« Sie hatten die Augen zusammengekniffen, die Lampen zurechtgerückt und waren näher herangegangen. Was sollte es sonst sein als Rot? Sie haben dazugelernt. Es gibt über eine Million Schattierungen von »Hellbraun«, zwei Millionen Bedeutungen von »Kastanienbraun«. Sie arbeiten jetzt mit Metaphern: »Dunkler oder heller als Pumpernickel?« »Schwarz wie Druckerschwärze? Oder wie schwarze Käfer in schwarzer Tinte?«

Ruchama beurteilt die Haare in ihrer Hand und legt sie in eine Ecke des großen Sortiertisches. Von hier werden sie ausgehen und eine Landkarte der Farben, Längen und Krausen schaffen.

Zippy stellt ihren Tee hin und greift in den Karton. »Feuchte Holzlöffel«, sagt sie und zeigt ihre Wahl. Genau der Farbton. Ruchama ist von ihrer Präzision immer wieder verblüfft.

Zippy beginnt das Haar zu entwirren, läßt es durch die Finger gleiten und vergräbt das Gesicht darin. Sie schnuppert nach einer Vergangenheit, nach dem Shampoo und dem Schweiß der Frau, dem schalen Geruch von Zigaretten oder dem Rauch einer nahen Fabrik. Sie atmet tief ein. Sie nimmt eine Fährte auf, Wind aus einem Dorf, ein Hauch von Parfüm.

»Die bekommen eine Menge Dollars dafür«, sagt Ruchama.

»Frauen, die's nicht nötig haben, lassen das Haar beim Friseur wegfegen«, sagt Zippy.

»Vielleicht sind diese Frauen klüger.«

»Mit solchem Haar?« Zippy winkt Ruchama mit den Enden des Haarbüschels zu. »Das sind Frauen, die irgendwas von sich verkaufen müssen, und hiermit fangen sie an. Diese hier«, sagt sie und schnuppert wieder, »arbeitet in einer Abfüllerei und denkt an ihren Liebhaber. Sie hat ihr Haar verkauft, um seine Spielschulden zu bezahlen, und fragt sich jetzt, wo ihr Haar ist und wohin sich dieser Mistkerl verdrückt hat.«

»Mein Leben ist schon trostlos genug, Zippy. Warum mußt du noch so tun, als würden wir Waisenkinder skalpieren?«

»Ein Teenager«, sagt Zippy, »ein Mädchen, das alles hat, was sie braucht. Aber ihre Eltern wollen ihr keinen gebrauchten Motorroller kaufen, und der Junge, nach dem sie sich verzehrt, lebt auf der anderen Seite des Sees.«

»Du hast wieder Romane gelesen, Zippy. Erzähl mir nicht, du hättest keinen Liebesroman unter dem Bett versteckt.«

Der Vorderraum bekommt natürliches Licht von den Fenstern zum Lichtschacht. Er ist mit Teppichboden ausgelegt, die Wände sind gestrichen, und vor den Fenstern stehen zwei bequeme Sessel. Es gibt Hocker, einen Ladentisch und darauf Spiegel – einen auf einem versilberten Sockel und eine Auswahl an Handspiegeln, aus denen Ruchama sich nicht viel macht.

Ruchama findet es schwierig, die Erwartungen, die der Raum erweckt, zu erfüllen. Hinten in der Werkstatt mit Zippy, wo der Zementboden voller Haare liegt, fühlt sie sich wohler.

Nava Klein sitzt auf einem zu dick gepolsterten Sessel am Fenster. Zippy sitzt auf einem Hocker, die Füße auf der Querstange. Ruchama steht; sie sieht besser aus, wenn sie steht und das Kleid lose vom Busen herabhängt und den Bauch versteckt. Seit wenigstens einem halben Dutzend Jahren hat sie sich vor Nava Klein nicht mehr hingesetzt.

Die ganze Rückwand ist von gerahmten Fotos mit Perücken auf Schaumstoffköpfen bedeckt. Nava zeigt auf eine. »Die dritte von außen. Das muß Aviva Sussman sein. Ruchamas Stil ist unverwechselbar, man erkennt die halbe Nachbarschaft.«

»Erzähl mir nicht, das wär nicht Aviva.«

»Bitte«, sagt Zippy.

Nava schneidet eine Grimasse und wendet ihre Aufmerksamkeit Ruchama zu.

»Ich hab deine Älteste gesehen«, sagt sie. »Wirklich eine Schönheit, und so mager. Sie erinnert mich an dich in dem Alter. Du warst als Mädchen entzückend, einfach entzückend.« Nava seufzt und macht eine Kopfbewegung zu Zippy, als habe sie in einer Unterhaltung unter Erwachsenen nichts zu suchen. »Nur Zippy bleibt, wie sie war, mit Hüftknochen, die man durch den Rock sieht. Wir anderen alten Weiber müssen uns hinter der Schönheit unserer Töchter verstecken.«

Nava schüttelt den Kopf. »Wie machst du das bloß, Zippy? Wo hast du deinen Jungbrunnen in Brooklyn?«

Zippy errötet. Ruchama möchte laut schreien. Jedes Kompliment dieser Frau verstreut soviel Sporen wie Löwenzahn, alle stachlig. Zippy sieht gut aus, weil sie unfruchtbar ist. Ihre Figur hat sich gehalten, weil ihr Schoß steinerne Wände hat. Und Ruchama ist eine stolze Mutter. Natürlich ist sie das, mit sechs wundervollen Kindern und einem Kinn für jedes einzelne.

»Donnerstag in einer Woche habe ich einen Termin mit Kendo von Kendo Keller's«, sagt Nava. »Er wird mich beraten. Und dann stylt er natürlich die Perücke. So gut wie du ist er nicht, Zippy. Du hast es im Gefühl, du bist brillant. Die beste *Scheitel*macherin von allen. Aber das ist nun mal nicht die Madison Avenue, und ich will halt dieses Jahr was Moderneres, eitel wie ich bin.«

Abends vor dem Spiegel bearbeitet Ruchama ihr Gesicht und reibt heftig, um das Make-up und dessen Unterlage zu entfernen, die wie Kies in den Hautfalten sitzen.

Sie war mal die Hübscheste, hübscher als Zippy und Nava. Zu dritt spielten sie in Zippys Zimmer, probierten Kleider an und träumten von Hochzeiten – mit brillanten, aus Jerusalem eingeflogenen Gelehrten, gutaussehenden Prinzen, die in großen Arbeitszimmern sitzen würden, während Juden aus der ganzen Welt an ihre Türen kämen, um Weisheit, Rat und Segen gegen einen Handkuß zu tauschen.

Sie kommen aus der ganzen Welt. Aber nicht wegen Schlomi, nicht wegen ihres Ehemanns. Sie umkreisen den Erdball und wollen Ruchama sehen, weil sie in ihrer Schicklichkeit gefangen sind und die einfache Freude des Winds in ihren Haaren spüren möchten, und sei es auch nur in der Einbildung.

Menucha, die Kleinste, planscht in der Wanne neben

Ruchama. Wenn Menucha quiekt, hält ihre Mutter sie zur Stille an. Während sie das Make-up entfernt, fragt sie die Körperteile ab, um zu sehen, wo sich das Mädchen gewaschen hat und wo nicht. »Ohren?« fragt sie, »Ellbogen, Nabel, Zehen?«

Schlomi ist aus der *Jeschiwa* nach Hause gekommen und macht in der Küche Krach. Schränke knallen zu. Ein Topf kracht auf eine Arbeitsfläche, eine Pfanne auf eine Kochplatte. Die neue Hausordnung. Sechs Kinder, und zum ersten Mal sind tagsüber alle aus dem Haus. Menucha ist in der ersten Klasse und Shira, die Älteste, in der zehnten. Zum ersten Mal kann Ruchama ohne Unterbrechung arbeiten, und sie hat an der Unabhängigkeit Geschmack gefunden. Sie hat Schlomi kleine Aufgaben übertragen, er muß jetzt sein Essen selbst warm machen und sein Geschirr abspülen, außerdem die Gläser und Löffel, die sich zwischen dem Abendessen der Kinder und der Schlafenszeit ansammeln. Er macht großes Aufheben davon.

Langsam ihr Make-up entfernen, in den Spiegel schauen und traurig sein, mehr will sie gar nicht. Schlomi ruft Fragen und gibt Kommentare, um seine Hilflosigkeit zu betonen. »Wo ist der Schwamm für die Spüle?« »Diese Seife taugt nichts!« Ruchama antwortet nicht, es ist ihr egal, was er an der Seife auszusetzen hat. Er macht ihre Küche *trefe*, um ihr eins auszuwischen. Dauernd wäscht er Fleischbesteck in der Milchspüle ab.

»Sind irgendwo trockene Geschirrtücher?« ruft er hinauf.

Sie schreit so laut, daß Menucha mit dem Planschen aufhört, die kleinen Arme in der Luft gefroren. Ruchama schreit mit Mord in der Stimme, die Hand mitten in der Bewegung erstarrt, etwas Gesichtscreme auf den Fingerspitzen. »Lang mal nach unten«, schreit sie, »zieh die Schublade auf und guck rein.« Sie verteilt die Creme unter den Augen. Sie ist angenehm und kühl. »Wenn du die Schublade geöffnet hast, beug dich rüber und mach die Augen auf.«

Sie wartet, daß er fragt, wo in dem Haus, das sie seit sechzehn Jahren bewohnen, die Schublade mit den trockenen Geschirrtüchern ist.

Als Louise kommt, gibt es Küsse und Umarmungen. Sie rollt die Handschuhe herunter und zieht mit einer Bewegung ein Seidenhalstuch ab. Zippy und Ruchama haben einen Narren an ihr gefressen. Sie ist ihre einzige nichtorthodoxe Kundin, die einzige, die in ausgeschnittenen Oberteilen und schicken Maßhosen die Treppe herunterstöckelt. Sie erinnert Ruchama an die hübschen Damen, die einen in den Kaufhäusern mit Parfüm besprühen.

Louise hat auch eine Tochter, aber Ruchama findet, daß sie sogar jünger aussieht als Nava. Nur die dicken, müden Venen auf ihren Handrücken und ihr sorgfältig geordneter Haaransatz verraten sie. Louise faßt Ruchamas Arm und küßt sie nochmals.

»Ich hab's getan«, sagt Louise. »Ihr werdet wütend sein, aber macht euch nichts draus. Ich konnt's meinem Mann nicht sagen – nicht mit der Perücke und nicht mit dem Geld.« Louise öffnet ihren Geldbeutel. »Harolds Geschenk zum dreißigsten Hochzeitstag. Ein wundervolles Halsband, er hatte es selber ausgesucht. Ich hab's versetzt. Weggegeben.«

»Das ist nicht wahr«, sagt Zippy. Ihre Miene ist so glücklich, daß es peinlich ist. Sie liebt Geheimnisse über alles.

»Doch«, erwidert Louise. »Was man kauft, muß man auch bezahlen.«

»Ich hab dir Kredit angeboten«, sagt Ruchama trocken.

»Ich weiß, meine Liebe. Aber es wäre nicht recht. Ich hab's versetzt und Harold erzählt, die Schließe wär gebrochen, und ich hätte die Pauschalpolice schon auf der Liste gehabt, aber nichts dem Versicherungsmann gesagt. So zahlt es die Versicherung nicht, und Harold würde nie einen falschen Anspruch anmelden.« Sie nimmt einen Umschlag aus ihrem Portemonnaie und streckt mit herrischer Geste den Arm aus. »Hier«, sagt sie und reicht Ruchama den mit Fünfzigern prallgefüllten Umschlag.

Bei ihrem ersten Auftritt hatte sie auf die gleiche geschäftsmäßige Art einen anderen Umschlag aus ihrem Portemonnaie gezogen. »Sie müssen Ruchama sein«, sagte sie. »Hier sind Fotos von mir, als mein Haar noch war, wie es sein sollte. So soll die Perücke aussehen, aber noch besser.« Schon bei dieser ersten Begegnung hatte sich Ruchama in sie verliebt. Für eine Frau, die einen Umschlag mit solcher Selbstsicherheit präsentieren kann, ist auf dieser Welt nichts unmöglich. »Meine Tochter sagt, Sie sind die Beste und die Teuerste. Genau das will ich. Keine Billigangebote. Ich will das Gefühl haben, es ist so schrecklich überteuert, daß es einfach gut sein muß.« Dann nahm Louise in ihren schicken Hosen genau die Pose ein – ein Knie durchgedrückt, das andere gebeugt, ein Fuß gerade, der andere nach außen gedreht –, die Ruchama gern selbst eingenommen hätte, wenn ihr so etwas erlaubt gewesen wäre. »Wenn Sie's nicht schon von meiner Tochter wissen, ich bin in den Wechseljahren, und mir fallen die Haare aus, und meine beiden Ärzte sagen auch, daß ich kahl werde. Geben Sie mir, was Sie haben, hab ich zu ihnen gesagt. Wenn's mich umbringt, macht nichts. Sechs herrliche Monate sind mir lieber als hundert Jahre Normalprogramm.« Dann hatte sie ihnen ein Medaillon gezeigt und es geöffnet. Darin war eine Locke. »Mein Haar als Kind. Rostbraun. Jungfräulich und fein. Suchen Sie das restliche Haar dazu. So soll meine Perücke sein.«

Und jetzt, nach Monaten, schließt Ruchama das Geld in die Kassette und die Kassette in ihren Schreibtisch. Sie nimmt die Fotos und die Locke heraus, geht ins Kämmerchen und nimmt Louises Perücke von einem Styroporkopf. Sie ist majestätisch. Ruchama bringt sie herüber, und Louise preßt die Hände an den Kopf.

»O ja«, sagt sie, »das bin ich.« Sie bringt ihr eigenes, so sorgfältig in Form gespraytes Haar durcheinander. »Das hier bin ich nicht, das da bin ich. Sie haben es. Jetzt geben Sie's mir.«

Sie setzen Louise auf einen Hocker und passen ihr die Perücke an. Sie lehnt sich zum Standspiegel. Ruchama und Zippy stehen mit Handspiegeln hinter ihr. Alle sind der Meinung, daß Louise wirklich wundervoll aussieht. Sie breitet die alten Fotos auf dem Ladentisch aus. Ihre Augen wandern zwischen Spiegel und Fotos hin und her. Sie öffnet das Medaillon. »Rostbraun«, sagt sie. Sie hängt es um den Hals und wendet sich den beiden Frauen zu.

»Ihr seid göttlich«, sagt sie, »ihr vollbringt Wunder. Ich hab das Gefühl, ich hab mein Leben wieder, meine Jugend. Ich bin wieder neunzehn«, sagt sie. »Und ich bin schön.«

Die neuen Hefte kommen frühestens in zwei Wochen, aber Ruchama will nochmal etwas nachsehen, sie hat da ein oder zwei Ideen. Sie nimmt die Magazine mit einem Nicken vom Ständer.

»Ihre Hefte hab ich verkauft«, sagt Jamal. »Die gleiche Nummer, aber andere Hefte.«

»Ich zahle nochmal, wenn Sie das meinen.«

Sie greift nach ihrem Portemonnaie.

»War bloß Spaß«, sagt er. »Nur zu. Die Kids können diesen Sommer halt nicht ins Ferienlager.«

Früher träumten Zippy, Nava und Ruchama davon, Models zu werden. Sie hatten große Pläne. Sie würden nur schickliche Sachen vorführen, den Laufsteg in knöchellangen Röcken und Blusen mit hohem Kragen und am Handgelenk zugeknöpften Ärmeln entlangschreiten. Jeder Auftritt eine Sensation. Sie gingen in Zippys Zimmer auf und ab, drehten sich vor dem großen Spiegel und hielten den Kopf so, daß sie sich dabei sehen konnten.

Sie findet die Reklame, an die sie gedacht hatte, eine Frau, die sich auf einer New Yorker Straße umdreht, das Haar in einem Bogen aus vollen und leichten Locken.

Sie preßt das Magazin auf den Tresen. Sie preßt den Finger auf die Seite. Jamal schaut hin.

»Genauso hat mein Haar ausgesehen«, sagt sie, »als ich ein Mädchen war.«

116

»Hmm, hübsch«, sagt er. Er faltet einen leeren Karton zusammen, hört dann auf, reibt sich die Hände und bläst gegen die Kälte hinein. »Ihr Haar ist immer noch hübsch«, sagt er, »sehr hübsch.«

Ruchama wird rot. Das hat man von Vertraulichkeit. »Eine Perücke«, sagt sie zu Jamal. »Ich trage eine Perücke.«

»Sieht richtig echt aus. Ich war nicht sicher. Sie ziehen sich jüdisch an, und deswegen war ich mir nicht sicher. Die anderen chassidischen Damen haben alle Perücken und Kopftücher und so was auf. Und ich hab mich gefragt, was mit Ihnen ist.«

»Echtes Haar«, antwortet sie. Sie ist stolz. »Bei einer wirklich guten Perücke sollte man es nicht sehen. Die anderen haben keine guten auf. Acryl. Müll. Perücken aus recycelten Colaflaschen und alten Plastiktüten.«

Die Anzeige geht Ruchama nicht aus dem Kopf: diese junge Frau, die sich auf einer New Yorker Straße umdreht. Es ist eine Reklame für Shampoo. Die Frau hat einen Verkehrsstau verursacht, weil sie halb den Finger gehoben hat, um ein Taxi zu rufen. Alle auf dem Bürgersteig schauen sie an. Sie lächelt, und ganz New York lächelt mit ihr. Sogar die Taxifahrer – weiß, gutaussehend, alle mit ein paar Falten im Gesicht – lächeln. Sie lachen, während sie Stoßstange an Stoßstange stehen, um diese Frau mit dem schönen langen Haar mitzunehmen.

Ruchama möchte sich auch so sexy fühlen und über das Chaos schmunzeln, das ihre Schönheit anrichtet. Wie herrlich wäre es, schick und mit dem langen, schönen Haar ihrer Jugend in die *Schul* zu kommen und zu sehen, wie Navas Augen größer werden und die Männer sich auf die Zehenspitzen stellen und versuchen, auf die Frauenempore zu spähen, oder zu sehen, wie der Rabbi mit dem Fuß aufstampfen, der *Gabbai* auf die *Bima* schlagen und manche zischen würden, damit Ruhe einkehre, während sie sich setzte. Sie würde mit ihrer zweitältesten Tochter direkt vor Nava sitzen. Alle würden flüstern. Ist das die Mutter oder die Schwester? würden sie fragen.

Schlomi wird spät heimkommen. Heute ist er an der Reihe, in der *Jeschiwa* beim Putzen zu helfen. Da kann er mit dem Besen umgehen. Sie beschließt, ihren sexy Rock anzuziehen und auf ihn zu warten. Der Rock betont ihre Figur, ist aber nicht ganz unschicklich, gerade noch lang genug. Als sie ihn anzieht, merkt sie, daß sie den Knopf nicht schließen kann – sie bekommt den Reißverschluß nicht hoch genug, um es auch nur zu versuchen. Sie feuert ihn in den Kleiderschrank. Auf Zehenspitzen geht sie ins Badezimmer, die Kinder schlafen schon alle. Sie frischt ihr Make-up auf und zieht ein Nachthemd an, kriecht unter die Bettdecke und tut so, als schlafe sie. Sie läßt Schlomis Nachttischlampe an. Ihr Nachtgebet spricht Ruchama heute nicht.

Schlomi kommt ins Schlafzimmer und versucht, leise zu sein. Beim ersten Geräusch, dem Klingeln von Schlüsseln, die aus der Tasche gezogen werden, seufzt Ruchama und schiebt ihre Decke weg, als wache sie gerade auf.

Sie strengt sich sehr an, verführerisch zu wirken. Schlomi geht nicht darauf ein. Als er sich ins Bett legt, greift sie hinüber und streichelt die Innenseite seines Arms. Er nimmt ihre Hand und drückt sie. »Gute Nacht«, sagt er und knipst das Licht aus.

Daß er kein Interesse hat, macht nichts.

Daß sie kein Interesse hat, möchte sie ihm allerdings unbedingt sagen. Lieber hätte sie den Mann, der die Lebensmittel austrägt, muskulös und von der harten Arbeit verschwitzt. Lieber hätte sie Sex mit ihm und würde laut schreien, als bei jedem Atemzug zu befürchten, die Kinder zu wecken.

Sie dreht sich auf die Seite. Sie schiebt eine Hand zwischen die Schenkel, drückt die andere darauf, preßt die Schenkel zusammen und schaukelt hin und her. Sie vergißt jene Gedanken, die mit Schlomi, Ärger und dem Rock im Schrank verbunden sind, und konzentriert sich auf den Lebensmittel-Austräger und die Taxifahrer und die Finger in ihrem Haar. Sie ist allein mit ihren Gedanken und schaukelt hin und her.

Schlomi schaltet seine Nachttischlampe an. Er rüttelt seine Frau an der Schulter, was den Rhythmus beschleunigt und dann unterbricht.

»Ruchie, du hast es versprochen.«

»Hab ich nicht.«

»Ganz egal, es muß aufhören. Es ist eine Sünde.«

»Wo steht das geschrieben? Bei einem Mann, ja. Bei einer Frau – so ausgetrocknet wie die Weintrauben aus dem Supermarkt – macht es nichts. Frag deinen Rebben, der wird's dir sagen. Sag ihm, was deine Frau macht, und frag, ob es erlaubt ist.«

»Ihn fragen? Gott bewahre.«

»Du hättest Christ werden sollen«, sagt sie. »Ein Experte im Vermeiden irdischer Freuden.«

»Gott bewahre. Wie du redest!« Sie dreht sich um und sieht, daß er sich wie ein Kind die Ohren mit den Händen zuhält. Sie preßt die Hände fester in den Schoß. All seine Leidenschaft ist zwischen diesen Ohren begraben, denkt sie und schaukelt und schaukelt und schaukelt sich in den Schlaf.

»Du hast absolut keine Wahl. Sie wartet draußen. Sie will vier Perücken bis *Pessach*. Es geht um zwanzigtausend Dollar.«

»Ich kann's nicht machen, Zippy.« Ruchama sitzt an ihrem Schreibtisch über der Buchführung. »Ich kann Nava heute nicht gegenübertreten. Ich bin zu schwach für ihre Komplimente. Heute wird sie mich ins Grab loben, das sag ich dir.«

»Ich hab' ihr gesagt, du würdest nach Israel telefonieren.«

»Sag ihr, ich wär in die Stadt gefahren. Ich fahre wirklich, ich hab was zu erledigen.«

»Du warst gestern erst in der Stadt.«

»Und? Ist das so außergewöhnlich? Fahren manche Leute nicht jeden Tag rein? Fährt der U-Bahn-Fahrer nicht zehnmal am Tag über den Fluß?«

Nava sitzt in dem Sessel neben der Tür. Sie trägt ein Armani-Kostüm, das bis zum Knie geht. Zu kurz, viel zu kurz. Sie hat neue Stiefel an, und eine neue Handtasche steht auf dem Boden. Ruchama läßt den Blick schweifen und vermeidet es, Nava Genugtuung zu gönnen, indem sie eines dieser Dinge näher betrachtet.

»Ich hab gerade zu Zippy gesagt —«, sagt Nava und hält dann inne. »Irgendwas Neues aus Israel?«

»Nein«, antwortet Ruchama. »In Jerusalem regnet's.«

Nava verlagert ihr Gewicht und nimmt die neue Tasche auf den Schoß. Ruchama schaut aus dem Fenster.

»Ich hab gerade zu Zippy gesagt, Kendo ist ein Genie. Halb Haardesigner, halb Philosoph. ›Erzählen Sie mir vom besten Haar‹, sagt er. ›Reden Sie.‹ Und weißt du, was ich ihm erzählt hab, Ruchama? Ich hab ihm von deiner Hochzeit erzählt. Ich hab ihm erzählt, daß du die erste warst, die geheiratet hat, und daß du das wunderbarste Haar hattest und wie es aus dir gemacht hat, was du warst, ein Mädchen und eine Frau, fromm und wild. Und dann hab ich ihm erzählt, wie du's für die Hochzeit abgeschnitten hast. Bei deinem *Bedecken* hab ich aus zwei Gründen geweint. Das Wunder der Ehe und die Trauer um dein verlorenes Haar. Du warst davor so schön. Und vollkommen.«

»Danke«, sagt Ruchama. Sie geht zu dem Sessel neben Nava und läßt sich hineinfallen.

»Also folgen wir dieser Spur«, fährt Nava fort. »Wir suchen dieses ideale Ich. Und wir finden es. Sie hat langes Haar. Da ist mein wahres Ich. Natürlich kann ich nicht gleich mit langem Haar erscheinen. Es ist so schon unzüchtig genug. Aber die Leute auch noch zu schockieren, wäre unmöglich. ›Kein Problem‹, sagt er. Ein Genie. ›Vier Perücken. Dasselbe Haar, dieselbe Farbe, nur verschiedene Länge. Wir werden das natürliche Wachstum nachahmen. Perücke für Perücke.‹ Das ist sein Plan. ›Langsam‹, sagt er, ›ganz natürlich. Mit jeder Perücke gewinnen Sie ein Stück Freiheit zurück.‹«

Nava geht. Ruchama sitzt immer noch schräg und linkisch im Sessel. Zusammengeschmolzen.

»Tut mir leid«, sagt Zippy. »Fahr in die Stadt. Ich mach die Liste für heute fertig.«

»Ist schon gut.«

»Fahr nur«, sagt Zippy. »Wird dir guttun.«

Die Straßen füllen sich mit dem abendlichen Verkehr. Jamal kommt aus seinem Kiosk und zieht eine Marinewolljacke über. Ruchama blättert an der Ecke die Magazine durch.

»Die Nachtschicht kommt«, sagt Jamal. Er knöpft seine Jacke zu. »Schönen Abend.«

»Gleichfalls«, sagt Ruchama.

»Morgen kommen die neuen Hefte, spätestens übermorgen.«

»Ich werd's versuchen«, sagt sie. Ihre Unterhaltung wird vom Rattern und Klappern einer Sackkarre unterbrochen, die es erst im zweiten Anlauf auf den Bürgersteig schafft. Auf der Karre steht ein Baum in einem Topf, der erst auf den einen, dann auf den anderen von ihnen zu stürzen scheint, von einem rücksichtslosen Mann geschoben und von einem klappernden Rad vom Weg abgebracht. »Scheißbaum«, flucht der Bote im Vorbeigehen. Ruchama folgt ihm, erst einen Schritt und dann zwei. Sie ist wie hypnotisiert.

Ohne jeden Zweifel hat dieser Mann das schönste Haar, das sie je gesehen hat. Ganz gezähmt, ganz voll. Er hat eine Lockenmähne mit der Farbe von geröstetem Bambus, die den halben Rücken herunterhängt und in einer tiefen, stumpfen Kante endet. Die Locken sind einzigartig, voll und feucht, und sie liegen gut übereinander. Ein Haarschopf mit Charakter. Sie ist davon besessen, sie weiß es, aber nicht die Besessenheit macht sein Haar schön; es ist die Besessenheit, die sie das Haar bemerken läßt, obwohl sie fast von einem widerspenstigen Baum umgestoßen worden wäre.

»Solches Haar muß es sein«, sagt Ruchama zu Jamal und deutet mit dem Finger auf den Mann.

»Toll«, sagt Jamal. »Würde sicher 'ne prima Perücke abgeben.«

»Ein halbes Dutzend«, erwidert Ruchama. Sie behält den über der Menge hin und her schwankenden Baum im Auge. »Ich hab einen Warteraum für die Kunden. Zwei Sessel vor zwei Fenstern. Keine Aussicht.« Sie gibt Jamal die Magazine zurück. »Vielleicht macht sich ein Baum dazwischen gut.«

Ruchama folgt ihm zu einem Dschungel an der 28. Straße, wo der Baum in einem Laden verschwindet, dessen Fenster voller tropischer Pflanzen steht. In der Mitte führt ein Pfad hindurch. Ruchama tritt ein, und zwei Vögel flattern aus einem Busch zu einem leeren Käfig. Der Mann läßt den Baum mit einem dumpfen Aufschlag vom Karren gleiten.

»Hübscher Baum.«

»Zurückgegeben«, sagt er. »Die Designerin wollte 'nen Orangenbaum für die Lobby. Sie meint, ich hätt ihr nicht gesagt, daß er erst im Sommer Orangen trägt.« Der Mann hat einen Ring unter der Lippe, der sich beim Sprechen auf und ab bewegt und erstarrt, wenn er schweigt – eine Art pausenloser Zeichensetzung. Ein Punkt aus rostfreiem Stahl unter der Lippe. »So was wie 'nen gebrauchten Baum gibt's nicht, aber wenn Sie wollen, mach ich Ihnen 'nen Sonderpreis.«

»Sind Sie morgen vormittag hier?«

»Jeden Vormittag.«
»Ich komme morgen und bringe das Geld mit.«

Ein Obdachloser bittet Ruchama um einen Dollar, als sie an der 23. Straße die U-Bahn-Treppe hinaufkommt. Normalerweise gibt sie was, sie gibt immer was, aber sie hat das ganze Geld dabei, einschließlich Louises Umschlag mit 4000 Dollar in bar. Die morgendliche Rush-hour hat noch kaum begonnen, nicht die rechte Zeit, auf der Straße das Portemonnaie zu öffnen. Sie preßt ihre Handtasche an sich und geht Richtung Kiosk weiter. »Is' schon gut«, brüllt der Obdachlose hinter ihr her. »Ich vergeb Ihnen, weil 'Se schwanger sind.«

Die Magazine lehnen in Stapeln am Zeitungsstand. Jamal schiebt ihr ein Messer zu, sie ihm einen zerknüllten Zwanzig-Dollar-Schein.

»Sie schneiden auf«, sagt er. Ruchama fährt sich mit der Hand übers Gesicht, sie hat immer noch Schlaf in den Augen.

Es ist wolkenlos und für die Jahreszeit zu warm. Ruchama sitzt auf dem Bürgersteig wie der Obdachlose und lehnt sich an den Zeitungsstand.

Sie sucht nach ihrer Reklame. Sie schlägt die Knöchel übereinander, wendet das Gesicht der Sonne zu. Es ist zehn, zwanzig Jahre her, daß sie auf dem Boden gesessen hat.

Das Shampoo-Mädchen kommt gleich nach dem Inhaltsverzeichnis. Sie hat beim Äpfelschnappen auf der Landwirtschaftsschau mitgemacht und mit ihrem zarten Mund keinen Apfel bekommen. Sie zieht den Kopf aus der Tonne, und ihr durchnäßtes Haar scheint in einem Bogen in der Luft zu stehen. Ein Regenbogen schimmert in dem glänzenden Haar und dem Wasser, das auf die Menge niederregnen wird. Alles lächelt. Der Schausteller in der Bude gibt der Frau trotzdem einen Teddybär. Auch die in den anderen Buden halten Preise hoch. Alle sind weiß, gutaussehend und haben ein paar Falten im Gesicht. Sie erinnert sich, daß einer schon Taxifahrer war.

Ruchama blickt die Sixth Avenue entlang und verliert sich in der Betrachtung des entgegenkommenden Verkehrs. Es ist das bevorstehende *Pessach*, und sie hat das lange Haar ihrer Kindheit. Alle stehen auf der kleinen Veranda vor der *Schul*, reden und machen Pläne für den Lunch. Nava trägt ein protziges Kleid und die erste ihrer neuen Perücken. Ein aufgemotztes Auto, wie es Gangster fahren, wird vorbeirasen, und ein gutaussehender junger Mann auf dem Beifahrersitz, dessen starker Arm aus dem Fenster hängt, wird einen frechen Pfiff ausstoßen. Ruchama wird verblüfft erröten und sich umdrehen, wobei ihr Haar sich entfaltet wie der Fächer eines Pfaus.

»Ich verkaufe Büsche und Bäume. Ich verkaufe Torf und angereicherte Erde. Für hundert Dollar können Sie ein Dutzend Calatheen haben. Bei den Orchideen mach ich Ihnen einen Sonderpreis.«

»Sie haben Ihre Ohrringe und Ihre Tätowierungen«, sagt Ruchama zu dem Pflanzenmann. »Sie haben ein nettes Gesicht und sind groß und schlank. Sie haben genug, damit man hinguckt. Sie brauchen das Haar nicht.«

»Ich hab's immer gehabt«, erwidert er. »Es gehört zu mir.«

»Natürlich. Meinen Sie, ich mach so was jeden Tag? Ich krieg mein Haar aus Osteuropa, aus Polen. Nie von der Straße. Wenn nicht hundert Dollar, wieviel ist unverkäufliches Haar dann wert?«

»Wissen Sie was? Ich glaub, Sie sind übergeschnappt.«

»Ja«, sagt Ruchama, »wir sind beide verrückt, bloß auf verschiedene Art. Also los: zweihundert Dollar, fünfhundert?«

»Tausend, zweitausend, ganz egal. Ich verkauf's nicht.«

»Ich hab hier viertausend Dollar«, sagt sie. »In bar. Sie können alles haben.«

Und dann, während Louise vor ihrem inneren Auge steht, zieht sie voller Eleganz den Umschlag aus der Handtasche und steckt ihn in seine Hand. »Ich hab meine eigene Schere mitgebracht, Sie brauchen sich bloß hinzusetzen.«

»Verdammt«, sagt er beim Zählen, »warum behalt ich's nicht einfach? Warum tu ich nicht so, als hätt ich Sie nie gesehen, und behalte das Geld und mein Haar?«

»Weil wir hier in Amerika sind«, sagt Ruchama. »Sie werden mir Ihr Haar verkaufen und den Baum liefern, und wenn Sie das Geld behalten, werde ich die Polizei rufen, und Sie werden's zurückgeben. Das ist das Wunder dieses Landes. Juden haben Rechte, Frauen haben Rechte. Vielleicht werden Sie das Geld trotzdem behalten, als Herausforderung. Und wenn die Polizei kommt, werd ich vielleicht sagen, Sie hätten fünftausend genommen, nicht viertausend. Und sie werden mir glauben, weil ich kein Loch in der Lippe habe und weil fünf eine naheliegendere Zahl ist.«

Ruchama zieht die Schere wie eine Drohung hervor. Er schaut sie an und steckt den Umschlag ein. Ruchama sucht im Dschungel nach einem Stuhl.

Als der Baum kommt, schließt Ruchama die Tür zur Werkstatt ab und läßt Zippy allein im vorderen Raum. Sie hat Zippy von dem Baum erzählt, einem extravaganten und spontanen Kauf. Sie hat sie wegen des Gelds angelogen und weiß nicht, wie sie es ersetzen soll.

Zippy hämmert an die Tür.

»Er will wissen, wo er ihn hinstellen soll.«

»Er weiß es, und du weißt es«, schreit Ruchama zurück. »Zwischen die beiden Sessel.« Ruchama ist schwindlig. Sie hat Zippy erzählt, sie würde die Tür wegen der vielen Überfälle abschließen, bei denen Ausfahrer die Geschäfte, die sie beliefern, auskundschaften und alles Erreichbare stehlen. Sie erzählt Zippy, sie habe bei ihrem Lieferanten eine Fotografin getroffen, deren ganzes Studio von dem Fahrradboten ausgeräumt worden sei, der den Film abholte. Sie hatte ihn herumtrödeln und Wasser aus dem Automaten trinken lassen.

»Er will zweihundert Dollar extra, Ruchama.« Zippy klopft wieder. »Er sagt, du hättest ihm zweihundert Dollar extra für die Lieferung versprochen.«

»Ich habe ihm nichts versprochen.«

»Ruchama, mach die Tür auf.«

»Gib ihm hundert und sag, er soll verschwinden.«

»Mach die Tür auf.«

»Gib ihm die hundert, dann wird er gehen.«

Wie sie jetzt die Abende liebt. Sobald die Kinder schlafen, geht sie in den Keller. Die Nächte waren so lang, nun erkennt sie, daß sie ebenso kurz sind wie die Tage.

Ohne Zippy und ihren Klatsch kommt sie richtig zum Arbeiten. Sie nimmt den Sortiertisch in Besitz und breitet das Haar Locke für Locke aus. Sie knotet wie der Teufel. Es ist eine Ewigkeit her, seit Ruchama sich selbst eine Perücke gemacht hat. In letzter Zeit hat sie die unregelmäßigen Stücke mit kahlen Stellen und verpfuschten Stirnlocken getragen, fehlerhafte Modelle, die sie nicht verkaufen können.

Das Jahr ist mit Feiertagen vollgestopft. *Pessach* wirft schon seine Schatten voraus. Das hindert sie daran, mal ein Nickerchen zu machen und Zeit mit Schlaf zu vergeuden. Als sie ihm das Haar abschnitt, hat sie jede Locke zusammengebunden und einzeln numeriert, wie die Ziegel eines Tempels, der ins Museum kommt. Auf diese Weise kann sie die Locken rekonstruieren. Nur wenn das Haar richtig um den Kopf herum sitzt, kann die Perücke perfekt werden.

Sie haben Nava nichts vorzuführen. Sie sind mit der Arbeit nicht nachgekommen. Ruchama ist halb beschämt und halb glücklich. Sie würde gern noch weiter mit der Arbeit in Rückstand geraten und Nava ohne Perücke lassen, so daß sie gezwungen wäre, an den Feiertagen mit einer Badekappe auf dem Kopf zur *Schul* zu kommen.

Ruchama geht in den Vorderraum. Zippy folgt mit einem Tablett Keksen und Tee. Nava spielt an den Blättern des Orangenbaums, wobei sie auf ihre Nägel achtet. Sie reißt ein Blatt ab.

»Es wirkt Wunder«, sagt sie. »Ich hab's euch nie gesagt, aber dieser Raum war immer so bedrückend. Trotzdem, wenn's ein Orangenbaum ist, wo sind die Orangen?«

»Kommen erst im Sommer«, sagt Ruchama. »Ist drinnen ein bißchen schwierig.«

»Sollten da nicht kleine grüne Kugeln oder so was sein? Bei einem Orangenbaum erwartet man fast –«

»Ja«, sagt Ruchama. »Wo wir von Erwartung reden, ich muß mich bei dir entschuldigen. Wir sind noch nicht so weit mit der Perücke. Es gibt noch nichts zu zeigen.«

»Ruchie, es sind jetzt schon Wochen vergangen.« Nava biegt das Blatt zusammen und bricht es entlang einer Ader in der Mitte durch.

»Wir waren verrückt«, sagt Ruchama. »Wir sind mit Aufträgen überschwemmt.« Zippy tunkt einen Keks in den Tee.

»Ich hätte wirklich alles Recht, mich zu ärgern«, sagt Nava, streckt den Arm aus und legt eine Hand auf Ruchamas Hüfte. »Aber – und du weißt, daß ich nur Komplimente für dich habe, nur Komplimente – man sieht's dir am Gesicht an, Ruchie. Du siehst furchtbar aus. Du machst dich kaputt, und ich will nicht dran schuld sein. Es ist noch nicht zu spät, meine Bestellung woanders zu machen, wenn dir das lieber wäre. Kendo Keller hat jemanden an der Hand.«

Ruchama wäre es lieber. »Vielleicht ist es besser«, sagt sie.

»Ruchama!« Zippy stößt nur ihren Namen aus. Ruchama versteht sie. Der gute Ruf. Das Geld. Aber sie sieht jetzt nur die Zeit, die sie für sich gewinnen könnte.

»Vielleicht ist es besser«, sagt Ruchama. »Du bist immer so verständnisvoll.«

Zippy hat angefangen, sie aus der Distanz zu beobachten. Sie steht nicht mehr mit ihrem Tee an Ruchamas Schreibpult, schaut ihr nicht mehr am Arbeitstisch über die Schulter. Sie hält den Becher jetzt mit zwei Händen, während sie daran nippt und beobachtet. Sie wirft verstohlene Blicke hinüber, wendet dann die Augen ab. Sie korrigiert Ruchama nicht, wenn sie Fehler macht, bügelt diese auch nicht aus, sondern läßt die Sachen an Orten liegen, wo Ruchama sie bestimmt findet. Es ärgert Ruchama, das Haar, das sie für die Berger-Perücke benutzen sollte, sauber auf dem Regal aufgeschichtet zu finden und die falsch gemessenen Hauben in dem Bastkorb unter ihrem Schreibpult.

Zippy hat sogar angefangen, Dinge hinzulegen, die sie weiterreichen will. Sie legt das Nadelkissen neben Ruchamas Handgelenk, statt es ihr in die Hand zu drücken. Das Telefon klingelt für Ruchama, und Zippy verfährt genauso. Sie trägt das schnurlose Telefon herüber und stellt es vor Ruchama hin.

»Warum machst du das?« fragt Ruchama. Sie hält die Hand aufs Mundstück und will wissen, wer dran ist.

»Der Bote.«

Ruchama starrt auf das Telefon und schaltet es aus. »Ich hab dir gesagt, ich will diesen Mann nicht sprechen.« Es klingelt erneut.

»Geh ran«, sagt Zippy. »Zehnmal am Tag ruft er an. Geh du ran und sprich mit ihm und dann mit mir. Ich will wissen, warum der Bote sich solche Sorgen um einen Orangenbaum ohne Orangen macht.«

Ruchama nimmt den Hörer ab.

»Hallo«, sagt sie. »Nein.« Sie geht in die hintere Ecke des Arbeitsraums, in die unbenutzte Ecke, wo die alte Kammer ist, in der sie die Perücke versteckt hat. »Lassen Sie mich in Frieden«, sagt sie, »keinen Cent mehr.« Sie schaltet ab und hebt dann die Stimme. »Nicht einen Cent mehr für diesen verdammten Baum.«

Es ist wie damals mit ihrer Mutter, als sie Ruchamas Lippenstift entdeckte, wie damals, als sie mit ihren Eltern im Wohnzimmer saß, nachdem sie bei der von Zippy arrangierten Verabredung ertappt worden war – von ihrem eigenen Vater, der sah, wie sie die King Street entlangging und mit einem Jungen redete. Ruchama hat das Gefühl, ruiniert zu sein und alles beichten zu müssen.

Zippy hat sie in den Vorderraum gezerrt und in einen Sessel gesetzt. Sie sitzt in dem anderen und redet mit Ruchama um den schmalen Baumstamm herum.

»Ich hab niemandem was erzählt, keiner Seele.« Ruchama hat den Eindruck, daß Zippy diese Szene genießt. Sie hat es Ruchama immer verübelt, für sie arbeiten zu müssen, und hier ist ihre Chance, ans Ruder zu kommen. »Du döst am hellichten Tag. Du bist vergeßlich. Alles, was du anfaßt, muß nochmal gemacht werden. Du hast unsere beste Kundin und alte Freundin verscheucht. Du hast eine Frau mit Geld wie Heu und einem großen Mundwerk verscheucht. Du hast die Rechnungen nicht bezahlt – glaub nicht, ich hätt's nicht gemerkt. Erzähl mir alles, Ruchama, bevor du das Geschäft ruinierst, an dem unsere beiden Familien hängen. Mach reinen Tisch, bevor du eine dreißigjährige Freundschaft zerstörst.«

Ruchama kann ihr nicht ins Gesicht sehen; sie wendet sich zum Standspiegel, dann zur Wand mit den Fotos.

»Wenn ich muß«, sagt Ruchama, und dann schaut sie einen Moment in die Zukunft und ist auf der Landwirtschaftsschau beim Äpfelschnappen. Und sie wird die Überraschung nicht verderben, sie kann es nicht. »Ich hab den Mann mit den Bäumen geküßt«, sagt sie. Das klingt so unglaublich, daß es schon wieder glaubhaft ist. Und es spricht Zippys rebellische Seite an. »Er hat mich geküßt, und ich hab ihn gelassen. Nicht einmal, sondern zweimal. Als ich in der Stadt Zubehör gekauft habe.«

»Nein«, schreit Zippy und preßt die Hand vor den Mund. Sie schlägt die Beine unter den Körper und hängt sich über die Armlehne. »Unmöglich.«

»Ich wollte nicht, aber ich hab's getan.«

»Schlomi!« sagt Zippy. »Ein Christ, Ruchama, und halb so alt wie du. Unmöglich. Deine Kinder. Der Mann hat einen Ring in der Lippe.«

»Eiskalt«, sagt Ruchama. »Eiskalt und glühend heiß.«

»Es muß aufhören, Ruchama.«

»Das sage ich ihm immer wieder.«

»Aber er will nicht darauf hören«, sagt Zippy. »Seine Leidenschaft ist zu groß. Er weiß, es kann nicht sein, aber er will nicht hören. Er will, daß ihr euch noch einmal trefft. Daß du ihm sagst, es kann nicht sein, während du ihm tief in die Augen schaust.«

Die Beichte hat alles geändert. Zippy arbeitet doppelt so hart wie je zuvor. Ruchama muß während des Tages nur wachsam genug bleiben, die Lüge wieder und wieder zu erzählen. Sie erfindet winzige Details hinzu. Zippys Hände rasen, während sie mit weit aufgerissenen Augen lauscht und nur einhält, um nach Luft zu schnappen. Sie gibt Ruchama wieder und wieder den Rat, es nicht zu tun, malt sich dann aber ihre Zukunft aus, falls die beiden durchbrennen. »Meinst du, er würde konvertieren? Würde er mit einem Bart gut aussehen?« Zippy reicht Ruchama die Sachen jetzt ohne Hast und berührt ihre Hand, um ihr Wärme und Unterstützung zu geben. Sie gibt alles weiter, nur nicht die Telefonanrufe. Sie legt immer wieder auf, wenn der Bote anruft. Manchmal flüstert sie einen Ratschlag, bevor sie die Verbindung unterbricht. »Verzichten Sie. Ich weiß, es tut weh, aber es kann nicht sein«, sagt sie zu ihm.

Ruchama hat weniger Schuldgefühle, als sie vorher befürchtet hatte. Wenn Zippy solchen Unsinn glaubt, ist sie selber schuld. Und es hat ja einen guten Grund. Noch ein paar Wochen. Die Perücke ist fast fertig.

Vormittags um halb neun vollendet Ruchama die Perücke. *Pessach* ist in zehn Tagen. Die Perücke ist schwerer als jede andere, die sie je angefertigt hat, sie ist auffallend und üppig. Ruchama rasiert sich normalerweise nicht den Kopf, aber Eitelkeit fordert nun mal ihren Preis. Ruchama stöpselt die Haarschneidemaschine ein und schneidet sich beim ersten Schnitt.

Sie steckt die Hände in die Haube und stülpt sie über ihre Kopfhaut. Die Haube sitzt fest. Sie läßt den Kopf zwischen die Knie sinken, hält die Perücke mit den Fingerspitzen fest, wirft den Kopf zurück und spürt, wie das ganze Gewicht des Haars herüberschwingt und Locke für Locke gegen ihren Rücken schlägt.

Sie vergibt jedem Makel im Spiegel. Ihre Augen sind blutunterlaufen und geschwollen, aber das sieht sie nicht. Sie ist verblüfft, wie atemberaubend, wie durch und durch wundervoll diese Mähne aus vollkommenem Haar ist. Allein das Gewicht, dieses beruhigende Gewicht, die Sicherheit der Locken, die ihr Gesicht einrahmen. Es ist majestätisch. Sie kann es nicht erwarten, sich in die Reihe vor Nava zu setzen, das Haar so auszuschütteln, daß es sich über die Rückenlehne in Navas Schoß ergießen wird. Der Aufruhr. Ruchama wird Nava flüstern hören. Die Männer werden zischen, damit Ruhe eintritt, und niemand wird je wieder sagen, sie habe sich gehenlassen. Nava wird Ruchamas Gesicht wie das eines jungen Mädchens eingerahmt sehen. Sie wird sich erinnern, wer die Schönste ist.

Zehn Tage sind eine lange Zeit. Ein Mensch kann von einem Augenblick auf den anderen sterben. Ein Feuer kann ein Haus und einen Keller und eine Kammer mit einer versteckten Perücke verzehren. Vielleicht wird Ruchama sie am *Schabbes* tragen. Sie nimmt einen Handspiegel, dreht sich langsam auf dem Stuhl und lehnt sich bewundernd zurück. Sie wird jetzt gleich in die Stadt fahren, die Perücke auszuprobieren.

Der Zug ist voller spätmorgendlicher Pendler. Ruchama spürt, wie sie über den Rand ihrer Zeitungen spähen, wie die Männer sie anstarren, während sie auf ihren Kaffee pusten und ihre Aktentaschen zwischen den Beinen festhalten.

Ruchama hat Jamals Zwanzig-Dollar-Schein zusammengeknüllt in der Handfläche. Sie versucht nonchalant zu bleiben und nicht vor Aufregung rot zu werden.

Bevor er etwas sagen kann, schiebt Ruchama ihm das Geld hin, schnappt die Magazine und dreht ihm den Rücken zu.

»Mannomann«, sagt Jamal. »Sieht gut aus.«

»Wie bitte?« fragt Ruchama und streckt die Nase hoch. Ihr erster Flirt seit Jahren. Sie eilt an die Seite des Kiosks und kann das Erröten nicht verhindern.

»So was Schönes«, sagt er. »Kommen Sie zurück, daß ich mal richtig gucken kann.«

Schlomi sollte so was sagen. Alle sollen sie zurückrufen, damit sie sehen, was sie verpaßt haben. Sie öffnet ein Magazin. Sie sucht die neue Shampooreklame und erwartet irgendwie, sich selbst auf der Seite zu finden. Die Frau ist auf dem Spielplatz im Central Park und hängt kopfüber am Klettergerüst. An diesem Tag sind viele Väter im Park. Ruchama zwinkert der Frau auf dem Foto zu, als wären sie Verbündete. Sie und Ruchama, beide mit wundervollem Haar verflucht und mit der ständigen Aufmerksamkeit, die es provoziert.

Ruchama steht beim Lesen mit dem Gesicht zur Sixth Avenue, eine, dann noch eine Locke werden vom Wind zurückgeblasen.

Und dann ist sie weg und geht im Geist die King Street entlang. Alle Augen sind bewundernd auf sie gerichtet. Eine junge Frau haut ihrem Mann eine runter, weil er sich umgedreht hat. Der Bäcker kommt aus dem Laden und reicht ihr eine Schichttorte mit einer Schokoladenmuschel. Der Verkehr auf der King Street staut sich. Und dann bemerkt sie es in der Ferne, nicht auf der King Street, sondern auf der Sixth Avenue: Der Verkehr staut sich *wirklich*. Ein Dickicht aus jungen Büschen ist plötzlich in der Mitte der Straße emporgeschossen. Autos hupen, ein Bus weicht aus. Die Büsche stehen auf einer Sackkarre. Verlassen. Sie schaut genauer hin. An der Ecke 24. Straße, vor Billy's Topless Bar, ragt sein großer, kahler Kopf wie eine Glühbirne auf, eine Denkblase über der Menge.

Mit einem tiefen Atemzug beruhigt sie sich. Er will nur gucken, ganz aus der Nähe, sagt sie sich. Er kommt herüber, um ihr Können zu bewundern, das ist alles. Zippy hat recht, sie fragen sich immer, was aus ihrem Haar geworden ist. Sie verkaufen es, um ihre Kinder zu ernähren, um Spielschulden zu begleichen. Weil sie den Blumenladen satt und Geld in der Hand haben. Jamal wird sie beschützen. Er ruft ihr gerade wieder ein Kompliment zu.

Der Bote kommt näher und verschränkt die Arme in der Luft. »Geld«, ruft er, ohne schneller zu werden. Er ist einen halben Häuserblock entfernt, und sein stetiger Schritt macht ihr Angst, eine viel entschiedenere Bewegung als Rennen. »Ich brauch mehr Geld«, brüllt er. Ruchama hat es tausendmal geprobt und sich diese Ecke genau deshalb ausgesucht. Weit genug weg. Wenn sie ein bekanntes Gesicht sieht.

Sie wirft die Magazine in einen Papierkorb, schaut zur Ampel und bewegt sich bereits mit dem Strom der Passanten. Leute drehen sich um und treten zur Seite, um sie überholen zu lassen.

Als sie auf der anderen Straßenseite ist, beschleunigt Ruchama den Schritt. Sie riskiert einen kurzen Blick zurück. Er hat sie fast eingeholt.

»Sie haben mein Haar geklaut«, schreit er. »Sie hat mein Haar geklaut.«

Ruchama faßt sich mit einer Hand an den Kopf und zieht die Perücke herunter. Sie stopft sie in ihre Tasche und preßt die Tasche an die Brust. Ein Lockengewimmel hängt wie Schlangen über den Rand. Ruchama merkt, wie die Leute gucken, wie die ganze Stadt zusieht.

Jeden Cent und jede Erniedrigung wert, denkt sie, als sie eine langsame Drehung macht, das Haar auf dem Kopf und den Spiegel in der Hand, und sich dann zurücklehnt, so schön.

DIE AKROBATEN

Wer hätte gedacht, daß ein so großer Krieg sich dazu herablassen würde, seine Wut auf die Narren von Chelm zu richten? Nie zuvor war die Stadt von den Widrigkeiten der Außenwelt behelligt worden, nicht von den Blattern und nicht von Steuereinnehmern.

Die Weisen hatten dafür Sorge getragen, als der Rat der Stadt gegründet wurde. Sie schrieben ein Gesetz auf Pergament, unterzeichneten und siegelten es und nagelten es dann feierlich an einen Baum: Kein Wind, kein Hauch, nicht der Schatten einer Wolke, die jenseits der Stadtgrenze vorbeizog, waren in Chelm willkommen.

Es waren einfache Menschen mit einfachem Glauben, die einfach in Ruhe gelassen werden wollten. Und so geschah es auch für viele Generationen, niemand ging hinein, und nur Geschichten kamen heraus, wie es guten Geschichten irgendwie immer gelingt. Erzählungen von der Logik der Weisen, vor allem von Mendels Großvater, Gronam dem Ochsen, drangen bis ans Ende der Welt, so wie später der Krieg.

Auf dem Fischmarkt in der Fulton Street lachten die Dockarbeiter mit jiddischer Heiterkeit darüber, wie Gronam einen Karpfen ertränken wollte. In einem koscheren Restaurant in Buenos Aires bekam ein Gast einen Schluckauf vor Lachen, als der Kellner erzählte,

138

wie Gronam erklärt hatte, Wasser sei saure Sahne und saure Sahne Wasser, wodurch er ganz allein das *Wochenfest* vor einer völligen Katastrophe bewahrte.

Wie die Geschichten hinausdrangen, ist kein großes Geheimnis, denn obwohl Fremde nicht willkommen waren, reiste alle paar Jahre jemand hindurch. Unter den Durchreisenden waren ein Vagabund und ein Vamp, ein im Schneesturm verirrter Troubadour und ein Pferdehändler auf einem Maultier gewesen. Ein kesselflickender Zigeuner mit freundlichem Gesicht blieb eine Woche. Er setzte überall neue Türangeln ein, während seine Frau auf einer schattigen Stelle des Platzes den Abergläubischen aus der Hand las. Der berühmteste Besuch war natürlich der einer Zirkustruppe, die ein Zelt aufschlug und drei Tage lang eine Vorstellung nach der anderen gab. Von diesen wenigen abgesehen, die durchs Zentrum der Stadt kamen, gab es immer, egal was manche sagen mögen, einen blühenden Schwarzmarkt am Rande von Chelm, denn woher sollten die Läden sonst ihre Delikatessen beziehen? Selbst die, die seine Existenz am lautesten bestritten, sah man manchmal eine Banane essen.

Auch als die Eroberer Mauern um eine Ecke der Stadt bauten und das Chelmer Ghetto schufen, griff man auf Gronams Logik zurück. Es fehlte an so vielen guten Dingen, und es gab so viele schlechte im Überfluß, daß die Menschen im Ghetto fast allem, was sie hatten, neue Namen gaben: Ihre Schmerzen nannten sie »Muttermilch« und die Dunkelheit »Freiheit«. Schmutz bezeichneten sie als »Hoffnung«, und eine Weile fühlten sie sich glücklich, wenn sie ihre Hände, Gesichter und rußverschmierten Kleider anschauten.

Nur dem Tod konnten sie keinen anderen Namen geben, denn sie hatten nichts, was sie an seine Stelle
setzen konnten. Nun wurden sie traurig, spürten ihren
Hunger, und ein paar begannen den Glauben an Gott
zu verlieren. Da schickte der Rebbe der *Mahmirim*, der
frömmste von allen, Mendel nach draußen.

Es war nicht besonders erschütternd für Mendel,
denn die Straßen außerhalb des engen Ghettos waren
die Straßen ihrer Stadt und die Häuser waren ihre
Häuser, selbst wenn jetzt andere darin wohnten. Der
Schwarzmarkt war derselbe, nur hatte der Krieg ihn
heimlicher und raffgieriger gemacht. Mendel stellte
befriedigt fest, daß die Weisheit seines Großvaters von
den Bauern, mit denen er handelte, übernommen worden war. Kartoffeln wurden als Gold behandelt, und
ein Sack Gold hätte genausogut ein Sack Kartoffeln
sein können. Mendel gab Reichtümer vom Wert des
letzteren (das nun ersteres war), um soviel wie möglich
von ersterem (das nun letzteres war) in seinen Kleidern
verstecken zu können. Er nahm das Ganze als gutes
Zeichen, daß die Leute jetzt ihren Verstand wieder-
fänden.

Der erfolgreiche Handel gab Mendel ein Gefühl
echten Selbstvertrauens. Statt denselben Weg zurück
zu schleichen, wagte er sich an der Vorderseite des Eis-
hauses vorbei und ignorierte die ersten Anzeichen des
Sonnenaufgangs. Er lief durch die Gasse hinter dem
Laden der schielenden Bilha, um den großen Platz
herum und bis zu seinem Haus. Es war Wahnsinn –
oder Selbstmord –, sich hier draußen aufzuhalten. Es
brauchte bloß jemand einen flüchtigen Blick auf ihn zu
werfen, ja nicht einmal das, denn ihre Sinne waren so

geschärft. Und was würde dann aus den Kartoffeln? Bestimmt würden sie das Ghetto nicht erreichen, wenn Mendel gefaßt und mit dem Schild »Schmuggler« um den Hals am Baum des einstigen Gesetzes aufgeknüpft würde. All die wertvollen Kartoffeln, die seine Taschen und seine lange Unterwäsche von den Knöcheln bis zu den Handgelenken füllten, würden verderben, weich werden und keimen. Doch Mendel mußte seine Haustür und den Streifen Rasen sehen und die Dachschindeln, die er erst vor zwei Jahren selbst gestrichen hatte. In diesem Augenblick flogen die Läden seines Schlafzimmers auf. Mendel drehte sich um und rannte so schnell er konnte fort, ohne von dem Bewohner mehr als etwas dampfenden Atem gesehen zu haben. Eine Straße weiter fand er ein Kanalgitter und hob es mit aller Kraft an. Ein Hahn krähte, und Mendel hielt dies zuerst für einen Hilferuf, eine Sirene und das Pfeifen einer Kugel. Als er sich hinabließ und das Gitter über sich schloß, hörte er das Krähen von neuem und verstand nun, was es war – die Natur funktionierte ganz normal. Er nahm es als weiteres gutes Zeichen.

Beim Hinausklettern aus der Kloake war Mendel zunächst nicht sicher, auf welcher Seite der Mauer er sich befand. Das Ghetto von Chelm war von Betriebsamkeit erfüllt. Wären nicht alle Juden so zerlumpt gewesen, hätte sich diese Menge auf der Straße irgendeiner Großstadt befinden können.

»Was ist denn los? Ist der Zirkus wieder in Chelm? Gibt's wieder Lakritz in den Läden?« fragte Mendel die Waise Jochewed, während er sie am Arm festhielt und ihr eine winzige Kartoffel zeigte, die sie ihm aus der Handfläche schnappte. Sie blickte zu ihm auf, die Augen feucht vom Wind.

»Wir sollen alle auf einem Bauernhof leben und müssen uns beeilen, damit wir den Zug nicht verpassen.«

»Einem Bauernhof, sagst du.« Er strich seinen Bart und beugte sich herab, bis sein Gesicht auf gleicher Höhe mit dem des Kindes war. »Mit Milchkühen?«

»Und Enten«, sagte Jochewed, bevor sie wegrannte.

»Gebraten oder glasiert wie bei den Chinesen?« rief er ihr nach, obwohl sie schon mit der Gewandtheit, die alle Ghettokinder gelernt hatten, in der Menge verschwunden war. Er hatte nie glasierte Ente gegessen, wußte nur, daß es irgendwo so etwas gab. Während er sich einen Weg durch das Gewimmel der Ghettobewohner bahnte, malte Mendel sich ein solches Gericht aus und überlegte, ob es wie der Biß in einen Liebesapfel sei oder so zart und dunkel wie die Kruste von mit Eigelb bestrichenem Brot. Bei diesem Gedanken knurrte sein Magen, und er eilte, den Rebben zu suchen.

Die Anweisung war grundlegend: Nur das Nötigste durfte mit in die Züge genommen werden. Die meisten packten ihre kärglichen Lebensmittel, etwas Kleidung und ein oder zwei Fotos ein. Hier und da fand ein Diamantring den Weg in einen Brotlaib oder eine Perlenkette rollte sich in ein Paar Wollsocken.

Für die *Chassidim* von Chelm war die Deutung eines solchen Befehls keineswegs einfach. Wie in jeder anderen Stadt, wo Chassidim lebten, hatten sich zwei Gruppen gebildet. In Chelm nannte man sie die Schüler des Mekyl und die Mahmir-*Chassidim*. Die Schüler des Mekyl waren ein unbeschwerter Haufen, der den Buchstaben des Gesetzes befolgte, aber sich nicht den Kopf über den Ritus zerbrach. Wegen ihrer Unbekümmertheit und ihres epikureischen Behagens an Gottes Schöpfung waren sie sehr populär und zählten Tausende.

Die Mahmir-Chassidim dagegen waren überaus streng. War ein eintägiges Fasten vorgeschrieben, so aßen sie auch am Tag davor und am Tag danach nichts, um gegen die Möglichkeit eines Irrtums im Mondkalender gefeit zu sein. Wie mit dem Fasten war es mit allen Geboten des jüdischen Gesetzes. Sie doppelt zu erfüllen, genügte nicht, also taten sie es dreifach, wobei sie oft unter den Tisch fielen, bevor sie beim *Sedermahl* das vorgeschriebene zwölfte Glas Wein eingossen. Solcher Glaubenseifer verlangt große Hingabe und, wenn man die entsprechende Länge der Feiertage bedenkt – über drei Wochen auf einen Schlag –, auch einigen Zeitaufwand. Am Tag der Auflösung des Ghettos zählten die Mahmir-Chassidim keine zwanzig Köpfe, einschließlich der Kinder.

Der zunächst nur als Gerücht umgehende Befehl führte zu allgemeiner Verwirrung. Die Bewohner des Ghettos versuchten auf der Basis von geflüsterten Worten und skeptischem Zungenschnalzen logische Entscheidungen zu treffen. Familienväter rieben sich die Schläfen, preßten die Hände auf die Augen und versuchten einer alles andere als vernünftigen Situation mit Vernunft zu begegnen.

Um den Schrecken zu dämpfen, der sich unter seinen Anhängern verbreitete, war das Oberhaupt der Mekyls gezwungen, selbst einen Erlaß auszusprechen. Auf den abgesägten und liebevoll abgeschmirgelten Besenstiel gestützt, der seinen Mahagonistock ersetzt hatte, definierte er vom Dach eines Güterwagens das »Nötigste« als alles, was zur Ausstattung eines Sommerhäuschens notwendig sei. Auf eine aus der Menge seiner Anhänger gerufene Frage hin verkündete er, das Sommerhäuschen sei unmöbliert. Das letzte Wort brüllte er laut und stieß zur Bekräftigung mit dem Besenstiel auf, was den leeren Güterwagen unter ihm widerhallen ließ.

Die Mekyls eilten davon, um Bettgestelle und Schreibpulte, Hängematten und Liegestühle zu holen – alles, was eine Familie bei der Umsiedlung brauchen könnte. In seiner grenzenlosen Glaubensstrenge (und als Reaktion auf die schamlose Bequemlichkeit der Mekyls) verstand der Rebbe der Mahmir-Chassidim das »Nötigste« so, daß es alles außer langer Unterwäsche ausschloß, denn alles andere war überflüssiger Schmuck.

»Sogar unsere *Schaufäden*?« fragte Feitel erstaunt.

»Sogar unsere Bärte«, antwortete der Rebbe angesichts der Schwere ihrer Prüfung. Das ließ seine Anhänger erschaudern, bis auf Mendel, der eifrig Kartoffeln unter der kleinen Versammlung verteilte. Keiner aß. Sie warteten, daß der Rebbe den Segen spreche, aber er lehnte seinen Anteil ab. »Gebt es besser einem Mekyl, der nicht ans Fasten gewöhnt ist.«

Reflexartig streckten alle die Hände vor, damit Mendel auch ihre Kartoffeln zurücknehme. »Eßt!« sagte der Rebbe. »Eßt nur, ich freue mich, wenn ich euch zuschaun kann.« Er lächelte seinen Anhängern zu. »So treue Schüler wären selbst für den *Rebben Akiba*, sein Andenken sei gesegnet, eine Ehre gewesen.«

Die Mahmirim stürzten in ihre überfüllten Wohnungen zurück, wo die Männer ihre Kaftane und *Schaufäden* ablegten und die Frauen ihre Kleider falteten und in Schubladen legten. Mit zitternder Hand und tränenüberströmtem Gesicht begann Feitel seinen Bart Zentimeter für Zentimeter abzunehmen. »Warum nicht alles auf einmal?« fragte seine Frau Zahawa. Aber er konnte es nicht, und so trimmte er seinen Bart wie ein Barbier, als lege er letzte Hand an, ohne je ganz zufrieden zu sein. Zahawa schritt im Zimmer hin und her, über die Haarbüschel und die langen, staubigen Rechtecke eines Sonnenscheins, den man trotz allem nicht aus dem Ghetto aussperren konnte. Zum ersten Mal seit ihrer Hochzeit ließ Zahawa ihr Tuch zu Hause und schloß sinnloserweise die Tür hinter sich ab.

Bei ihrer Rückkehr zum Behelfsbahnhof sahen sie, wie die Mekyl-Schüler Matratzen, Geschirr und Koffer schleppten, die so vollgestopft waren, daß Ärmel und Kragen an allen Seiten heraushingen. Ein kleines Mädchen brachte seinen Hund mit, dessen Räude nicht dadurch gemildert wurde, daß er gesünder aussah als seine Besitzerin. Die Mahmirim wandten ihre Gesichter von einem so laxen Verhalten ab. Ein weltlicher Erlaß, selbst wenn er von ihren Peinigern kam, mußte streng befolgt werden, damit die Eroberer nicht meinten, die Juden würden Gebote nicht fromm befolgen.

Der Mahmir-Rebbe befahl seinen Anhängern, sich

von der Menge der Weltkinder zu entfernen, damit nicht – was Gott verhüten möge – einer der Mahmirim, die in langer Unterwäsche und mit kahlem Kopf zitterten, für einen von jenen gehalten werden könne. Sie schlurften in ihrer spärlichen Bekleidung davon, wobei die Frauen keine Scham empfanden, da der Aufruf zu solcher Unschicklichkeit aus dem Mund ihres Lehrers gekommen war.

Nicht einmal der letzte Waggon des Zuges war dem Rebben weit genug entfernt. »Kommt«, sagte er und schob sich durch die Menge in Richtung des Tunnels, der zu Chelm gehörte und auch wieder nicht.

Obwohl es Gleise und einen Tunnel gab sowie einen vor kurzem vom Feind gebauten Behelfsbahnhof, war eigentlich nichts davon Teil der Stadt. Gronam hatte selbst darauf geachtet, als die Eisenbahn zuerst eine Strecke entlang der Wälder gebaut hatte. Er hatte geschworen, der Zug werde keinen Teil von Chelm durchqueren (in dem Glauben, daß die Frage sich gar nicht stelle). Als sie Karten und Urkunden prüften und stritten, ob Entfernungen von den Zehen zur Hacke oder von der Hacke zu den Zehen abzuschreiten seien, entdeckten die Weisen, daß der Hügel, durch den die Arbeiter den Tunnel bauten, allerdings zu Chelm gehörte. Sie gerieten in Panik, debattierten und schrien sich in einer Marathonsitzung heiser. Es war fast Mitternacht, als Gronam eine Lösung vorschlug.

Die Weisen klopften an die Türen, flüsterten in vom Schlaf verstopfte Ohren, holten jeden Gesunden aus dem Bett, und alles schlich mit Meißeln, Küchenmessern, Schraubenziehern und Hacken bewaffnet zum Bauplatz. Es war das einzige Mal, daß überhaupt einer von ihnen Chelm verlassen hatte, und sei es nur wenige Meter. Sie nahmen die für den Tunnel bestimmten Ziegel in die Hand und warteten auf Gronams Signal. Als er den Ruf einer Eule nachahmte, machten sie sich ans Werk und kratzten auf jedem Ziegel einen Strich entlang der Längsseite. Bevor die Arbeiter bei Sonnenaufgang kamen, um die Ziegel so aufgeschichtet zu finden, wie am Abend zuvor, während der Bauplatz von einer Decke feinen Staubs bedeckt war, verkündete Gronam, die obere Hälfte jedes Ziegels sei als die ihre zu betrachten, und die untere, alles unter dem Strich, gehöre der Eisenbahn. Auf diese Weise würde ein Zug, der den Tunnel durchquerte, nicht durch Chelm fahren. Sie bejubelten Gronams Weisheit, die die Eisenbahn von Chelm ferngehalten und seine Bewohner überdies reicher gemacht hatte – denn nun waren sie stolze Besitzer vieler oberer Ziegelhälften, die ihnen früher nicht gehört hatten.

Mendel erinnerte sich an jenen Morgen. Er hatte im Nachthemd auf der Straße vor dem Haus seiner Eltern gestanden und zugesehen, wie sein Großvater – der massige Gronam – auf den Schultern von Nachbarn und Freunden zum Platz zurückgetragen worden war. Einfache Zeiten, dachte er. Sogar die größte Herausforderung, der Kampf gegen die Eisenbahn, erschien jetzt so einfach.

Die Erinnerung ließ ihn schwindlig werden (so anstrengend war die Rückreise von jenem Morgen als Kind zu diesem, der wie eine Falle mit eisernen Zähnen in ihr Leben biß). Er stolperte in den Keil der Mahmirim und stieß fast die kleine Jochewed zu Boden. Er richtete erst sich und dann das Mädchen auf, während sie langsam vorwärtskamen und sich ihren Weg durch die Strömung der Juden bahnten, die Strudel und Wellen bildete und sich schließlich an den harten Böden der Viehwagen brach.

Mendel verstand nicht, wie der Rebbe den Tunnel lebendig erreichen wolle, obwohl er glaubte, es werde ihnen gelingen. Die Dunkelheit war schon so nahegekommen, daß es schien, als wolle sie sie endgültig verschlingen und in ihr Vakuum einsaugen – als wolle der Tunnel sie verschlucken wie Münzen, die in eine Tasche fielen.

Und so erschien es Mendel, als ob sie aus einer offenen Hand fielen und ins Leere stürzten, während sie sich von der Menge entfernten.

In dem Augenblick, da zwei Wachen, deren Schäferhunde an den Leinen zerrten, in entgegengesetzter Richtung den Tunneleingang passierten, in dem Augenblick, als der Scharfschütze auf dem Dach des Zugs in die andere Richtung blickte, in dem Augenblick, bevor Mendel dem Rebben in den Tunnel folgte, erspähte Jochewed ihren Onkel Mischa und blieb wie angewurzelt stehen. Mendel stolperte nicht wieder über sie, obwohl er sich bis zu seinem Tode wünschen sollte, er hätte es getan.

Jochewed sah, daß ihr Onkel wie ein Tier in einen Wagen gestoßen und geprügelt wurde, ihr lieber Onkel, der ihr aus Marzipan Blumen, Früchte und Pfauen schnitzte, deren Federn auf ihrer Zunge schmolzen.

»Komm, Jochewed«, rief der Rebbe aus dem Tunnel, ohne stehenzubleiben, aber die Dunkelheit war so abweisend, und da war Onkel Mischa – nur einen Waggon entfernt –, der immer ein Geschenk für sie hatte.

Sie hörte ein gesundes Bellen, ein wütendes Bellen, keines, das von dem kränklichen jüdischen Hund hätte stammen können, der schon getötet worden war. Es war das Bellen eines Hundes, der an der Leine seines Herrn zerrt. Jochewed drehte sich um und sah das Tier am Rand der Menge entlanghetzen.

Bevor der Hund sie erreichen und ihr die Kleider vom Leib und die Haut von den Knochen reißen konnte, schoß ihr der Scharfschütze auf dem Zug eine einzige Kugel durch den Hals. Die Kugel hinterließ ein rubinrotes Loch, das einem Amulett ähnelte, wie es vielleicht ein weniger züchtiges Mädchen tragen würde. Jochewed berührte die Kehle mit einem Finger und hob die Augen zum Himmel, um zu sehen, woher ein so seltsames Geschenk gekommen sein mochte.

Nur Mendel schaute sich um, als der Schuß fiel, die anderen hatten die Lehren von Sodom gelernt.

Die Mahmirim folgten den Schienen um eine Biegung, wo ein Personenzug auf sie wartete. Vielleicht wartete vor jedem Ghetto ein zweiter Zug, damit Mahmirim nicht mit Mekylim zu fahren brauchten. Die Waggons waren alt, eine bunte Mischung von Überbleibseln des vorigen Jahrhunderts. Die Lokomotive in der Ferne sah zu klein für ihre Aufgabe aus. Viel besser als die Viehwaggons und das Chaos, das sie auf der anderen Seite des Tunnels zurückgelassen hatten, dachte Mendel. Er war sicher, der Zugführer warte darauf, daß ein anderer Zug beim nächsten Ghetto weiterfahre. Es hatte nie genug Verkehr oder genug Handel für ein zweites Gleis gegeben, und plötzlich herrschte eine Menge Verkehr, so reich war das Land an Juden.

»Nu?« sagte der Rebbe zu Mendel. »Du bist der größte. Guck rein.«

Bei jedem Waggon setzte Mendel den Fuß auf das Eisentreppchen und zog sich an der Längsstange hoch. Seiner Abstammung entsprechend waren seine Hände gewaltig. Gronams Hände sollten breit wie Schaufeln gewesen sein. Mendels waren etwas kleiner, immer schon weich, nicht schön, aber unauffällig. Das änderte sich im Ghetto. Es machte sie hart und bedrohlich. Als er die Stange packte, fragten sich die Mahmirim, ob Mendel sich zum Fenster hochziehen oder sie alle unter dem Zug begraben würde.

Mendel lehnte sich nach rechts, spähte hinein und teilte seine Entdeckungen mit. »Voll«, sagte er. Dann: »Auch voll«. Eng zusammengepreßt gingen der Rebbe und seine Anhänger nach jeder Antwort ein Stück weiter.

Beim vierten Versuch war der Waggon leer, und Mendel zog die Tür auf. Die Mahmirim drängten hinein, ohne ihr Glück bemerkt zu haben und völlig ahnungslos, daß es kein jüdischer Zug war.

In jedem anderen Fall wären die Mahmirim nicht weiter als bis hier gekommen, aber es war zufällig ein Zug voller Artisten, Unterhaltungskünstler, die auf freie Fahrt warteten, um zu einem höchst wichtigen Auftritt zu kommen. Es waren welterfahrene Leute, die während des Krieges umherreisten. Von kaum einer Seltsamkeit ließen sie sich verblüffen – worauf sie sehr stolz waren. Und wie Mendel später herausfinden würde, waren bis vor kurzem natürlich noch der Rumäne und sein Bär dagewesen. Und daher waren die, die in den letzten Wagen dösten und Mendels Kopf und den Haufen gleichgekleideter Narren sahen, welche hinter ihm herstolperten, von dem Anblick sogar belustigt. Wieder lernte Mendel etwas über das Schicksal: Der Unterschied zwischen der Kugel eines Scharfschützen und dem Überleben lag irgendwo zwischen dem Tagtraum eines kleinen Mädchens und der Sympathie für Bären.

Der Rumäne hatte einen kleinen Bären aus zweiter Hand erworben, der weder tanzen noch auf einem Ball balancieren, geschweige denn mit vorgetäuschter Wildheit knurren konnte. Ein Leben, das nur aus dem Posieren mit Kindern vor einem Fotoapparat bestand, hatte ihn nutzlos gemacht, und so weigerte sich der Bär, etwas anderes zu tun, als dazusitzen. Hierauf baute der Rumäne sein Programm auf. Er staffierte den Bären als verwundeten Soldaten aus, schleppte seinen Kameraden über die Bühne, ließ Knallfrösche explodieren und machte politische Witze. Das Publikum fiel vor Lachen vom Stuhl. Eine Spitzennummer! Nun dachte er sich andere aus: den Feuerwehrmann, die herrlichen siamesischen Zwillinge und – für die anderen Artisten – die Braut. Wenn der Zug langsam einen Hügel hinaufschnaufte, zog der Rumäne dem Bären Brautkleid und Schleier an. Er kletterte aus dem vordersten Wagen, den Bären in den Armen, und tat so, als hätten sie den Zug für ihre Hochzeitsreise in die Berge verpaßt. Die Künstler johlten vor Freude, wenn er neben den Schienen herlief, nach dem Schaffner rief und über eine gewaltige Taschenuhr aus Blech stolperte, die an seiner Hüfte befestigt war und hinter ihm herschleifte. Ein lustiger Bursche, der Rumäne. Und stark. Man muß sehr stark sein, um mit einem Bären in den Armen zu laufen.

Als die Mahmirim im letzten Wagen auftauchten, erinnerten sich alle, die sie sahen, an ihren Freund. Wie sehr vermißten sie seine Späße, seit er abgeholt worden war. Und wie der kleine Bär getrauert hatte. Wie ein Mensch. Ja, es wäre schön, eine neue Gruppe von Schlaumeiern dazuhaben. Und sie drehten sich in ihren Sitzen um und lachten laut über diese geschorenen Narren, diese Clowns ohne Make-up – nein, keine Clowns – Akrobaten. In so langweiliger und farbloser Kleidung – und so mager – konnten sie bloß Akrobaten sein. Gerade richtig gebaut. Schlank fürs Hochseil.

Auf diese Weise bestiegen die Mahmirim erfolgreich den Zug.

Sie verteilten sich eifrig auf die Abteile und achteten darauf, daß die Witwe Raizel Platz hatte, um die Füße hochzulegen, daß Frauen und Männer getrennt seien, bis auf die Eheleute, und daß der Jüngste, der elfjährige Schraga, bei seiner Mutter blieb. In der Weise, wie König Saul das Volk wie Lämmer gezählt hatte, zählte der Rebbe seine Getreuen mit einem Psalmenvers, einem Wort für jeden, und wußte doch, daß er ohne Jochewed nicht bis ans Ende kommen werde. Das war der Fluch, der auf ihnen lastete. Immer ein Wort zu wenig.

Mendel, der einmal ein Mekyl gewesen, aber dann von der Weisheit der Mahmirim bezwungen worden war und sich ihrer kleinen Schar angeschlossen hatte, zog es immer noch sehr stark zum Alkohol. Ohne eine Tasche, geschweige denn einen Zloty darin, mit dem er eine Erfrischung bezahlen könnte, begab er sich zum Büffetwagen, der trotz des Krieges gut ausgestattet war. Er kratzte auf der Wolle seiner langen Unterwäsche, starrte die Flaschen an und lauschte, wie sie aneinanderstießen und leise wie Glocken klingelten. Eine Karaffe aus Bleikristall hatte es ihm besonders angetan. Der milde Malzwhisky schien die Innenwände dieses Gefäßes förmlich zu liebkosen und neckte Mendel auf eine Art, die ihm grausam vorkam.

Die Gefahr verdrängend, der er die anderen aussetzte, machte er sich auf die Suche nach einem Wohltäter, der ihm einen ausgeben würde. Auf diese Weise – auf die nur Gott eine selbstsüchtige Handlung in ein Wunder verwandeln kann – rettete Mendel ihnen allen erst einmal das Leben.

Eine Waldhornvirtuosin beglückwünschte Mendel zur ländlichen Einfachheit seines Kostüms und lud ihn auf ein Glas ein. Diese pichelnde Frau brachte Mendel darauf, daß die Mahmirim für Akrobaten gehalten wurden. Sie redete ohne Scheu, verfluchte immer wieder die Verzögerungen, an denen die endlosen Transporte schuld seien, und erzählte ihm vom Reiseziel dieser lästigen Züge.

»Das hat mir Gunter der Großartige erzählt – der nie so großartig war, wo Druckenmüller doch mit den Tauben und mit den Ringen immer besser war als er.« Sie hielt inne und bestellte zwei Kognak. Mendel streckte die Hand nach ihrem Arm aus, ohne ihn zu berühren.

»Wenn es Ihnen nichts ausmacht und es nicht zu viel verlangt ist.« Errötend zeigte er auf die Karaffe und erinnerte sich der Predigten des Rebben gegen die Völlerei.

»Gute Wahl, ist mir ein Vergnügen.« Sie klopfte

mit einem leeren Gläschen auf die polierte tiefbraune Tischplatte (deren Farbe so üppig war, daß es schien, als sei der Kognak durch ihr Glas gesickert und in die Oberfläche des Tisches eingedrungen). Seit der Beschlagnahme des Stocks des Mekyl-Rebben hatte Mendel keine solche Pracht gesehen. »Barmann, noch einen Scotch. Ihren besten.« Der Barmann servierte drei Gläser, und die Musikerin goß den überzähligen Kognak in ihr Glas. Sie trank ohne ein Wort. Mendel prostete ihr stumm zu, nippte nach dem Segen an seinem Scotch, dem ersten seit langer Zeit. Er ließ das rauchige Aroma aufsteigen, und es füllte seinen Kopf. Wenn er den Scotch lange genug auf der Zunge behielt und langsam genug die Kehle hinabrinnen ließ, könnte er vielleicht seinen Gaumen wie die Eichenbretter eines Fasses beizen. Vielleicht konnte er dann die Wärme und Behaglichkeit noch so lange in sich aufbewahren, wie Gott ihnen das Überleben beschieden hatte.

»Na, jedenfalls kam Gunter direkt nach einer Vorstellung für die Allerhöchsten zu uns. Die Frau eines hohen Beamten hatte Gunters schöner Assistentin Leni in der Garderobe erzählt, was für Zauberkunststücke mit den Zügen passieren: Voll fahren sie weg – so überfüllt, daß Babys über den Köpfen der Leute hineingestopft werden, wenn kein Erwachsener mehr reinpaßt –,und leer kommen sie zurück, als wär nie jemand dringewesen.«

»Und die Juden?« fragte Mendel. »Welcher Trick wird mit ihnen angestellt?«

»Taschenspielerei«, sagte sie, verschüttete ihr Getränk und wedelte zur Verdeutlichung mit der Hand.

»Klassische Illusion. Erst sind sie da, und dann sind sie weg. Nach dem, was die Frau von dem Beamten sagte, fallen die, die es sehen, direkt in Ohnmacht, so stark ist die Illusion. Einen Augenblick steht der Zauberer da, vor sich eine Heerschar von Juden, dann ist nichts mehr da.« Sie legte eine dramatische Pause ein, denn das Theater war ihr nicht unbekannt. »Der Zug ist leer. Der Zauberer steht allein auf der Rampe. Nichts bleibt übrig als das traditionelle Rauchwölkchen. Diesen Trick macht er vierundzwanzig Stunden am Tag, Wölkchen für Wölkchen. – Als Gunter davon hörte, vergaß er Druckenmüller und seine Tauben und war besessen von dem, was Leni ihm erzählt hatte. Er saß an der Bar, um dasselbe mit Hasen zu probieren, und verwandelte schäbige Langohren in farbige Rauchwölkchen, manche rosa, manche purpur, ab und zu bloß grau. Er schwor, nicht aufzugeben, bevor er seinen Zauber zur Vollendung gebracht hätte, obwohl er wußte, daß es nie die Größe eines Zuges voller Juden haben würde, das sah man ihm an. Gunter, hab ich zu ihm gesagt, für das Außergewöhnliche braucht man mehr als flinke Finger.« Bei diesen Worten spürte Mendel eine Hand auf seinem Knie.

Mendel trank nur noch aus, dann lief er zu dem Wagen zurück, in dem die Mahmirim saßen, und berichtete dem Rebben die Schreckensgeschichten, die er gehört hatte. Mendel war der Liebling des Rebben. Vielleicht folgte er den Geboten Gottes nicht immer mit ganzer Strenge, aber er war erfüllt von Seinem Geist, das erkannte der Rebbe. Deshalb ignorierte er das Verbot des Klatsches und dachte über den unglaublichen Bericht seines Schülers nach.

»Es kann nicht sein, Mendele!« meinte der Rebbe.

»Ihre Grausamkeit ist grenzenlos«, weinte die Witwe Raizel.

Der Rebbe saß einige Minuten schweigend da und bedachte die Ereignisse der letzten Jahre und das Geheimnis all jener, die vor ihnen verschwunden waren. Er gelangte zu dem Schluß, es müsse so sein, wie Mendel gesagt habe.

»Ich fürchte, der Klatsch, den Mendel erzählt hat, ist wahr«, sagte er. »Da es in diesem Fall wirklich um etwas Wichtiges geht, kann es auch keine Sünde sein, das Gerede weiterzutragen.«

Der Rebbe schaute auf die vorbeiziehende Landschaft hinaus und faßte in die Luft, wo einmal sein Bart gewesen war.

»Es gibt keine andere Wahl«, sagte er. »Wir können nur eines tun.« Die Anhänger des Mahmir-Rebben hingen an seinen Lippen.

»Wir müssen Akrobaten werden.«

Als Kind war Mendel im Zirkus gewesen. Während des dreitägigen Gastspiels war er zu jeder Vorstellung ins Zelt geschlüpft, hatte sich unter den durchhängenden Kiefernbänken versteckt und unter den Beinen durchgespäht, die nicht bis auf den strohbedeckten Boden reichten.

Obwohl er keine einzige Nummer, kein waghalsiges Kunststück mehr wußte, erinnerte er sich, neben dem Glitzern einiger skandalös plazierter Ziermünzen, noch an das Geheimnis, durch das sie die anderen Artisten überzeugen könnten, daß sie wirklich Akrobaten seien. Es bestand bloß in einem Ausruf. Es war einfach

ein »Hopp!« Mit diesem Wissen stellten sich die Mahmirim im Gang auf und begannen zu üben.

»Ab und zu müßt ihr auch in die Hände klat-
schen«, sagte Mendel. Der Rebbe war bereits im
fortgeschrittenen Alter, darum sprang er viel weniger,
als er klatschte und »Hopp!« rief.

Wer hätte geahnt, daß die Witwe Raizel in den Armen Gummigelenke hatte oder daß sich Schmuel Berel mit dem Bauch nach oben auf Händen und Füßen
fortbewegen und eine Krabbe nachmachen konnte?
Mendel, der versucht hatte, sich von einem Gepäck-
netz hängen zu lassen, fiel herunter, und als er rück-
lings auf dem Boden lag, brach er in Gelächter aus.
Befreit lachten die anderen mit ihm. In ihrem Wagen
am Ende des Zuges herrschte echte und tiefempfun-
dene Freude. Von der Chance, die Gott ihnen gegeben
hatte, war ihnen ganz schwindlig. Sie lachten wie freie
Menschen in freien Ländern.

Der Rebbe unterbrach das Gelächter. »Selbst in der
ausgefallensten Situation müssen wir die Gesetze befolgen«, sagte er. Daher durfte wie bei den Gesetzen
bezüglich des Gesangs keine Frau springen, wenn sie
nicht von einer anderen begleitet wurde, und kein
Mann durfte eine Frau auffangen – wenngleich Ehe-
männer die besondere Erlaubnis erhielten, ihre flie-
genden Frauen aufzufangen.

Es war nicht einmal eine Stunde vergangen, als
schon offensichtlich wurde, in welchem Zustand sie
waren: schwach vor Hunger und Krankheit, da sie
ihren Körpern nie zuvor solche Anstrengungen abver-
langt hatten – von ihrer fast völligen Unkenntnis der
Akrobatik und dem Rütteln des Zuges ganz zu schwei-

gen. Das mindeste, was sie brauchten, war weitergehende Anleitung. Ein oder zwei Hinweise, auf denen sie aufbauen könnten.

Vom Anblick ihres sinnlosen Herumhüpfens schmerzlich berührt, ließ der Rebbe sie aufhören.

»Mendel«, sagte er, »geh wieder zu deinen Trinkern und Klatschmäulern. Bring uns das Geheimnis dieser Kunst. So wie es jetzt ist, würde sich nicht mal ein Blinder vom Geräusch so plumper Füße täuschen lassen.«

»Ich!« sagte Mendel mit der gespielten Überraschung eines Mose, als hätte irgendein anderer unter ihnen diese Aufgabe übernehmen können.

»Ja, du. Nun geh schon«, sagte der Rebbe und scheuchte ihn fort.

Mendel rührte sich nicht vom Fleck.

Er versuchte die Mahmirim wie ein Außenstehender zu sehen und verstand, daß sie nur durch Gottes Willen so weit gekommen waren. Es wäre ein viel naheliegenderes Mißverständnis gewesen, diese Gruppe einheitlich gekleideter Seelen für eine Abteilung von Geisteskranken oder Tuberkulösen zu halten. In ihnen Akrobaten zu sehen, war schon unwahrscheinlich, eine Vermutung auf den ersten Blick, ein zu ihren Gunsten entschiedener Zweifelsfall, den sie den Umständen schuldeten und der nur soviel wert war wie ihr Debüt. Aber andererseits auch nicht unglaubwürdiger als die Wirklichkeit, der sie entkommen waren, dachte Mendel, nicht unerklärlicher als die Zauberei der verschwindenden Juden. Wenn die guten Leute von Chelm glauben konnten, Wasser sei saure Sahne, wenn der Bauer, der am ersten Morgen in Mendels Bett aufwachte, in Mendels Pantoffeln schlüpfte und zum Fenster schlurfte, beim Aufstoßen der Läden glauben konnte, diese Aussicht sei schon immer die seine gewesen, warum sollten sie dann nicht als Akrobaten durchgehen und ihre Saltos über die Erde schlagen, bis sie an einen Ort kamen, wo sie willkommen waren?

»Was soll ich holen?« fragte Mendel.

»Die Geheimnisse«, sagte der Rebbe mit ziemlich scharfer Stimme, denn es war keine Zeit für Kneifen oder Erklärungen. »Alles, was Gott erschafft, hat sein Geheimnis.«

»Und bring Nadel und Faden«, sagte die Witwe Raizel. »Und eine Schere und alles, was du findest.«

»Alles?« fragte Mendel.

»Ja, alles. Papierfetzen oder Bänder. Alles, was eine Nadel durchstechen und ein Faden festhalten kann.«

Mendel zog bei ihrer Bitte die Augenbrauen hoch. Die Witwe redete, als ginge er zum Laden der schielenden Bilha.

»Sie werden so was haben«, sagte sie. »Das sind Artisten – die verlieren immer Knöpfe, oder es platzen ihnen Nähte.« Sie schnalzte Mendel mißbilligend zu, der immer noch mit hochgezogenen Brauen dastand. »So wie die Kostüme jetzt sind, geht's bestimmt nicht.«

Es war das glänzende Horn auf dem Tisch neben der zusammengesunkenen Gestalt einer Musikerin, das Mendel zuerst ins Auge fiel. Er eilte hinüber und setzte sich neben sie. Er starrte aus dem Fenster in den vorbeirasenden Wald und versuchte abgeschiedene, von den Bäumen umstandene Welten zu erkennen. Der Bauernhof der kleinen Jochewed mußte irgendwo da draußen sein, ein einsames Gehöft in den Wäldern, verborgen wie Eden. Vermutlich am anderen Ufer eines breiten und reißenden Flusses, wo die Hunde eine jüdische Fährte verlieren würden.

Mendel klopfte auf den Tisch, um die Musikerin zu wecken, und sah beim Aufschauen, daß die Blicke der ganzen Bar auf ihn gerichtet waren. Die Beobachter schienen nicht unfreundlich, nur neugierig, reisemüde und – wie Mendel annahm – an einem neuen Gesicht interessiert, das eine Frau schon so gut kannte.

»Sie?« sagte sie, hob den Kopf und lächelte. »Mein Ritter in Bettwäsche ist zurückgekehrt.« Die anderen wandten sich wieder ihren Gläsern zu, als sie halbwach durch den Raum blickte. »Barmann«, rief sie, »was zu trinken für meinen Ritter.« Sie stützte den Kopf in die Armbeuge und schob das Horn beiseite, damit sie Mendel direkt ins Auge fassen konnte. »Sie waren in meinem Traum. Sie und Gunter. Ich darf nicht mehr solche Geschichten erzählen, die hängen mir so nach.«

»Ich hab mir das Trikot zerrissen«, sagte Mendel, »das einzige, das ich habe. Und zwar an einer sehr peinlichen Stelle.«

Vom Tisch verdeckt, wanderten ihre Finger Mendels Bein hinauf.

»Ich kann mir nicht vorstellen, wo«, gab sie zurück und versuchte, mit alkoholschweren Lidern zu klimpern.

»Nadel und Faden«, sagte Mendel. »Hätten Sie das zufällig?«

»Natürlich.« Sie versuchte sich zu erheben. »In meinem Abteil, kommen Sie. Ich näh's Ihnen gleich da.«

»Nein«, sagte er. »Gehen Sie, ich bleibe hier – und wären Sie so nett, mich vielleicht Ihren Kollegen vorzustellen? Ich brauche dringend einen Rat.«

»Wenn ich's genäht hab«, erwiderte sie. Sie zog einen Schmollmund, wodurch ein seltsames, vom jahrelangen Hornblasen stammendes Mal hervortrat. »Es ist bloß zwei Wagen weiter.«

»Gehen Sie nur«, sagte Mendel, »und danach unterhalten wir uns. Und heute nacht komme ich vielleicht vorbei, und Sie können die Nähte verstärken.« Mendel zwinkerte ihr zu.

Die Hornistin schnurrte und ging fort, wobei sie gegen den Rhythmus des Zuges stolperte, so daß es den Anschein hatte, als sei sie im Gleichgewicht. Mendel erblickte den offenen Hornkoffer unter dem Tisch. Er durchwühlte ihn und fand ein vom Speichel feuchtes, geblümtes Baumwolltuch. Er sah sich nonchalant um und steckte es in den Ärmel.

»Es heißt vollumdrehende Volte«, sagte Mendel und versuchte die Bewegung so wiederzugeben, wie er sie verstanden hatte. Soviel auch während der halbherzigen Vorführung im verrauchten Büffetwagen von dieser akrobatischen Figur verlorengegangen sein mochte, doppelt soviel war auf dem Rückweg zu den Mahmirim verlorengegangen und noch einmal soviel bei seiner unbeholfenen Nachahmung.

Voller Eifer versuchte es Schmuel Berel als erster und bewies – wie schon den ganzen Nachmittag –, daß er kaum zu gebrauchen war, sobald es auf genaues Timing ankam. Obwohl Schmuel protestierte, denn auch er wollte sein Teil beitragen, wurde er angewiesen, während der ganzen Vorstellung seinen Krebsgang auf der Bühne vorzuführen. Die Koordinierung war auch ein Problem für die Witwe Raizel, Schragas Mutter und – kaum überraschend – für den Rebben. Auf der Suche nach einfacheren, weniger anstrengenden akrobatischen Figuren ging Mendel noch einmal für sie zum Büffetwagen zurück. Für Schraga, der ein Energiebündel und geborener Artist war, fragte er nach schwierigeren Kombinationen.

Mendel blieb zwischen den Waggons stehen und starrte auf die vorbeirasenden Schienen und Schwellen und erwog seine Möglichkeiten. Was wäre, wenn er absprang und mit mangelhafter Akrobatik den Bahndamm hinunter in ein Feld rollte? Was, wenn er einem anderen Nebenarm des Alptraums folgte und ein Vorhaben ins Auge faßte, das ebenso zufällig und hoffnungslos wäre wie das, an dem er jetzt mitwirkte; und was war mit den Rädern und der Möglichkeit, unter die Räder zu kommen und sich in eine neue Hölle zu stürzen, die wenigstens den Trost der Dauer bot – wieviel einfacher war es, sich einer Ewigkeit ohne Überraschungen zu stellen? Ein ums andere Mal verwarf Mendel jede dieser Möglichkeiten, er fühlte das Sausen des Windes und betrat den nächsten Wagen, schob sich unter Entschuldigungen vorbei, lächelte sich vorwärts, die Sinne geschärft wie ein brütender Vogel, und hielt mit Adleraugen nach Baumwollfetzen oder Bändern Ausschau, die er für Raizel und ihr Nähzeug zurückbringen könnte.

Zwei Männer, die immer am selben Fenster standen und eine Zigarre nach der anderen rauchten, erkannten Mendel wieder und fingen an, freundliche Witze auf seine Kosten zu machen. Sie amüsierten sich vor allem über die Ergänzungen seines Kostüms. »Die Vogelscheuchenparade«, sagte der eine, und der andere, der die Zigarre im Mund drehte und selber wie eine Lokomotive paff-paff-paffte, riß sie aus dem Mund und fragte: »Wie viele seid ihr denn, die so aufgeputzt sind?«

So viele wie die Wagen und die Züge und die Schienen, dachte Mendel. So viele wie gefangen sind und an den Bahnhöfen warten und jetzt zu einem anderen Ort fahren. So viele wie die Regentropfen in den Pfützen auf der ganzen Welt, außer in Chelm, wo sie sich in den Gossen als Ströme von saurer Sahne sammeln.

Jedesmal, wenn Mendel zu den Mahmirim zurückkam, fand er den Wagen scheinbar leer vor. Bestenfalls bemerkte er ein Knistern der Vorhänge oder die verlegen lächelnde Raizel, die zu langsam war, um vor seinem Eintreten in ein Abteil zu flüchten. Es erinnerte ihn ans Zentrum der Stadt, wenn Fremde durchkamen. Alle verschwanden, einschließlich der schielenden Bilha, die auch das Gasthaus führte. (Das Gasthaus war eine Idee der Weisen – denn ob Fremde nun willkommen waren oder nicht, niemand sollte sagen können, Chelm sei so provinziell, daß es nicht einmal eine Herberge besitze.) Irgendwann würde ein Bewohner aus Neugier oder aus Furcht die Spannung nicht länger ertragen und einen Blick hinauswagen. Der Zirkus, der auf eine dreitägige Gala vorbereitet war, Peitsche und Stuhl in der Manege und die Tiger auf umgedrehten Bottichen, hatte drei Tage lang je drei Vorstellungen gegeben, bevor einer der Weisen ins Zelt zu blinzeln wagte.

»Macht auf«, rief Mendel, »es wird dunkel, und wir haben zu arbeiten.« Die Türen schoben sich auf, und Mendel sagte, alle sollten sitzen bleiben. »Außer Schraga, Feitel und Zahawa«, sagte er. »Wir zerlegen die Nummer in Abschnitte, und jeder lernt seinen Teil.«

»Nein, dafür reicht die Zeit nicht«, widersprach der Rebbe. »Was wird, wenn wir zu einer Zeit ankommen, bevor alle wissen, was sie zu tun haben?«

»Es ist genug Zeit«, sagte Mendel. »Der Zug kommt kaum voran. Vorne steigen sie aus, gehen mit und steigen ein Stück weiter hinten wieder ein. Wir haben morgen Zeit bis zum Mittag. Die Hornistin hat's mir erzählt – wir haben eine Abendvorstellung.«

»Das klingt, als ob sie dich zum Narren halten wollen«, warf Feitel ein. »Als ob sie alles wissen.«

»Wissen sie es?« fragte Zahawa.

»Was wissen sie?« Voller Angst kam der kleine Schraga aus seinem Abteil.

»Niemand weiß davon«, sagte Mendel. »Wenn sie's wüßten, wär schon alles vorbei – da könnt ihr sicher sein. Und in der Aufteilung der Übungen liegt viel Weisheit. Dann können Sie sich ausruhen, Rebbe, und Raizel kann nähen.«

Mendel lächelte Raizel zu, die einen Korken auf Feitels Brust nähte. Er kaute auf einem Stück Faden, um den Engel des Todes fernzuhalten, denn nur die Toten tragen ihre Kleider, während sie genäht werden. »Das nennt man Choreographie, Rebbe. So macht man das bei diesen Dingen.«

Nachdem das klar war, arbeiteten sie im Gang an der Choreographie. Wer nicht übte, saß bei offener

Tür in den Abteilen und versuchte die Figuren der vorbeihuschenden Kollegen zu entziffern. Es war, als wollte man Tanzen lernen, indem man ein Lehrbuch Seite für Seite rasch durchblätterte.

Während einige Radschlagen und Saltos übten und erst in einer Richtung, dann in der anderen durch den Gang rollten, erwies sich der waghalsige Schraga, der viel Platz für seinen spindeldürren Körper hatte, als ein so vielversprechendes Talent, daß der Rebbe sagte: »Wer weiß, mein Sohn, was in einer anderen Welt aus dir geworden wäre.«

Die Mahmirim übten bis zum Umfallen. In dieser Nacht rollten sie im Schlaf hin und her, während der Lokomotivführer mit dem Pfeifensignal die Lokomotiven grüßte, welche die Verdammten in die andere Richtung zogen.

Schraga erwachte als erster, etwa eine Stunde vor der Dämmerung. Er weckte die anderen jeweils mit einer sanften Berührung an der Schulter. Und jeder, der plötzlich erwachte, schaute einen Moment lang aufgeregt und verwirrt um sich.

Sie begannen sofort zu üben, so gut das in der Dunkelheit eben ging. Als der Himmel heller wurde, unterbrach sie der Rebbe. »Komm herauf«, sagte er zu Raizel. Sie kroch gerade auf dem Boden und riß Teile des Bezugs dort ab, wo er unter den Sitzen befestigt war. Diese Fetzen würde sie als Mond auf Zahawas Herz nähen. »Kommt her«, sagte der Rebbe. Mendel, der an einem Löffel fummelte, den Raizel an seinem Ärmel befestigt hatte, und mit Schraga die Länge von dessen Sprung beriet, drängte sich mit den anderen um das Abteil des Rebben.

»Es bedarf schon ganz ungewöhnlicher Anstrengungen, wenn wir diese Prüfung überleben wollen.« Der Rebbe blickte beim Reden aus dem Fenster.

Männer und Frauen trennten sich und sprachen ihre Morgengebete. Sie wollten der echten Gefahr, der sie sich damit aussetzten, nicht trotzen, vielmehr dachten sie in diesem Moment gar nicht daran. Sie riefen mit lauten Stimmen zum Himmel. Als sie geendet hatten, gab es eine Pause, einen Augenblick der Stille. Es war, als warteten sie auf eine Antwort des Herrn.

Der Zug hielt.

Feitel flog gerade durch die Luft. Da er sich schneller bewegte als der Zug, rollte er bei der Landung kopfüber gegen die harte Wand.

»Ich hab mir das Kreuz gebrochen«, sagte er. Die anderen ignorierten ihn. Seiner Stimme fehlte die Dringlichkeit der Wahrheit. Und draußen waren Schienen über Schienen, Bahnsteige über Bahnsteige, und die ersten der unzähligen Stockwerke eines Gebäudes, das gewiß höher war, als der Turm von Babel jemals werden sollte.

Als Feitel auf die Beine gekommen war, strömten die anderen Künstler schon auf den Bahnsteig und schleppten ihre Koffer und Reisetaschen, ihre Kostümhüllen und die Schminkkoffer mit abgerundeten Kanten und Silberschnallen mit sich.

Die Tür zum Waggon wurde aufgestoßen, und der Oberkörper eines Mannes kam zum Vorschein. Auf dem Gesicht war ein schmaler Schnurrbart, der den Schweiß von den Lippen fortlenkte wie eine Regenrinne. Und wie der Schweiß lief; im ersten Moment

wurde das Gesicht merklich röter, und neue Schweiß-
tropfen verdrängten die alten.

»Wer seid ihr denn?« fragte der Mann. »Was führt
so ein bunter Haufen denn vor?«

Mendel trat vor.

»Wir sind die Akrobaten.«

»Seid ihr vom Müllhaufen gefallen?«

Feitel spürte, wie lächerlich sein Kostüm war, und
legte die Hand über den fünfarmigen Stern aus Sekt-
korken auf seiner Brust.

»Na egal«, sagte der Mann. »Wieviel Einspielzeit
braucht ihr?«

»Einspielen?« Mendel war ratlos.

»Meine Geduld ist bald aufgebracht. Wir sind schon
drei Stunden überfällig. Ich muß dafür geradestehen,
nicht ihr.« Eine Hand schoß durch die Tür. Der Mann
schaute auf die Uhr und wischte sich so gut es ging den
Schweiß von der Stirn. Die Hand wirkte seltsam, als
bestehe der Eindringling nur aus Einzelteilen. Sein
Gesicht lief noch tiefer rot an, und er blies die Wangen
auf. »Einspielzeit. Mit Trampolin, Seitpferd, Trapez.
Was braucht ihr?«

»Nichts«, antwortete Mendel.

»Genauso bescheiden wie eure Kostüme, was? Sehr
schön.« Er schien sich ein wenig zu beruhigen – ein
klein wenig. »Dann seid ihr zuerst dran. Und jetzt
steigt aus und helft den anderen ihr Zeug ins Theater
schleppen.«

Die Mahmirim drängten hinaus. Mendels Mund
öffnete sich weit, als seine Augen dem Rest des Gebäudes zum Himmel hinauf folgten. Er stieß einen Pfiff
aus und starrte weiter hinauf. Es war schön und be-

drohlich. Alles war bedrohlich, denn alles Wunderbare war auf irgendeine Art beeinträchtigt, alles Schöne vom Grau des Krieges angesteckt. Galas zu veranstalten und sich für Bälle zurechtzumachen, um dem Krieg zu entkommen, war selbst für den Feind sinnlos. Die graue Stimmung legte sich über alles. Die Künstler eilten mit ihren mürrischen Probenmienen davon. Betrüger, einer wie der andere. Auf der Bühne würde ihr Lächeln strahlen, wie Mendel wußte.

Die Witwe Raizel führte einen Affen an der Leine. Der Affe hielt eine Banane, die erste, die man in diesen Breiten seit Jahren gesehen hatte. Die Witwe ging schneller und blieb dann plötzlich stehen. Der Affe tat dasselbe. Ihre krummen Finger bildeten eine einzige Klaue, die den Schatz bei der ersten Gelegenheit erjagen wollte. Mendel stand mit einem Koffer auf dem Kopf hinter ihr und beobachtete, wie Raizel einem Affen eine Banane abzujagen versuchte. Er atmete tief ein und schenkte seinem Gerechtigkeitsgefühl keine Beachtung, einem reichen Leuten vorbehaltenen Gefühl, das Mendel längst für die Freiheit, Schrecken und immer neue Schrecken zu erleben, aufgegeben hatte.

Bald erreichten sie ihr Ziel, ein Gebäude, das ebenso breit war wie der Zug lang. Drinnen im Gebäude mußte es prachtvoll sein, aber die Mahmirim bekamen nichts von den Trompe l'oeil-Malereien oder dem Blattgold des Foyers zu sehen. Sie wurden durch die Doppeltüren des Bühneneingangs geführt.

Beim Eintreten der Prozession änderte sich die Stimmung der Künstler. Es lag eine neue Energie in der Luft, eine gesteigerte Professionalität. Sogar die Trinker aus dem Büffetwagen und die müden Raucher, an denen Mendel sich im Zug vorbeigeschoben hatte, bewegten sich mit überraschender Präzision. Er bemerkte es, als ein Jongleur den Affen packte und das Tier mit sachlicher Brutalität in eine Hose zwängte. Er bemerkte es, als die alternden Tänzerinnen ihre Köpfe hinter den Deckeln von Kästen mit Innenspiegeln verbargen und beim Aufsehen einen Schein von Jugend aufwiesen, der von keinem Sitzplatz aus angezweifelt werden konnte. Mendel überlief es beim Zusehen kalt vor Schrecken, und er versuchte herauszubekommen, was ihn an diesen harmlosen Vorbereitungen so verstörte.

Als der Inspizient mit naßgeschwitztem Hemd und die Arme voller Blechschwerter vorbeieilte und jedem »Schnell!« zubrüllte, den er untätig herumstehen sah, begriff Mendel, woher seine Furcht rührte. Es war die von jedem einzelnen gezeigte Effizienz, die eingespielte Aktivität, die Disziplin und Ordnung. Er hatte es von Anfang an gesehen, seit dem Tag, als die Eindringlinge in die Stadt marschierten und, als sie den Platz leer fanden, die Türen eintraten; er hatte es an der Sorgfalt erkannt, die es nötig machte, daß ein Krieg von solchem Ausmaß einen glücklich isolierten Punkt auf der Landkarte heimsuchte, eine Ortschaft, die sich Stadt nannte und von den Narren von Chelm bewohnt wurde. Mendel wußte, daß es diese Effizienz war, die sie einholen würde.

»Es ist wie unter der Erde«, sagte Raizel und zeigte auf den Laufsteg, die Sandsäcke und die endlosen Taue und Haken.

»Welchen zieht man für Regen?« fragte Feitel. »Und welchen für eine gute Ernte?«

»Und welchen für die Erlösung?« fragte der Rebbe mit hoffnungsloser Stimme und am Rande der Verzweiflung.

»Du hast es wundervoll gemacht«, sagte Mendel. Es war ein Verstoß gegen alles, was man sie gelehrt hatte, aber er berührte Raizels Wange mit der Hand. »Die Kostüme sind sehr phantasievoll.« Als er die Ellbogen zusammenstieß, klingelten die Löffel wie eine dumpfe Glocke.

»Das stimmt, sie vollbringt Wunder mit Nadel und Faden«, kam es von Zahawa, die einen Brustharnisch aus Zigarettenschachteln und an den Knien Pfeifenreiniger trug.

Die Witwe legte Zahawa – immer schon ein schlankes Mädchen – den Arm um die Taille und drückte sie an sich wie damals, wenn sie am Sabbatmorgen aus dem *Stiebel* kamen. Raizel drückte sie so fest sie konnte, und Zahawa erwiderte den Druck etwas sanfter. Beide hielten die Augen geschlossen. Es war offensichtlich, daß sie an einem anderen Ort waren, vor dem *Stiebel*, wo die Blutweiden blühten und beide neue Kleider trugen, sittsam und schön.

Mendel, der Rebbe und Feitel, alle Mahmirim, die an der Umarmung oder der Flucht in eine bessere Zeit nicht teilhaben konnten, schauten fort. Es war mehr, als unverhüllt durch den üblichen Schutz zu ertragen war. Sie hoben die Blicke, als Zahawa der alten Frau einen Kuß auf die Stirn gab, einen so ehrlichen Kuß, daß Mendel den Ernst zu mildern suchte.

»Wißt ihr, noch nie ist jemand im falschen Zug so weit gekommen«, sagte er.

Seine Bemerkung, ein schwacher Witz, rief kein

einziges Lächeln hervor. Die Mahmirim schauten nur erneut umher und suchten nach einer Stelle, auf die sie ihre Blicke heften könnten.

Vielleicht kam es von einem undichten Rohr, einem Loch im Dach oder dem Kinn des umhereilenden Inspizienten, aber höchstwahrscheinlich war es eine Träne, die ein namenloses Auge vergossen hatte. Ein einziger Tropfen fiel direkt zur Rechten des Rebben auf den Boden.

»Was ist das?« fragte der Rebbe. »Das gibt es nicht. Keine Sekunde lang!«

Mendel und die anderen setzten eine Miene auf, als wüßten sie nicht, was er meine, als fühlten sie nicht um sich herum die Düsternis und den Mißerfolg aufsteigen.

»Los, los«, sagte der Rebbe, »wir sind als erste dran, und Schragas vollumdrehende Volten sind noch nicht perfekt.« Er klopfte mit dem Fuß einen Vierertel. »Hopp«, rief er, »ganz von vorn«, und erschöpfte damit das gesamte Akrobaten-Vokabular, das er gelernt hatte.

Sie schufen sich einen freien Platz und spielten die Nummer einmal durch. Der Rebbe ließ sie keinen Augenblick ruhen, und Mendel liebte ihn von ganzem Herzen.

Fünf Minuten vor Beginn der Vorstellung holte sie der Inspizient. Nun bekamen sie aus der Seitenkulisse alles zu sehen. Die roten Teppiche und die zu Girlanden verbundenen Goldkordeln, den Kronleuchter und die Deckenmalerei – voller Helden, Jungfrauen und himmlischen Lichts –, die vielfältig eingefaßt war. Und auf der Einfassung selbst saßen holzgeschnitzte Puttenköpfe mit rosigen Wangen. Dann war da das Publikum – die Frauen in Roben und mit hochgestecktem Haar, die Männer in Uniformen, die schwer mit Auszeichnungen für Effizienz, Tapferkeit und Stärke behängt waren. Ein wichtiges Publikum, das einen nervösen Mann schon zum Schwitzen bringen konnte. Oben links gab es auch eine Loge; dort saß ein hochgestellter Mann mit seiner Begleiterin, ein sehr mächtiger Mann, der die Aufmerksamkeit aller Anwesenden auf sich zog, wie Mendel registrierte. Der Kronleuchter erlosch, die Scheinwerfer gingen an, und der Inspizient flüsterte »Los«, also trat Schraga auf die Bühne hinaus. Die anderen folgten. So einfach war es. Sie folgten, weil nichts anderes zu tun war.

Einen Augenblick, dann zwei, dann drei, standen sie geblendet am hinteren Rand der Bühne. Raizel beschattete die Hand mit den Augen. Es gab Husten und dann ein Glucksen. Das Echo hatte sich noch nicht gelegt, als der Rebbe rief:

»Auf eure Plätze!«

Sie hoben die Köpfe, richteten sich auf und verteilten sich auf dem harten Boden.

»Hopp«, rief der Rebbe, und die Nummer begann. Schraga schlug Räder und Saltos. Die Witwe Raizel sprang einmal, stellte sich dann an die Seite und führte die Gummigelenke ihrer verdrehten Arme vor. Mendel, dem wundervollen Mendel, gelang tatsächlich ein Unterarmstand, der mit Unterstützung Schmuel Berels (seiner einzigen echten Aufgabe) mit einer Galionsfigur endete. Feitel, der nicht auf dem Posten war, verpaßte seine Frau, als sie auf ihn zusprang. Zahawa landete auf dem Knöchel, der ein trockenes, klares

Knacken von sich gab. Sie wimmerte nicht, sondern stand rasch auf, obwohl man selbst vom Rang aus sah, daß mit ihrem Fuß etwas nicht stimmte. Nachdem das Publikum einen Laut des Erschreckens ausgestoßen hatte, trat Stille ein. Dann kam von oben links eine Stimme. Mendel wußte, aus welcher Loge. Er wußte, es war der Prächtigste, der Strammste und Größte, ganz bestimmt ein Zauberer. Natürlich war das geraten, denn wie sollte er es sehen?

»Schau nur«, sagte die Stimme, »die sind ungeschickt wie Juden.« Einen Moment herrschte Stille, dann ein einzelnes lautes Gelächter. Das Gelächter hallte wider und wurde vom Publikum mit gedämpfterer Ausgelassenheit aufgenommen – es wollte seine Grenzen nicht überschreiten. Mendel blickte zurück zum Rebben, und der Rebbe zuckte die Achseln. Der junge Schraga, ein Überlebenstalent, machte einen Hüpfer, als gehe die Nummer weiter. Zahawa ging zur Witwe Raizel und legte ihr die Hand auf die Schulter.

»Weiter«, rief die Stimme, »die Posse kann doch noch nicht vorbei sein. Weiter!« Eine andere Stimme, die einer Frau, kam von derselben Stelle und trug kaum bis zur Bühne.

»Ja, weiter«, sagte sie. »Mehr von dem Judenballett.« Wie das vorige wurde auch das nun einsetzende alberne Lachen vom Publikum und vom Widerhall des Saals aufgenommen, so daß es schien, als lachten sogar die hölzernen Putten von oben.

Der Rebbe atmete tief ein und begann mit dem Fuß aufzutippen.

Mendel winkte ab und trat an die Rampe vor, während die Scheinwerfer seine Haut grell und mitleidlos beleuchteten. Er faßte über die Rampenlichter ins Leere, seine Hände rissig und gefühllos, schwielig und aufdringlich.

Mendel drehte die Handflächen nach oben, von Dunkelheit umgeben.

Aber da waren keine Scharfschützen, wie für Hände, die sich aus Ghettos strecken; keine Hunde, wie für Hände, die sich aus den Ritzen im Boden von Waggons strecken; und keine Engel, die, wie es ihre Art ist, auf Hände warten, die sich aus Schornsteinen in aschfarbene Himmel strecken.

REB KRINGLE

Buna Michla steckte den Kopf in den Männerbereich der Synagoge. Sie zögerte einen Moment, obwohl dort nur ihr Ehemann war.

»Izhi«, sagte sie.

Er stand drüben bei der Bundeslade, wechselte die Birne im ewigen Licht und tat, als habe er nicht gehört.

»Izhi, die Kinder. Denk doch an all die Kinder.«

»Pah!« Er schraubte die Birne mit dem Taschentuch ein, und das ewige Licht flackerte einmal, bevor es sein übliches Glühen wieder aufnahm. Reb Izhak faltete sein Taschentuch sorgfältig zusammen und stopfte es unter dem Kaftan in die Gesäßtasche.

»Izhi!«

Er wandte sich zu ihr. »Ich soll mir Gedanken wegen dieser Kinder machen? Sind es meine Kinder, daß ich mir wegen ihnen und ihrer Habgier Gedanken machen soll?«

Sie ging in den Mittelpunkt des Raums und setzte sich in die erste Reihe der nach Osten ausgerichteten Bänke. »Vielleicht solltest du dir Gedanken wegen deiner *Schul* machen. Wegen der fälligen Hypothek.« Buna atmete tief ein. Es bereitete ihr Befriedigung, diesen störrischen Mann anzubrüllen.

»Wie viele Leute beten hier, Izhele? Wie viele Gebete steigen unter diesem Dach zum Himmel auf?«

»Einunddreißig Leute beten hier dreimal am Tag, und ich weiß nicht, wie viele Gebete zum Himmel aufsteigen. Wenn ich so etwas wüßte, wüßte ich auch, wie ich die Miete zahlen soll.«

»Und was ist mit dem Dach, unter dem wir schlafen?«

»Ja, Buna. Dann wüßte ich auch, wie ich das Dach bezahlen kann.«

»Du weißt, wie du's bezahlen kannst«, sagte sie. »Vier Wochen, und wir haben zu essen, also wo liegt das Problem? Die anderen elf Monate brauchst du nicht mehr zu lächeln.«

Reb Izhak erwog die Worte seiner Frau. Jedes Jahr derselbe Streit, und jedes Jahr verlor er. Wenn er nur ein klügerer Mann gewesen wäre – oder eine einfachere Frau geheiratet hätte. Langsam strich er sich den weißen Bart bis hinunter zum ausgefransten Rand.

»Dieser Job ist eine Sünde«, mehr fiel ihm nicht ein.

»Er ist überhaupt keine Sünde. Wo steht, daß es eine Sünde wäre, mit *goischen* Kindern zu spielen? Es gibt keine Regel, welche das Spielen mit ihnen verbietet.«

»Spielen! Du bist noch nie dabeigewesen, Buna. Niemand, der sie gesehen hat, würde solches Chaos Spielen nennen. Seit Noahs Zeiten hat die Welt nicht mehr so eine grenzenlose Habgier gesehen.«

»Also ist es kein Spielen. Schön. Aber du wirst hingehen, und du wirst fröhlich sein und lachen, wie der Brautvater bei einer Hochzeit – ob dir danach ist oder nicht.«

Reb Izhak legte den Kaftan ab und stieg hinab in

den Keller, wobei er sich bei jeder Stufe aufs Geländer stützte. Er war ein schwerer Mann mit dickem Bauch, und sein Ischias machte sich bemerkbar. Die wacklige Holztreppe ächzte, als er ins Dunkel hinabstieg, wo er nach der ausgefransten Strippe tastete, um die einsame 60-Watt-Birne einzuschalten.

Der Ölbrenner stand unter einem Geflecht rostiger Rohre, die sich an der niedrigen Decke verzweigten. Hinter dem Brenner führte eine Biegung zu einem engen Winkel, der als Lagerraum diente. Es war der abgelegenste Ort, der beste zum Aufheben des *Pessach*-Geschirrs, damit es nicht während des übrigen Jahres beschmutzt würde.

Er zog die Hüllen von den Kartons, auf denen mit dickem schwarzen Filzschrift in hebräischen Buchstaben *Pessach* stand. Er konnte das Wort nicht erkennen, weil das Licht der schwachen Birne kaum bis hierher reichte, aber Reb Izhak brauchte nicht so gut zu sehen. Was er suchte, ließ sich ertasten. Der Karton, den er brauchte, war verziert, nicht wie die mit der Aufschrift von Cornflakes oder Toilettenpapier, die man sich hinter dem Supermarkt holt, Kartons, die schon ein zweites Leben führen. Dieser hier hatte einen Deckel, den man abnehmen konnte, wie bei einer Hutschachtel, aber rechteckig. Dieser satinbezogene Karton fühlte sich seidig an. Als seine Finger darüberstrichen, erkannte er ihn.

Beim Heben des Kartons folgte Reb Izhak der rückenschonenden Methode des Aufstehens und zählte die Positionen mit: »Eins: Füße auseinander, zwei: Knie beugen«, genau wie Dr. Mittleman es ihm gezeigt hatte.

Izhak schlurfte die Treppe hinauf und direkt zur Haustür, wo er stehenblieb und den sperrigen Karton absetzte.

»Ach, die U-Bahn-Münzen«, sagte er.

»Auf dem Regal in der Diele, da liegen sie seit vierzig Jahren.« Buna kam aus der Küche und trocknete sich die Hände an einem Küchentuch ab, um diesem Maultier von einem Mann zu zeigen, wo eine Münze und wo das Regal war, und wenn es sein mußte auch, wo die Tür war.

»Wie du zur U-Bahn kommst, weißt du?« fragte sie und lauerte auf das kleinste Anzeichen von Widerstand. »Willst du, daß ich mich anziehe und mit dir in die Stadt fahre?«

Reb Izhak wollte das keineswegs.

Er zog Kaftan und Mantel an, nahm den Satinkarton und warf Buna Michla einen Blick tiefster Verzweiflung zu – einen Blick, den sie nur zweimal im Jahr sah. Einmal, wenn die Zeit kam, das ganze *Pessach*-Geschirr aus dem Keller zu holen, und das zweite Mal an der Tür, wenn er sich zu Beginn des Festtagsrummels auf den Weg zum Kaufhaus machte. Der Blick war so traurig, daß sie den Vorsatz aufgab, ihn nicht auszuschimpfen – sie hielt es nicht aus, wenn er so in seinem Schmerz badete.

»Lassen sie dich etwa am *Schabbes* arbeiten?« fragte sie. »Zwingen sie dich, mit unbedecktem Kopf herumzulaufen, oder lassen sie es an Respekt fehlen?« Sie schloß die Tür auf. »Wie einen König auf dem Thron behandeln sie dich.«

Den Karton im Arm, fummelte Izhak an der Tür.

»So einen König bedauere ich.«

Als er einen Moment an einer Telefonzelle lehnte, um wieder zu Atem zu kommen, sah Izhak überrascht, daß ein neuer Mann das Gitter des Warenaufzugs am Kaufhaus aufschob. Ramirez, der von Anfang an jedes Jahr dagewesen war, seit dem Tag, als Reb Izhak mit dem Zettel vom Arbeitsamt in der Hand auftauchte, war fort. Er war hier Reb Izhaks einziger Freund gewesen und hatte sich immer um »den Rabbi« gekümmert. Ohne den an seiner Zigarre kauenden und raschen Trost verheißenden Ramirez überließ Izhak sich für einen Augenblick fast der Verzweiflung. Er fühlte sich verlassen. Aber wenigstens war einer von ihnen frei.

Izhak näherte sich dem Warenaufzug und blickte den Mann von der Heilsarmee, der mit Holzklöppeln auf Glocken Weihnachtslieder spielte, finster an – seine letzte Chance, an diesem Tag mürrisch zu sein. Der Fahrstuhlführer, nicht viel älter als ein Junge, musterte Izhak langsam von oben bis unten, von den orthopädischen Schuhen bis zum weißen Bart, für den er sich viel Zeit nahm. Izhak ließ es über sich ergehen. Er war es gewohnt, und er war vorbereitet auf die Tausende von Blicken, schwachsinnigen Fragen, auf das Herumzupfen und die klebrigen Finger, die ihm während der nächsten Tage bevorstanden.

»Welche Etage?« fragte der Mann und wies mit dem Daumen nach oben.

»Achte«, antwortete Reb Izhak.

»Hab von Ihnen gehört«, sagte der Mann und schob die leeren Müllkarren an die Rückwand. »Sie sind der Weihnachtsrabbi.«

»Ja«, sagte Izhak. »Ich bin der berüchtigte Weihnachtsrebbe.«

Der Fahrstuhlführer hustete in seine Faust.

»Verdammt«, meinte er, »ich dachte schon, die wollten mich verarschen und es gäb Sie gar nicht.«

»Doch, mich gibt es wirklich«, sagte Reb Izhak.

»Sieht so aus«, sagte der Mann. Er schloß das Gitter hinter Reb Izhak und zögerte dann. »Wollen Sie als Weihnachtsmann nicht durch den Schornstein rein?«

Reb Izhak wandte ihm den Rücken zu.

»Solche Witze wurden meinem Freund Ramirez schon langweilig, als Sie noch zu klein waren, um an die Knöpfe zu kommen.«

Die Kobolde waren auf dem Posten und standen in dem riesigen Saal alle zwei Meter entlang der Schlange von Kindern, die sich durch den Korridor, am winzigen Café vorbei und hinter den Kundenfahrstühlen herum bis zur Treppe zum siebten Stock bildete. Der Raum war mit blinkenden Lichtern, Kunstbäumen, leeren Geschenkkartons mit bunten Schleifen und riesigen Pappzuckerstangen geschmückt, an denen alle neugierigen Kinder leckten, eine Zunge voller Bazillen nach der anderen. Auch zu beiden Seiten von Izhak standen Kobolde, der eine – ein grimmiger, muskulöser Kleinwüchsiger – trug Soldatenstiefel, was ihm das Aussehen eines Kampfkobolds verlieh. Der andere hätte sein Zwillingsbruder sein können. Er trug schwarze Basketballstiefel, wirkte aber ebenso wachsam und paramilitärisch.

Als er in seinem Sessel mit den Plüschkissen saß und die Hände auf den goldenen Armlehnen ruhten, mußte Izhak zugeben, daß Buna recht gehabt hatte. Vor Hunderten von verehrungsvollen Gesichtern und mit dreißig Helfern, die ihm aufs Wort gehorchten, schien es von seinem riesigen Sessel aus tatsächlich, als sei er ein König auf einem Thron.

Izhak hatte seine Hilfskobolde angewiesen, den Ruf »Fröhliche Weihnachten« nicht abreißen zu lassen. Er war keiner von den provinziellen Juden, die nie die Brücke von Royal Hills nach Manhattan überquert hatten, die Naiven, die nie in Kontakt zur Außenwelt getreten waren. Er trug das Kostüm nicht zum ersten Mal und wußte nur zu gut, daß die Weihnachtstage ihm ein Einkommen verschafften. Aber nach all den Jahren kam ihm das Wort »Fröhliche Weihnachten« immer noch obszön vor.

Das erste Kind war ein aufgeregtes kleines Mädchen. Klein genug für einen Besuch beim Weihnachtsmann, ein Tätscheln der Wangen und ein Foto für die Kühlschranktür – noch kein habgieriges kleines Biest mit einer langen Wunschliste, das einen Anfall bekam, wenn man ihm nicht alles versprach, was es wollte.

Izhak spielte seine Rolle und nickte dem Kobold zu, der an der roten Kordel stand. Das kleine Mädchen sauste wie ein Blitz auf ihn zu, aber ihre Mutter stupste sie auch noch vorwärts, und die gewaltige Menge machte ein Schrittchen auf ihn zu, eine Bewegung, die in der ersten Reihe begann und sich in einer scheinbar endlosen Welle nach hinten fortsetzte.

»Ho ho ho!« sagte Izhak und gab dem Kind, das ihm auf den Schoß gesetzt wurde, die Hand. Im Gewitter der Blitzlichter strahlte das Mädchen angemessen und genoß die Ehre, mit dem ersten Ho ho ho des Jahres begrüßt zu werden.

»Wie heißt du denn?«

»Emily, Weihnachtsmann. Ich hab dir einen Brief geschrieben.«

»Ja, natürlich, der Brief von Emily.« Er stampfte mit dem Fuß aufs Podest. »Du mußt dem Gedächtnis des Weihnachtsmannes ein bißchen nachhelfen: Warst du denn ein braves Mädchen?«

Zwanzig Minuten vor der Mittagspause war Izhak sich sicher, sein Geist sei in den Grundfesten erschüttert, als wäre Gott bei seiner Prüfung der menschlichen Seele zum Sadisten geworden. Beide Hosenbeine waren naß von den Malheurs der Kinder, die ihre Aufregung wie kleine Hunde zeigten. Der Ischias war wie zerstoßenes Glas, das den Nerv an der Rückseite seines Oberschenkels auf- und niederfuhr. Und ein Junge – ein richtiger kleiner Nazi – hatte eine Papierschere hervorgezogen und seinen Bart attackiert.

»Rauf mit dir«, sagte der weibliche Kobold, der über die College-Ferien aus Tulane gekommen war. Sie setzte einen lockigen Lümmel auf Izhaks linkes Knie, dessen Unterlippe zitterte, als er seinen Heulapparat anwarf.

»Nicht weinen, Jingele. Wo ist deine Mutter?«

»Sie wartet am Lancôme-Stand.« Und nach einer Pause. »Sie läßt sich das Gesicht machen.«

»Das Gesicht machen?« fragte Izhak.

»Ja.«

»Nu? Bist du denn dieses Jahr artig gewesen?«

Der Junge nickte.

»Hast du schön Bundes- und Staatssteuern gezahlt?«

Der Junge schüttelte den Kopf.

»Ich nehm's dir nicht übel«, sagte Izhak, »aber der Weihnachtsmann ist leider nicht das Finanzamt.«

Der Junge lachte nicht. Die Kobolde lachten nicht. Tulane machte sogar ein höhnisches Gesicht.

Reb Izhak strich sich den Bart und streckte das freie Bein aus.

»Was wünschst du dir denn?« fragte er.

»Ein Mountainbike«, sagte der Junge.

»Und was noch?«

»Figuren aus Force Five Action.«

»Und was noch?«

»Verhängnis – die Rückkehr des Totenschiffs, Menschenfresser und Gary Barrys *All Star Eye on the Prize*, alles auf CD-ROM.«

»Sonst noch etwas?« Abgesehen von den dämlichen Kindern, die sich den Weltfrieden wünschten, schien das die kürzeste Liste des Tages zu sein.

»Na komm schon, raus damit«, sagte Izhak. Die Lippe bewegte sich wieder, und Izhak wußte, daß er mit einem Heulanfall zu rechnen hatte, wenn er den letzten Wunsch nicht bald herausbekam. »Was ist es denn?«

»Eine *Menora*«, sagte der Junge, und die Tränen liefen trotzdem, wurden aber durch große innere Stärke rasch bezwungen. Es war der zunächst wie vor den Kopf geschlagene Weihnachtsmann, der verzweifelt versuchte, sich an ein Spielzeug dieses Namens zu erinnern, und einem Anfall nahe war.

»Eine was?« fragte er viel zu laut. Dann lieb und nett, in der Rolle von Mr. Kringle: »Was war das nochmal?«

»Eine *Menora*.«

»Und was will ein netter christlicher Junge mit einer *Menora*?«

»Ich bin nicht christlich, ich bin Jude. Mein neuer Vater sagt, wir feiern richtige Weihnachten mit Weihnachtsbaum, ganz ohne Kerzen – und das ist nicht fair, weil ich bei meinem letzten Vater eine *Menora* haben durfte, und der war auch kein Jude.« Nun begannen ihm die Tränen die Nase entlang zu laufen.

»Warum will dieser neue Daddy nicht, daß du die Kerzen anzündest?«

»Weil er sagt, dieses Jahr gibt's kein *Chanukka*.«

Izhak schnappte nach Luft, worauf der Junge zu heulen anfing.

»Beruhige dich, mein Kleiner. Der Weihnachtsmann ist ja da.« Izhak wand sich auf seinem Sessel, faßte in seine Tasche und zog ein sauberes Taschentuch hervor. »Hier«, sagte er. Das Kind schnaubte heftig. »Und jetzt mach dir mal keine Sorgen. Wenn du dir vom Weihnachtsmann *Chanukka* wünschst, kriegst du's auch.« Er versuchte, so gut es ging, fröhlich zu klingen, spürte aber, wie der Zorn in seiner Stimme aufstieg. »Sag mir nur, wo du wohnst, und ich bringe dir die Kerzen selbst.«

Der Junge hatte sich beruhigt, sagte aber nichts.

»Upper West oder Upper East?« fragte der Weihnachtsmann.

Der Junge gab ein hohes »Keins von beidem« von sich.

»Hoffentlich nicht im Village.«

»Wir sind zu Weihnachten in Vermont. Wir müssen den ganzen Weg dorthin fahren, damit wir in die doofe Kirche von seinen Eltern gehen können.« In diesem

Augenblick wußte Izhak mit einem bereits verblassenden Blitz völliger Klarheit, daß die Posse endgültig vorbei war.

»Kirche«, sagte er mit donnernder Stimme. »Kirche und kein *Chanukka*!« brüllte Izhak, nahm den Jungen von seinem Knie und erhob sich. Mit blitzenden Augen hielt er den Jungen unterm Arm. Der Kobold in Basketballstiefeln nahm den Jungen und stellte ihn auf die Füße, während Izhak erneut brüllte: »Kein *Chanukka*!«

Buna würde es verstehen. Wenn er ihr von diesem Jungen erzählt, würde sie verstehen, warum das Ganze – der Job, das Kostüm und das Gelächter – eine Sünde war. Es war Blasphemie! Und dann schrie er lange und laut auf, wegen der Krämpfe in seinen Beinen und wegen des Ischiasnervs, der so weh tat, als sei er wie die Sehne eines Bogenschützen gespannt und dann losgelassen worden.

»Wo ist diese Mutter?« schrie er über die Köpfe der Menge hinweg. Er packte den Jungen und hob ihn am Arm hoch, wobei er ein Zwicken des bereits gereizten Nervs riskierte. »Wo ist dieser Vater?« begehrte Izhak zu wissen, während der Junge wie eine Handtasche an seiner Hand baumelte. Er wollte, daß dieser Wicht weggeführt würde, um sein gerechtes Urteil zu empfangen.

Der Junge riß sich los. Er nahm ein Handy aus der Tasche und rief seine Mutter in der ersten Etage an.

Beim Anblick des Telefons begann Izhak sich schuldig zu fühlen, weil er dem Kind angst gemacht hatte. Er war noch immer zornig, aber auch beschämt. Er senkte die Augen und sah, wie das Gewühl aus Weihnachtseinkäufern und verblüfften Kindern ihn mit aufgerissenen Augen anstarrte. Izhak suchte ein freundliches Gesicht, ein ruhiges Gesicht, fand aber keines. Er wußte, daß er die Grenzen des Anstands überschritten hatte und weit über den Punkt hinaus war, wo er sich wieder hinsetzen und dem Kobold in Soldatenstiefeln zunicken konnte, damit dieser das nächste Kind vorließ. Er packte die herabhängende Troddel und riß sich die Mütze herunter, wobei eine große schwarze *Jarmulke* zum Vorschein kam.

»Das ist kein Job für einen Juden«, donnerte er aus den Tiefen seines umfangreichen Bauches.

Eine Frau im Zentrum des Saals fiel sofort in Ohnmacht, ohne die Hand ihrer heulenden Tochter loszulassen. Sie stürzte auf eine Kordel, welche die messingfarbenen Pfosten mit zu Boden riß, wodurch die bereits nervöse Menge in Panik geriet und Aluminiumbäume und hohe Zuckerstangen umstieß. Die Kobolde liefen fluchend und schreiend durcheinander, auf einen solchen Notfall hatte sie ihr halbtägiger Kurs nicht vorbereitet. Ein Kobold, der Kobold vom Wachschutz, griff an den Ohrstöpsel in seinem spitzen Ohr und begann hastig in seinen grünen Kragen zu sprechen, was zwei weitere Kobolde auf den Plan rief, der eine groß und schwarz, der andere kleiner, dicklicher und weiß wie der Kunstschnee.

Die beiden packten den jüdischen Weihnachtsmann, diesen Hochstapler, der vom Kaufhaus nur aus Furcht weiterbeschäftigt worden war. Es war von Anfang an keine gute Idee gewesen, echter Bart hin oder her; eine schreckliche Idee vom ersten Jahr an. Und sie hätten ihn auch rausgeworfen, zehnmal hätten sie Izhak schon rausgeworfen, wenn die Direktion nicht in der Klemme gewesen wäre. Erst im September hatte das Kaufhaus 2,3 Millionen Dollar zahlen müssen, weil es den HIV-infizierten Weihnachtsmann gefeuert hatte, und es hatte keinen Cent mehr für den jüdischen oder den Sikh-Weihnachtsmann übrig – und außerdem keine Ahnung, was es mit der dritten Bewerbung des weiblichen Weihnachtsmanns machen solle, die diesmal von ihrem Anwalt gekommen war.

Während Izhak hinausgeschleift wurde, stieß man seinen Ersatzmann durch eine Seitentür hinein, das Thunfisch-Sandwich noch in der Hand. Die Mutter des Jungen kämpfte sich von da vor, wo das Ende der Schlange gewesen war. Die Einkaufstaschen wie Streitäxte schwingend, kam sie auf ihren Sohn zu. Sie rief seinen Namen mit der Lautstärke einer verängstigten Mutter, so laut, daß er sich über die widerhallende Hysterie des Saals erhob und Izhak ihn hörte und wußte, zu wem die Stimme gehörte. Als sie den Jungen erreichte, strich sie ihm übers Haar, und da der Thron leer und ihr Sohn anscheinend unversehrt war, stellte sie die Frage, deren Antwort jede Mutter fürchtet:

»Matthew, mein Schatz, sag die Wahrheit. Hat der Weihnachtsmann dich angefaßt?«

Sie hielten ihn in einem Lagerraum fest, wo sein Stuhl weder golden noch bequem war. Der Stuhl stand auf einer freien Stelle, umgeben von Türmen von Kartons, die wackliger wirkten als die Mauern von Jericho bei Josuas sechstem Vorbeimarsch. Izhak saß mit offenem Kostüm da, der Ledergürtel hing neben den *Schaufäden* seines *Zizit* herunter. Der blasse Mann vom Wachschutz, ein verbitterter Kobold, schalt ihn für sein mangelndes Berufsethos und sagte zu Izhak, er sei weniger wert als die Säufer-Weihnachtsmänner auf der Straße – eine Parodie in Rot.

»Dafür muß ich meinen Bart nicht jeden Abend auf den Haken hängen«, entgegnete Izhak. Er wartete mit dem Kobold auf den Oberweihnachtsmann.

Der Oberweihnachtsmann war ein ebensolcher Schock für Reb Izhak wie Reb Izhak für die Kinder, denn der Zauberer hinter diesem Weihnachtsimperium war weder dick noch fröhlich noch ein Mann, sondern eine kleine, schmallippige Frau, die nicht den kleinsten Bauch zum Lachen hatte und deren Füße offensichtlich noch nie in spitzen roten Stiefeln gesteckt hatten.

Sie gab ihm einen Umschlag.

»Durchzählen«, sagte sie mit solcher Lautstärke, daß Izhak halb erwartete, einen Kassierer hereineilen zu sehen.

»Sie«, sagte sie mit vor Anspannung weißen Lippen, so daß ihr Gesicht unterhalb der Nase wie eine durchgehende Fläche erschien. »Sie sind eine Schande für Ihren Beruf! Und was uns und unsere hundertsechs Filialen angeht, sind Sie die längste Zeit der Weihnachtsmann gewesen!«

So einfach ist das nicht, wollte er sagen. Wünsche entgegenzunehmen, die man nicht zu erfüllen braucht, ist einfach. Jedem Kind zu glauben, daß es nicht unartig war, sondern brav, ist mit etwas Anstrengung möglich. Aber dem Mann im roten Kostüm – dem einzigen im Haus mit echtem Bauch, dem einzigen, dessen Bart nicht angeklebt ist – zu sagen, er sei nicht mehr der

Weihnachtsmann, ist etwas ganz anderes. Dazu hatte diese Frau keine Macht, dazu hatte auch Reb Izhak aus Royal Hills, Brooklyn, keine Macht. Der einzige Mensch, der so etwas entscheiden konnte, war Buna Michla, und sie hatte gesagt, Izhak werde bis zum Schluß durchhalten. Das war ebensosehr die Wahrheit, wie er wußte, daß er im Frühjahr wieder das *Pessach*-Geschirr aus dem Keller hinauftragen würde, Ischias hin oder her.

Beim Hinunterfahren im Warenaufzug überlegte Izhak, was schlimmer sei. Er lehnte den satinbezogenen Karton an einen leeren Kleiderständer, an dem die leeren Bügel wie Knochen aneinanderschlugen. Er stellte sich vor, wie er am nächsten Morgen entweder mit der Entschuldigung auf den Lippen, die Buna Michla ihm einbleuen würde, wieder in der U-Bahn saß, oder wie er, falls er abgewiesen würde, in seinem Kostüm unter Aufsicht von Buna die Sitzreihen der *Schul* putzte. Sie würde sich schon darum kümmern. Bis zum Ende der Saison war Izhak der Weihnachtsmann, ob er seinen Thron verlor oder nicht.

DAS LETZTE ENTWEDER-ODER

I.

Elektrolyse verspricht Dauer, die Haare werden an der Wurzel abgetötet.

Soweit Gitta wußte, war in den achtzehn Jahren, die sie nun wöchentlich zum Termin kam, kein einziges Haar vom Wachsen abgehalten worden. Dennoch ging sie jede Woche in den italienischen Teil von Royal Hills und legte sich auf den gesprungenen Kunststofftisch in Lilis provisorischem Schönheitssalon. Sie redeten miteinander. Lili gab Elektroschocks und zupfte. Dann ging Gitta mit rotem, empfindlichem Gesicht nach Hause, und die elektrisch gereizten Poren stachen von der Desinfektion.

Gitta machte Lili nie Vorwürfe wegen ihrer steif werdenden Finger oder ihrer sperrigen, veralteten Maschine. Sie erwartete nie ein Resultat. Ihr Leben bestand aus grenzenloser Geduld und unvollendeten Angelegenheiten, eine Existenz endlos ausgedehnter Beziehungen.

Schnelle Resultate erwartete sie auch gar nicht. Das einzig schnelle, was sie je erlebt hatte, war ihr *Schiddach* gewesen. Eine kurze Verabredung im Foyer eines Hotels in Manhattan, und einen Monat später war sie verheiratet. Für diese Sparsamkeit hatte sie mit achtzehn

Jahren unglücklicher Ehe und achtzehn Jahren Trennung bezahlt, während derer sie darauf wartete, daß Berel sich von ihr scheiden lasse. Sie war die *Aguna* von Royal Hills, verlassen und gefangen in den Gesetzen der jüdischen Ehe, die keine Ritze zum Entkommen boten.

Und der Staat New York hatte auch nicht mehr zu bieten, ein Staat, der keine Scheidung ohne Verschulden kennt. Nicht einmal den Segen eines nichtjüdischen Gerichts bekam sie. Ihre Gründe waren nicht auf den ersten Anschein triftig und beeindruckten den Richter nicht. Was hätte sie noch sagen sollen, als daß sie nicht verheiratet sein wollte? Regeln von Idioten. »Ohne Verschulden«, das war eine idiotische Vorstellung. Alle, die es erlebt haben, bestätigten es: Wenn eine Ehe schiefgeht, gibt es immer irgendwo ein Verschulden, immer.

Sie saß auf dem Stuhl, Schalter wurden betätigt, und die runde Röhre der Vergrößerungslampe knisterte, während das Neon aufleuchtete und durch die Röhre schoß. Lili schob die Lampe zurecht – Gittas Heiligenschein. Dann desinfizierte sie das Glas, die Nadel und Gitta und beugte sich über sie.

»Ich bin beim Kabbalisten und beim Rabbi gewesen«, sagte Gitta. »Einer so nutzlos wie der andere.«

»Hab ich's nicht gleich gesagt?«

»Trotzdem, ich hab gedacht, ich versuch's besser nochmal mit ihnen. Ich hab ihm mystische Zahlen mitgebracht, darauf sind Kabbalisten ganz versessen. Mit achtzehn für achtzehn Jahre verheiratet. Und jetzt achtzehn Jahre Warten auf die Scheidung. Es war in einer Sekunde erklärt, so einfach, wie ich's dir erzähle.«

»Einfache Zahlen«, stimmte Lili zu.

»Ich hab dieselben Antworten gekriegt wie vorher«, sagte Gitta. »Der Rabbi wollte wissen, ob da jemand anders wäre, ob ich mich verliebt hätte, ob ich, was Gott verhüten möge, schwanger wäre. Beim Kabbalisten war's nicht besser. Zum Schluß ein Segen, viel Glück und eine gerettete Ehe und ein Haus voller Kinder. Mit vierundfünfzig wünscht er mir Kinder, mich hat es fast zerrissen.«

»Sie warten, daß Berel an Altersschwäche stirbt. Sie bringen dir die Scheidung, wenn sie den Schlamm von seinem Grab an den Schuhen haben. Genug ist genug. Wenn er sterben muß, damit du leben kannst, kümmer dich selbst drum.« Zur Bekräftigung stach Lili mit der Nadel in die Haut, trat zweimal aufs Pedal, gab Gitta zwei Schocks und riß das befreite Haar heraus.

»Manchmal stell ich's mir vor. Berel liegt mit dem Gesicht in einer Pfütze hinter dem Supermarkt, ertrunken, oder mit gebrochenem Hals in seiner Wohnung, neben einer gebrochenen Leiter, an der Decke eine leere Fassung und in der Hand eine zerbrochene Birne. Unfälle. Wer soll drauf kommen? Keine Verbindung von ihm zu mir, von mir du dir, von dir zu deinem Mann und seinem Cousin, der Leute kennt, die so was machen.«

»Es ist ein einfaches Tauschgeschäft, Gitta. Berel gibt sein Leben, damit du deins zurückkriegst. Nach all der Zeit ist das ein fairer Preis.«

»Furchtbar. Furchtbares Gerede. Der Heiratsvermittler ist auch noch da. Das ist vernünftiger.«

»Hab ich das nicht gleich gesagt? Wenn du ein Geschäft willst, wickel es geschäftlich ab. Such nicht das Mitgefühl von irgendeinem Rabbi, geh an die Quelle. Wenn der Typ die Heirat vermittelt hat, soll er sie wieder auflösen, und bring ihm bei, daß es auch radikalere Lösungen gibt. Glaub mir, es ist nicht der Mord, es ist die Aussicht auf einen Mord, was die Dinge in Gang bringt.«

»Und wenn nicht?«

»Dann bleibt noch der Mord. Alles auf Sieg. Dieses eine Mal. Für Gitta. Alles auf Sieg.«

Als er sie jetzt sah, erinnerte sich Liebman, wie sie damals ausgeschaut hatte. Er war ein frommer Mensch und starrte die Leute nicht an. Aber Heiratsvermittler ist nun mal ein hochspezialisierter Beruf, wie Arzt. Er muß genau hinschauen, er muß mit klaren Augen sehen.

Sein Gedächtnis bestätigte, was er vor sich sah: eine Frau, die schwer zu vermitteln war.

Das war nicht einfach eine grausame Beurteilung, weil ihr eines Auge vielleicht etwas höher saß als das andere und weil ihre eine Brust sehr viel tiefer saß als die andere, so daß sie nach außen und nach unten zeigte, als sei sie verlegen und versuche sich hinter Gittas Rücken zu verstecken. Es hatte nicht einmal etwas mit ihrem bekannt starken Haarwuchs zu tun.

Worüber Klein Liebman nicht hinwegsehen konnte, war ihr Charakter. Ein großzügiger Mensch hätte vielleicht getan, als bemerke er ihn nicht, aber ein Heiratsvermittler muß alles wissen. Gitta Floog war immer anders gewesen, und das hatte jeder als Bedrohung empfunden. Und trotz all der Ungerechtigkeit, die sie erlitten hatte, betrachtete Royal Hills sie irgendwie mit Dankbarkeit. Trauriger Fall, aber irgendwen trifft's immer. Besser, es war Gitta. So dachten die meisten wohl insgeheim. Gitta hatte gekriegt, was sie verdiente.

Dieses allgemeine, unausgesprochene Gefühl machte Liebman am meisten zu schaffen. In sechsunddreißig Jahren erfolgreicher Heiratsvermittlung war sie seine einzige *Aguna*. Und seiner einzigen *Aguna* verdankte er seinen Erfolg.

Klein Liebman hatte Heshel, den Heiratsvermittler, lange bekniet, selbst eine Vermittlung machen zu dürfen. Als Heshel eines Nachmittags mit all den großen Strippenziehern Tee trank, hatte er Liebman herbeigerufen, da er sich den Spaß machen wollte, seinem Maskottchen eins auszuwischen.

Er schlürfte seinen Tee, kaute ein Stück Zucker zwischen faulen Zähnen und setzte Liebman auf sein Knie. »Mein taubes Nüßchen, ich hab was für dich«, sagte er. »Die Floog-Tochter braucht einen Mann.« Und wie Heiratsvermittler so unter sich witzeln, setzte er hinzu: »Es wird Zeit, daß man ihr das Haar abschneidet und den Bart abnimmt.«

Liebman schlich davon. Er machte sich keine Illusionen über seine Aufgabe. Als er noch jünger war, hatte sein Vater ihm oft einen Klaps auf den Hinterkopf gegeben und ihm gesagt, er solle mehr Milch trinken und mehr *Tora* lernen. »Noch kein Barthaar, und die Mädchen in deinem Jahrgang haben schon Schnurrbärte, als wären sie mit der *Gemara* einmal durch.«

Zur allgemeinen Überraschung hatte Liebman sie verheiratet – nach nur einer Verabredung. Die Eltern schliefen besser und machten sich keine Sorgen mehr über den Jungen mit dem zu kurzen Bein, die Tochter mit dem Gesichtsfleck und, schlimmer noch, den Egoismus und den Zorn, die in den Augen ihrer Kinder funkelten. Liebmans Geschäft boomte. Bis die Nachbarn nach kurzer Zeit über den Krach aus der Wohnung des jungen Paars und die lieblose Miene des Ehemanns und den hängenden Kopf seiner Frau flüsterten, stand der neue Heiratsvermittler in strahlendem Glanz da.

Gitta war seit langem sein Schandfleck. Es war schlecht fürs Geschäft, wenn Gitta Floog mit verschränkten Armen und auftappendem Fuß vor seinem Eßzimmerfenster stand. Liebman seufzte. Er winkte sie herein und führte sie eilig einen Korridor entlang. Gitta hatte nichts anderes erwartet. Sie folgte ihm in ein Büro mit einem durchgesessenen Sofa und einem kleinen Kühlschrank, ein schäbiges Hinterzimmer.

Nun fand sich Klein Liebman, der Heiratsvermittler, allein mit Gitta Floog, die ihn dazu bringen wollte, zu lösen, was er verbunden hatte.

»Vierzig Jahre ist es her, Gitta. Meine erste Vermittlung.«

»Warum haben Sie bei mir geübt? Warum haben Sie mein Leben geopfert, damit Ihres in Gang kommt?« Sie ließ sich auf den zerknitterten Überwurf nieder, der das Sofa bedeckte.

»Ein guter Preis, Gitta, sogar für eine erste Vermittlung. Sogar damals. Wenn es je einen symbolischen

Preis gab, hab ich ihn gemacht.« Er verschwieg seine Gedanken, erwähnte nicht das Wunder, das er vollbracht hatte. Da es nichts Angenehmes zu sagen gab, sagte er nur: »Wenn ein Kunde vierzig Jahre danach kommt, ist es ziemlich spät.«

»Sechsunddreißig Jahre. Achtzehn war ich verheiratet, achtzehn warte ich, daß Berel nachgibt.«

»Also sechsunddreißig. Trotzdem eine ziemlich lange Zeit für einen Kunden.«

Gitta stand auf und trat vor Liebman. Sie schaute hinunter in seine Augen.

»Bei Sears geben sie ein Leben lang Garantie auf einen Hammer.«

»Das ist ein großes Geschäft, Gitta. Ein großes Geschäft kann sich das leisten.«

»Also bezahle ich«, sagte sie. »Genau wie für eine Vermittlung. Ich bezahle Sie, damit Sie die Ehe lösen, genau umgekehrt.«

Das Auge schwimmt über dem Glas, wird größer, weicher und plötzlich länger. Dann der genau eingestellte Fokus und Lilis unverwandter Blick. So kennt Gitta sie, durch Fetzen von Klarheit, eine Sammlung künstlich gekrümmter Glieder, so sieht sie Lili von unten durch die Vergrößerungslampe. Gitta dachte darüber nach und ignorierte Lilis ständiges Gerede. Jetzt sagte sie: »So ein hartnäckiges Haar« und drehte die Maschine höher.

»Was heißt das, er will nicht reingezogen werden? Wir haben ihn schon reingezogen. Am Tag, als er dich Berel vorgestellt hat, hat er sich selbst reingezogen. Sag ihm das, Gitta. Sag ihm, wenn Berels

Leiche auftaucht, wird er schon kapieren, daß er mit drinsteckt.«

»Ich kann es nicht tun.«

»Dann eben ›Plan B‹. Gennaro?« schrie Lili nach ihrem Mann, »Gennaro, komm mal her.« Sie hörten seine Schritte, als er sich dem Vorhang näherte, der den Salon vom Rest des Zimmers trennte.

»Was ist?« fragte er durch den Vorhang.

Gitta stützte sich auf einen Ellbogen. »Nicht, Lili. Jetzt noch nicht. Nicht als Witz und nicht als Drohung. Weil ich es vielleicht wirklich noch brauche. Wenn wir's tun, tun wir's wirklich.«

»Was ist?« fragte Gennaro.

»Setz den Reis auf. Setz den Reis für's Essen auf.« Sie schwiegen, während er sich entfernte, dann flüsterte Lili: »Geh und erklär diesem Zwerg, er soll eine Scheidung aus deinem Mann rausprügeln, bevor du das Problem endgültig löst. Sag ihm irgendwas, Witwe Floog. Du hast nämlich drei Möglichkeiten. Den Vermittler, Gennaro oder den Mund halten. Wenn du überhaupt nichts tun willst, dann schone deine und meine Nerven und halt den Mund, damit ich arbeiten kann.«

Lili setzte die Nadel an. »Zurück zum Vermittler«, sagte sie, trat das Pedal und preßte die Nadel nieder, bis Gitta Rauch zu sehen glaubte.

Er reagierte nicht auf Klopfen, also suchte Gitta in der Gasse, die zu den Hintereingängen führte, nach etwas Stabilem. Neben einer Mülltonne fand sie ein Rohr mit einem Verbindungsstück und probierte sein Gewicht aus. Dann schlug sie mit dem Rohr gegen die metallene Hintertür. Jeder Schlag hinterließ eine Delle in der Türe des Heiratsvermittlers und hallte weithin. Sie erhob das Rohr zum dritten Schlag, als Liebman durch das trübe Fenster spähte und die Tür zum Hinterzimmer öffnete, einen Arm schützend erhoben. Gitta war groß, und selbst ein kleiner Gegner mit so einer Waffe – nun, er würde sich nicht mit ihr anlegen. Der alte Verdacht.

»Nehmen Sie das runter.« Liebman duckte sich. »Ich hab auch eine Vordertür, das wissen Sie schon.«

»Ich will's nicht noch schwieriger machen«, sagte Gitta. »Will Ihnen keinen zusätzlichen Ärger einbrocken. Wenn Sie mich im Hinterzimmer verstecken, hab ich nichts dagegen. Ich will bloß unser Geschäft unter Dach und Fach bringen.«

»Wir haben kein Geschäft. Wenn Sie Ihr Geld zurückhaben wollen, können Sie's haben. Ich gebe zu, daß die Vermittlung kein Erfolg war.«

Gitta ließ das Rohr fallen und schob sich an Liebman vorbei zu dem zerknitterten Überwurf auf dem durchgesessenen Sofa.

Liebman rang die Hände. »Ich kann Ihnen nicht helfen«, sagte er. »Warum kommen Sie zurück, wenn ich Ihnen nichts anderes sagen kann?«

»Wissen Sie, was mein Leben ist?« fragte sie. »Wissen Sie das?«

Liebman dachte darüber nach. Er glaubte es zu wissen. Er konnte es sich vorstellen. Sie war gefangen. Sie war eine Frau, die an einen schlechten Ehemann gekettet war, war also eine verheiratete Witwe oder vielleicht eine geschiedene Ehefrau. Er kannte auch den Aberglauben, der sie umgab, Mütter, die sich zwischen Gittas schiefen Blick und ihre frischverheirateten Töchter stellten. Sie war eine Frau, über die ständig getuschelt wurde. Ja, er glaubte es zu verstehen.

»Ich weiß, daß die Leute über Sie reden«, sagte er, »daß sie nach all der Zeit immer noch reden.«

»Sie meinen, ich hör den Unsinn nicht.« Gitta wurde rot. »Die behandeln mich wie eine Hexe. Sie sagen, Berel wäre durchgedreht und hätte mich mit einem Rasiermesser durchs Haus gejagt und rausgeworfen. Sie sagen, ich hätte einen Handel mit dem Teufel geschlossen und wäre plötzlich Haare und Ehemann zugleich los – aber wie jeder Handel mit dem Teufel wär es schrecklich schiefgegangen.« Sie hielt die Hand vor den Mund. »Ich hab sie weggemacht, um hübsch zu sein. Am Tag, als ich ging. Ich hab sie weggemacht, um vielleicht einen neuen Mann kennenzulernen, ein oder zwei Kinder zu haben und ein neues Leben anzufangen.«

»Und?«

Was sollte sie ihm sagen? Daß Berel gewonnen hatte, wenn Gewinnen bedeutete, ihr Leben zu zerstören, und Verlieren, sie frei und glücklich zu sehen?

Gitta erzählte ihm, was nötig war, um die Sache über die Bühne zu bringen:

»Vielleicht ist es wirklich spät, Liebman, vielleicht auch traurig. Aber ich bin hier, um Ihnen zu sagen, daß Gitta Floog sich verliebt hat.«

Bei diesen Worten strich sie ihren Rock glatt und blickte weg.

»Kann nicht sein«, sagte Liebman, zu überrascht,

um an die Beleidigung zu denken, die seine Erwiderung enthielt.

»Sicher ist es ein Schock, aber solche Dinge passieren nun mal von selbst. Sogar mir. Ich bin verliebt, Liebman. Und was ein noch größeres Wunder ist, ich bin schwanger wie unsere Mutter Sarah. Als meine Regel nicht mehr kam, dachte ich, es wäre vorbei, aber jetzt entdecke ich mit vierundfünfzig Jahren, daß es anders ist.«

»Nicht von Berel?« war alles, was Liebman herausbrachte. Was für ein Skandal!

»Sie sind ein Genie, Liebman, ein Detektiv. Nein, nicht von Berel. Aber der Vater ist aus unserer Gemeinde, ein heißblütiger Mann.« Sie redete weiter, obwohl Liebman aussah, als werde er gleich tot umfallen. »Wir wollen nicht, daß unser Baby als Bastard geboren wird.«

»Dann ist da wirklich ein Mann?«

»Moderne Zeiten, Liebman, moderne Zeiten. Trotzdem ist im allgemeinen noch ein Mann beteiligt. Hören Sie zu, er hat jemanden von draußen gefunden, jemanden, der mich zur Witwe machen soll. Wenn ich nicht darum gebeten hätte, noch mit Ihnen darüber reden zu können, wäre Berel längst tot. Mein Geliebter ist schon entschlossen. ›Es komme über Liebmans Haupt‹, hat er zu mir gesagt. ›Der ganze Schlamassel sitzt wie Butter auf Liebmans Kopf. Nur Klein Liebman kann verhindern, daß sie ihm in die Augen schmilzt.‹«

»Wer ist es?« fragte Liebman, der seinen Kragen abwechselnd auf- und zuknöpfte.

»Wenn es vorbei ist, werden Sie's erfahren. Sie kriegen die erste Einladung zur Hochzeit. Aber jetzt ist die Zeit der Gewalt. Sie gehen nur zwei Punkte etwas an: Wir werden ihn umbringen, und ich bin schwanger. Also suchen Sie sich aus, was dringender ist. Suchen Sie sich aus, warum Sie's tun müssen, aber die Butter sitzt auf Ihrem Kopf, und sie wird schon weich.«

Nicht lange, nachdem Gitta aus der Gasse herausgetreten war, nach beiden Seiten geschaut und die Straße überquert hatte, machte ein neues Gerücht über Gitta Floog die Runde. Vielleicht war es jemand, der beim Krachen des Rohrs aus einem schmalen Badezimmerfenster hinunterschaute, oder Akiba, der manchmal auf der Straße lebte und aus einer Mülltonne spähte, als die Metalltür zuschlug. Alle möglichen Leute hätten sehen können, wie Gitta aus der Gasse hinter Liebmans Wohnung ins helle Tageslicht trat, aber nur eine Person, nur Klein Liebman konnte schuld sein, daß die Grundlage des Gerüchts, sein Kern, sich verbreitet hatte.

Was zuerst verloren ging, war ein vernünftiges Maß. Noch bevor das Gerücht sich allzuweit verbreitet hatte, blähte es sich so auf, daß es erst einmal auf einen faßbaren Umfang reduziert werden mußte. Natürlich gab es stilistische Variationen, aber ein Detail blieb hängen und machte das Gerücht unangreifbar authentisch. Es war die Hinzufügung von Liebmans Namen als Vater des Kindes und Gittas heimlichem Geliebten. An diese Wendung hatte Liebman nicht gedacht, dieser Vorteil wäre Gitta nicht im Traum eingefallen.

Von diesem Augenblick an war es für niemanden notwendiger, diese Sache zu beenden, als für Liebman. Welche Eltern würden einem Heiratsvermittler vertrauen, der in einen Skandal verwickelt war? Wie sollte man ihn den Charakter eines möglichen Schwiegersohns beurteilen lassen, wenn es schien, er habe seinen eigenen nicht in der Gewalt? Nein, der Handel war abgemacht. Liebman steckte bis zum Hals drin.

II.

Drei Fenster von Gittas Apartment gingen zur Straße. Das Fenster über dem ausgeschalteten Radiator war einen Spalt offen. Auf der anderen Seite des langen Zimmers befand sich eine Kochnische, die Tür und eine Wandtäfelung, dazwischen die Klingel.

Es war nach der ersten Abreibung, und Gitta saß auf einem Stuhl in der Mitte des Zimmers.

Berel stand vor dem Haus und brüllte. Seine Stimme tönte die drei Stockwerke empor und drang durch den Fensterspalt ein. Es war ein schrecklicher Effekt. Gittas Jalousien waren heruntergezogen, und die rauhe Stimme beschimpfte sie aus dieser Ecke, als schwebe Berel irgendwie vor ihrem Fenster und schreie hinein. Dann hörte er auf – ein Moment Stille –, und die Türklingel begann auf ihrer anderen Seite zu läuten. Wieder dieses Gefühl seiner Anwesenheit, als stehe Berel im Korridor und lehne sich vor der Tür auf den Knopf.

Sie hatte keinen Fernseher und kein Radio. Sie konnte sich nicht auf ihr Buch oder auf die Psalmen konzentrieren, also hatte sie einen Stuhl in die Mitte des Raums geschoben, um auf beiden Seiten so weit wie möglich von Berel entfernt zu sein.

Und so saß sie zwischen ihm gefangen, den Kopf in die Hände vergraben.

Lili schaltete die Maschine ein und schlug gegen die Seite, bis die Betriebsleuchte brannte.

Gitta lag ausgestreckt auf dem Tisch.

»Wiederkehrende Alpträume, wie mein Vater sie von Sibirien hatte. Manchmal kommt Berel durchs Fenster und manchmal durch die Tür. Wir brennen durch. Berel hat einen Anzug an. Ich trage ein Hochzeitskleid und einen Schleier und habe ein Bukett in der Hand. Jede Nacht trägt er mich fort, entweder durch die Tür oder eine Leiter herunter, immer habe ich die Blumen im Arm. Und immer sehen die Nachbarn zu und wünschen uns Glück, entweder aus den Fenstern oder im Korridor. Von außen siehts aus wie die vollkommene Romanze, deshalb verstehen sie das schwache Stöhnen der Braut nicht – alle lächeln und winken mir zu, während ich um Hilfe rufe. Sie stehen gurrend rum, während Berel mir das Kleid runterreißt, alles vor ihnen runterreißt, bis auf den Schleier.«

»Und unter dem Schleier?« will Lili wissen, »was ist darunter?«

»Keine Haare«, sagt Gitta. »Nicht schöner oder häßlicher, und das Alter weiß ich nicht. Aber ganz bestimmt haarlos.«

Lili lächelt, widmet sich einem Haarbalg zwischen Gittas Augenbrauen, setzt die Nadel an und trifft einen Nerv, so daß Gittas rechtes Lid flattert und sie einen seltsamen Trost verspürt, als sei ihr Gesicht passender- und wundersamerweise in zwei Hälften zerbrochen.

»Nach dem zweiten Mal ist er wieder aufgetaucht, hat vor dem Fenster gestanden, an der Tür Sturm geklingelt. Diesmal ist er länger geblieben. Es sollte doch besser werden, Lili, aber es hat mein Leben bloß schlimmer gemacht. Jedes bißchen Strafe läßt er zehn- fach an mir aus. Mein Berel ist hartherzig, sagt der Heiratsvermittler. Er ruft mich dauernd an, um mir zu sagen, daß Berel nie nachgeben wird.«

»Und was sagst du ihm?«

»Ich sage genau, was wir geübt haben: Es gibt zwei Arten, eine *Aguna* zu befreien. Entweder der Ehemann bringt einen *Get*, oder man weist seinen Tod nach. Entweder-oder, Liebman. Entweder-oder.«

»Oh, das ist gut, Gitta. Das letzte ›Entweder-oder‹ ist sehr gut.«

Berel kam von einem nächtlichen Einkauf im Super- markt zurück. Eben ging er noch auf der Straße, im nächsten Moment saß er mit vier Männern in einem Auto, während seine Einkäufe auf dem Gehsteig ver- streut lagen.

Die Männer trugen Plastikmasken für Kinder mit enganliegenden gelben Haarwirbeln und roten, roten Lippen, jeder eine kleine Königin Esther, aber sie be- deckten ihre erwachsenen Gesichter nur unvollkom- men. Schwarze Bärte quollen unter runden, roten Wangen hervor, Schläfenlocken hingen wie Zöpfchen unter Gummibändern hervor.

Bevor irgendein Wort fiel, hatten sie Berel ein paar Schläge verpaßt.

Dann drehte sich der Mann auf dem Beifahrersitz, der weitaus kleinste, nach hinten zu Berel, der von zwei Esthers festgehalten wurde.

»Schwierig, noch jemanden zu finden, der dich schlagen will, Berel. Nicht aus Mitleid, sondern weil es so anstrengend ist.«

»So ein winziger Schläger«, sagte Berel. »Ich hatte es mir schon gedacht. Und dann die vertraute Stimme. Seit wann bist du so mutig, selbst an den Orten des Verbrechens aufzutauchen, Klein Liebman?«

»Vielleicht bleibt diesmal keiner übrig, der's verraten kann.«

Der kleine Liebman gab den beiden Esthers ein Zeichen, und sie drehten Berel auf die Seite und fesselten ihm die Hände mit Klebeband an die Knöchel, um ihn wie ein Bündel tragen zu können. Dann öffnete der rechte die Tür auf seiner Seite. »Diesmal mache ich alles klar«, sagte Liebman. »Heute nacht machen wir Fortschritte.«

»Du willst Fortschritte, Liebman? Ich hab selber welche. Sobald ich hier raus bin, geh' ich direkt zu den Zeitungen. Ich werd den *Gojim* Bescheid stoßen, was für eine Ungerechtigkeit hier vorgeht.«

»Die Zeitungen?« Liebman lachte. »Ja, laß sie's nur schreiben. Genau die Art von jüdischer Geschichte, die sie bei der Zeitung mögen.«

»Das wird dich ruinieren, Liebman.«

»Wenn du bloß die Gerüchte hören könntest. Mein Name ist schon ruiniert. Sollen sie ihn doch auf der ersten Seite drucken. In New York findest du nicht viel Sympathie für einen Mann, der seine Frau zur Sklavin macht. Die Feministinnen werden mir einen Orden geben, weil ich dich verprügele. Der Bürgermeister wird mich bei der Erntedank-Parade auf einem Extrawagen fahren lassen.«

Der Wagen fuhr auf die Autobahn, und der Rhythmus veränderte sich. Alle paar Sekunden eine Naht im Asphalt, so daß das sanfte, gleichmäßige Rauschen von einem rhythmischen Tack unterbrochen wurde.

Die Autotür neben seinem Kopf öffnete sich, und Berel wurde der fließenden Schrift der Straße entgegengehalten. Er hatte keine Angst vor Entstellungen, wohl aber vor dem Verlust der Sinne, etwa, daß ihm die Zunge oder die Augen abgerieben werden könnten oder daß man ihn ohne Ohren in einer Gasse liegenließ. Berel schrie in den Fahrtwind und wurde wieder ins Auto gezogen.

»Gib den *Get*, oder wir ertränken dich bei Jones Beach. Zwei halten dich unter Wasser, und zwei koschere Zeugen sehen zu.«

»Das wirst du nicht tun«, sagte Berel. »Du bist ein Heiratsvermittler, kein Mörder. Du verstehst die Heiligkeit der Ehe. Es ist wie in der Natur, Liebman, wie's in der Tora von den Tauben steht. Wenn du eine tötest, mußt du auch die andere töten. Um es koscher zu machen, mußt du mich und Gitta umbringen.«

Erneut wurde Berel heruntergehalten. Gefährlich nah. Ein von einem Reifen abprallendes Steinchen traf Berels Wange. Er bewegte die Zunge, um es in seinem Mund zu finden, da er sicher war, der Stein sei durch die Haut gedrungen.

Sie zogen ihn wieder hinein.

»Bei arrangierten Heiraten ist eine passende Verbindung so schwierig wie die Trennung von Himmel und Erde«, sagte Liebman. »Ein Wunder, daß sie überhaupt halten.«

Berel vergrub das Gesicht in dem warmen Schoß der Esther rechts von ihm.

»Gitta ist verzweifelt, Berel. Verzweifelt. Sie ist soweit, daß sie das Gefühl hat, dein Leben oder ihres. Es darf nicht noch eine Generation von dieser Ehe zerstört werden, und Royal Hills braucht nicht noch einen *Mamser*. Nein, wegen dir darf kein Bastard geboren werden.«

»Ein Bastard?« Das war zuviel. »Wenn sie schwanger ist, reiß ich's ihr aus dem Bauch.« Berel drehte durch, kämpfte wie ein Löwe und wehrte sich ganz schön heftig für jemanden, dessen Arme hinter dem Rücken gefesselt waren. Sie kämpften, um ihn festzuhalten, und schlugen Berels Kopf gegen die Tür, bis Liebman schrie, sie sollten aufhören. Er glaubte, sie würden ihm die Seele aus dem Leib schlagen, als wäre die Seele eine sich lockernde Zahnfüllung.

»Bist du noch bei uns, Berel?« Liebman legte den Arm über die Rücklehne.

Berel nickte und fuhr sich mit der Zunge über die Lippen.

»Bist du jetzt vielleicht zur Besinnung gekommen? Überlegst du dir's nochmal, bevor wir dich umbringen?«

»Das müßt ihr wohl tun«, sagte Berel, der wieder munter wurde. »Wie bei einer amerikanischen Trauzeremonie: Bis daß der Tod uns scheidet.«

Liebman zog sich die Maske vom Gesicht und rieb sich die Augen. Er nickte den Männern zu.

Als Berel dieses Mal hinausgehalten wurde, spürte

er, wie der Wagen beschleunigte und sie sein Haar fester packten. Der Hintere hielt seine Beine fest wie ein Schraubstock. Und wie von Kunsthandwerkern, die sich einem letzten Detail widmen, wurde Berels Kopf an den Schleifstein gezwungen, sein Gesicht der Straße entgegen. Einen Augenblick. Eine Berührung. Die Esthers schliffen einen vollkommenen Kreis, ein ganz flaches Stückchen von Berels Nase ab.

Berel schrie vor ihrem Fenster Hohn und Drohungen, Erklärungen einer Liebe, die er nie gezeigt hatte. Und sein Refrain: »Warum schlagen sie mich?« Als falle ihm kein Grund ein, brüllte er es wieder und wieder.

Gitta hatte auch Fragen, die sie gern geschrien hätte. Sie hätte gern unter dem Fenster jedes Juden in Royal Hills gestanden und so laut sie konnte gerufen, warum ihre Scheidung eine Begründung oder Einwilligung oder die Hilfe von irgend jemandem brauche.

Als Berel weg war, trug Gitta den Stuhl zum Tisch zurück, zog einen Pullover über und wanderte über die Brücke. Sie ging auf dem Fußgängerweg und blickte auf den Fluß hinaus, während der Verkehr neben ihr vorbeirauschte. Es war der alte Entschluß, den Gitta erwogen hatte. Nicht Leben oder Tod für Berel, sondern Autos oder Wasser, Autos oder Wasser, auf welche Seite sollte sie springen?

Klein Liebman reichte Gitta einen Apfel und lehnte sich an den Aktenschrank. »Man sieht schon was«, sagte er und zeigte auf ihren Bauch.

Sie starrte ihn mit herabgezogenen Mundwinkeln an. Sie mochte seine Vertraulichkeit nicht und traute seiner Einladung nicht. Es war das erste Mal, seit die Prügeleien angefangen hatten, daß er sie in sein Büro bat.

»Jeder Alptraum geht mal zu Ende, Gitta. Berel ist zur Vernunft gekommen.«

»Unsinn. Hat er Ihnen eine Scheidung versprochen, während Sie ihm den Arm umgedreht haben? Hinterher ist er zu meinem Haus gekommen, so wie jedesmal. Hat vor dem Fenster geschwebt und mir in die Ohren gebrüllt.« Gitta ließ sich auf das Sofa nieder, als müsse sie mehr tragen als ihr eigenes Gewicht. Sie schnupperte an dem Apfel. »Erst wenn er mir den *Get* ins Gesicht wirft, weiß ich, daß es vorbei ist, Klein Liebman.«

»Wir haben ihm angst gemacht, aber er hat sich nicht vom Fleck gerührt. Wir haben ihn halb tot liegen gelassen, und er hat immer noch geschworen, dich niemals freizugeben. Vor drei Tagen kommt er her, dann gestern und heute vormittag wieder. Jedes Mal reuiger und jedes Mal deutlicher mit dem, was er sagen will. Der kleine *Mamser* hat's geschafft.« Liebman deutete auf ihren Bauch. »Er hat kein Mitleid für Sie oder für sich, nur für die Ungeborenen. Er sagte, das Leid des Vaters soll nicht über den Sohn kommen.«

»Auf einmal kriegt er Verstand?«

»Er hat noch nie gelogen. Er ist stur und ein Holzkopf und rennt herum und redet Unsinn, aber er hat nie zum Schein in eine Scheidung eingewilligt. Er meint, da wär ein Haken, genau wie Sie. Er sagt, treffen Sie sich einmal mit ihm und sagen Sie ihm ins Gesicht, daß Sie ein Kind von einem anderen Mann bekommen. Er fragt nicht nach seinem Namen. Er will nicht ein kleines Herz schlagen hören, auch nicht einen Zettel von einem Arzt sehen. Er sagt, nach der erniedrigenden Art, wie er's erfahren hat, willigt er nur in die Scheidung ein, wenn Sie ihm das mit dem Baby selbst sagen.«

Lili verbog eine Nadel. Sie senkte den Stab und fischte nach einem Ersatz, während sie die ganze Zeit weiterredete und sich in Rage brachte.

»Du brauchst achtzehn Jahre, um Mut zu sammeln, und dann fällst du auf solchen Unsinn rein. Ich werde mit dir hingehen, Gitta. Ich erdrossel den Mistkerl eigenhändig.«

»Der Heiratsvermittler hat recht, Lili. Berel hat noch nie gelogen.«

Lili schob die Vergrößerungslampe beiseite und hielt das Gesicht direkt vor Gitta, so daß deren schiefe Augen schielten.

»Ihr trefft euch in einem Hotel, schön, prima. Aber ich sag dir was, Gitta. Berel bietet dir keine Scheidung an, er bietet dir ein Alibi. Warum soll ihn nicht ein illegales Taxi auf dem Gehsteig überfahren, wenn er rausgeht? Du kannst die erste sein, die im Foyer vor hundert Zeugen schreit, wenn Berel draußen umgefahren wird und der Fahrer flüchtet.«

»Ich hab lange genug mit ihm zusammengelebt, um zu wissen, was in seinem erbärmlichen Kopf vorgeht. Berel ist endlich müde geworden. Er wird sich scheiden lassen. Bald wird mein Leben wieder mir gehören, und wer weiß, was ich dann tue? Hol diese Haarwurzeln raus, Lili. Vielleicht wartet noch die große Liebe auf mich.«

Ja, das ist bitter. Ihre zweite Verabredung in vierundfünfzig Jahren, und wieder mit Berel. Wieder im Foyer eines Hotels in Manhattan. Ihr Leichnam wird verwesen, ohne daß ihr jemals ein Mann eine Tür aufgehalten haben wird, ganz bestimmt.

Gitta ging die drei Stufen in das lange schmale Foyer hinunter und suchte sich eine Sitzgruppe aus, die nicht von langbeinigen Frauen und Männern mit festem Kinn besetzt war, so schick und selbstsicher.

Noch bevor sie ganz in den Sessel gesunken war, näherte sich eine Kellnerin. Gitta bestellte eine Crème de Menthe, die sie nicht anrühren würde. Ihre Art, für den Sitzplatz zu bezahlen.

In all den Jahren hatte Gitta mehr als einmal die Straße überquert, um Berel auszuweichen, oder war in der *Schul* auf die Frauenempore oder aus einer Seitentür geflüchtet, um einer Konfrontation auszuweichen. Es war nicht das erste Mal seit der Trennung, daß sie ihn sah, aber als er die drei Stufen hinunterkam, der einzige Liebhaber ihres Lebens, ihr Ehemann und Peiniger, wurde ihr klar, daß sie kein Wort mit ihm gesprochen hatte, seit sie fortgegangen war.

Er war alt geworden. Sein Bart war voller Weiß, und seine Wangen hingen schlaff an seinem Schädel herab. Und dann waren da die Blutergüsse. Sie sah einen schwarzblauen unter seinem Bart und den noch schockierenderen, vollkommen runden Schorf auf seiner Nasenspitze.

»Ich bin gekommen, weil ich fragen wollte, ob du mir das Kind gibst«, sagte er mit gleichgültiger Stimme, als solle Gitta eine Botschaft für seine Frau mitnehmen.

Gitta biß sich auf die Unterlippe und ließ das Kinn hängen. Von Anfang an verachtungswürdig.

»So nicht«, sagte sie. »Ich sage, was du hören willst, und du gibst mir den Rest meines Lebens.«

»Ich darf wohl noch fragen, oder? Ich hab auf so viel verzichtet, da konntest du nicht erwarten, daß ich nicht fragen würde.« Plötzlich war er traurig. Erstaunlich. Bei wie vielen Verbrechen gibt es bloß Opfer, dachte Gitta, und alle beteuern ihre Unschuld, und alle sind verletzt.

Die Kellnerin legte eine Serviette hin und stellte ein Glas vor Gitta.

»Bist du so tief gesunken, daß du in einem *trefen* Hotel ißt? Ehebruch ist also nicht deine einzige Sünde?«

»Ich habe bloß etwas zum Trinken bestellt, Berel, und es noch nicht mal angerührt. Und was ich tue, geht dich nichts an. Ich will nur eines von dir.«

»Und ich wollte auch nur eines von dir: daß du die Pflichten einer Ehefrau erfüllst.« Er hob nicht die Stimme, aber die alte, schlaffe Haut straffte sich, sein Zorn begann wie aus einem verletzten Organ in Wangen und Zunge zu rinnen und verteilte sich durch die geplatzten Äderchen auf seiner Nase. »Das war alles, was ich wollte. Daß mein Name fortlebt.«

»Verlorene Liebesmüh, Berel. Du hörst, was ich zu sagen habe, und dann willigst du in die Scheidung ein. Einverstanden? Genau, wie du's Liebman gesagt hast.«

Berel schnaubte verächtlich.

»Was gilt mein Wort an Liebman, der mich schlägt und erniedrigt und von dem es heißt, er wär der Vater von deinem Bastard?«

»Was soll das denn heißen, Berel? Das war doch nicht abgemacht.«

»Nein, genausowenig war abgemacht, daß ich wegen dir ein Leben im Unglück führe. Ich wollte dir schon die Scheidung geben, das sollst du wissen. Ich hatte drüber nachgedacht, mit meinem Rebben geredet und war schon auf dem Weg, um es in Gang zu bringen, als die mich das erste Mal ins Auto gezerrt haben. Später hab ich eingesehen, daß es Zeit zum Nachgeben ist, obwohl diese Nazis mich gehetzt haben. Dann hat Liebman gesagt, du wärst schwanger.«

Wie gut er sie kannte und es verstand, sie entzweizureißen, nicht wie Lilis friedliche Zauberei mit den Elektronadeln, sondern ein Zerfetzen ihres ganzen Wesens, ein brutales Entzweireißen.

»Du wolltest überhaupt nicht einwilligen«, sagte sie. »Das ist nur eine von deinen Martern.«

»Du bringst Schande über mich, machst mich zu einem Schandfleck für meine Gemeinde, und dann redest du von Marter. Wozu braucht eine Hure eine Scheidung, wenn sie sich eh verkauft?«

Gitta wurde heiß vor Panik. Die Rückkehr der Wirklichkeit war ebenso schlimm wie ihre Alpträume. Es sollte doch besser werden. Irgendwie, irgendwann sollte ihr Leben doch besser werden. Sie packte Berel am Ärmel und zog ihn zu sich.

»Es gibt kein Baby«, sagte sie. »Es war meine Erfindung. Ich bin all die Jahre treu gewesen.« Gitta versuchte zu lächeln, brachte aber nur Tränen hervor. Weinend sagte sie: »Jetzt mußt du mir die Scheidung geben, bevor ich sterbe.« Und dann schrie sie: »Du mußt, du mußt.«

»Ich bin nur gekommen, um die Wahrheit zu hören«, sagte er, und damit stand er auf, schüttelte ihre
Hand ab und war die drei Stufen in einem Satz hinauf.

Gitta stand da und sah, wie Berel sich durch die
Drehtür schob und ein gutaussehender junger Mann
an seiner Stelle erschien.

Sie versuchte sich das hohe Kreischen von Bremsen
vorzustellen, den Aufprall des Wagens, das Verschwinden des illegalen Taxis in der Nacht. Gitta konnte Lili
von einer Telefonzelle aus anrufen und es noch vor
dem nächsten Morgen erledigen lassen. Sie konnte in
dem Wissen aufwachen, daß er tot sei, und voller In-
brunst ihre Gebete sagen. Weil sie es aushielt, weil ihr
Gewissen den Mord an ihm ertragen konnte.

Gitta öffnete die Handtasche und schüttelte den
Kopf.

Wie nah er an die Grenze kommt, ihr Berel. Sein
ganzes Leben eine Erfahrung am Rande des Todes, ein
Balanceakt auf der Messerklinge ihres Mutes.

Sie dachte auch an Liebman, der sagte, er wisse, wie
das sei, könne es nachfühlen, leide mit ihr. Auch wenn
sie es zurücknahm, wenn kein Baby käme, würden die
Gerüchte an ihm haften bleiben. Royal Hills würde
schon etwas einfallen, eine Adoption, eine Fehlgeburt,
ein behaartes, krankes Zwergenkind, das weggesperrt
wurde. Er sollte ruhig davon wissen. Sie empfand keine Großzügigkeit. Es war ihr völlig egal.

Dann dachte Gitta an sich, an die Jahre, die noch
blieben, das Ende dieses Lebens. Möge es kurz sein,
dachte sie, aber sie wußte, sie würde hundertzwanzig
Jahre alt werden. Es würde wie in den Ammenmärchen
enden, Leichen, denen nach der Bestattung immer

noch dicke, gelbe Nägel und drahtiges Haar wuchsen. Ob Märchen oder nicht, genau dies Schicksal erwartete sie, das wußte Gitta – begraben, wartend, während der Ring des falschen Mannes sich an ihrem Finger lockerte und ein Gelehrtenbart wuchs und wuchs. Tiefere Wurzeln, als selbst Lili je geahnt hätte. Haar, das aus Knochen wächst.

ZUR LINDERUNG UNERTRÄGLICHEN VERLANGENS

Die Betten sollten während der Nächte, in denen körperlicher Umgang verboten war, getrennt stehen, aber Chawa Bayla hatte sie seit vielen Monaten nicht wieder zusammengeschoben. Sie weigerte sich, irgendwo anders als auf ihrem Monatsbett zu schlafen, und war von Anfang an taub für die Bitten ihres Mannes gewesen.

»Du bist rein«, sagte Dow Benjamin zum Rücken seiner Frau, die mit dem Gesicht zur Wand schlief, was seine Frustration noch steigerte.

»Ich bin unrein.«

»Das ist nicht wahr, Chawa Bayla. Es ist unmöglich. Und ich weiß selbst, wann du das letzte Mal ins *Tauchbad* gegangen bist. Eine Frau hat ihre Sache –«

»Ihre Sache?« fragte Chawa. Sie lachte, als habe sie ihn bei einer Lüge ertappt, und drehte sich um.

»Eine Frau hat nicht so lange ihre Regel ohne eine einzige Woche reiner Tage. Und eine Ehefrau weist ihren Mann nicht so lange ab. Heute ist *Schabbes*, da ist es eine doppelte *Mizwa*, sich zu lieben.«

Chawa Bayla drehte sich wieder zur Wand. Sie verschränkte die Arme fester um den Leib wie in einer Umarmung.

»Du bist meine Frau!« sagte Dow Benjamin.

»Das war Gottes Entscheidung, nicht meine. Er hätte mich auch als Stück Seife oder als Auflauf erschaffen können. Das wäre besser gewesen.«

In dieser Nacht schlief Dow Benjamin zusammengerollt auf dem Bettrand – so nah, wie er seiner Frau kommen konnte.

Nach dem *Schabbes* kam Chawa am Samstag abend so spät wie möglich ins Schlafzimmer. Als sie schließlich eintrat und Dow auf einem Stuhl am Balkon dösen sah, ging sie vollständig bekleidet schlafen, die Perücke noch auf dem Kopf.

Dows Kopf sank nach vorn, und sein Hut glitt zu Boden. Er wachte auf, sah seine Frau, hob den Hut auf, rieb den Staub mit dem Ellbogen weg und legte ihn auf den Nachttisch. Wie schön sie aussah, in ihrem Kleid zusammengerollt. Wie eine verzauberte Prinzessin. Dow zog die Decke von seinem Bett. Am liebsten hätte er Chawa damit zugedeckt, sie ganz eingehüllt. Statt dessen feuerte er die Decke in eine Ecke. Er löschte das Licht, öffnete die Schnürsenkel, zog aber nicht die Schuhe aus und legte sich neben dem Bett seiner Frau auf den Fliesenboden. Dow Benjamins Kopf ruhte auf seinem Arm, und er träumte von einem Zitroneneis, das sein Onkel ihm als Kind gekauft hatte, und vom Geräusch der Flugzeuge zu Beginn des Jom Kippur-Kriegs.

Am Sonntag ging Dow Benjamin nicht zur Arbeit. Als er nach dem Gebet seinen *Tallit* zusammenfaltete und die Stickerei auf dem Beutel befühlte, erinnerte er sich

an den Tag, als er ihn von Chawa als Hochzeitsge-
schenk bekommen hatte – das gleiche hatte sein Vater
von seiner Mutter bekommen und dessen Vater vor
ihm. Dow hatte die Kunstfertigkeit bewundert und
sich gefragt, wie viele Stunden sie wohl mit der Nadel
in der Hand zugebracht habe. Nun fragte er sich, ob
sie ihn noch einmal einer ähnlichen Aufmerksamkeit
wert befinden werde. Dow Benjamin zog den Reißverschluß zu und klemmte den Beutel unter den Arm. Er
nahm ihn immer aus der *Schul* mit, obwohl er ihn dort
in einer Kammer aufbewahren konnte.

Der Vormittag war brütend heiß, ein *Chamsin* kam
über Jerusalem auf. Dow Benjamin trug seinen leichte-
sten Kaftan, aber bei der Hitzewelle schien es ihm, als
bestehe dieser aus schwerster Wolle.

Als er an einer Reihe Telefonzellen vorbeikam,
überlegte er, ob er im Geschäft anrufen und sich irgendwie entschuldigen oder sogar die Wahrheit sagen
solle. »Shai«, würde er sagen, »ich bin ein Gespenst in
meinem eigenen Haus und weiß nicht, wer meinen
Tallitbeutel stopfen wird, wenn er abgenutzt ist.« Die
Telefonkarte steckte in seiner Brieftasche, die er auf
dem Toilettentisch vergessen hatte, und wie wollte er
Shai etwas erklären, der den Sabbat gerade mit seiner
rassigen Frau verbracht hatte und dessen Haus voller
Kinder war.

Dow ging die Jaffa Street entlang in die Altstadt.
Die Gassen zu durchwandern, wirkte stets beruhigend
auf ihn. In den Steinen von Jerusalem, in den Mauern,
die von Mauern umgeben waren, und in der Dauer all
dessen, was rings um ihn war, fand er Trost. Er fühlte

die Verwandtschaft mit den Bewohnern Jerusalems in früheren Zeiten und suchte in deren Kämpfen nach Lösungen für seine eigenen. Die Begierden König Davids waren Dow viel näher als die leeren Probleme von Shai und den anderen Männern im Möbelgeschäft.

Beim Durchqueren des jüdischen Viertels hatte er vorgehabt, bis zur Klagemauer zu gehen, *Tehillim* aufzusagen und in seiner verzweifelten Lage einen Zettel zu kritzeln und in eine Ritze zu stopfen, wie die Touristen in ihren Pappjarmulken. Statt dessen fand er sich im Gedränge am Damaskustor wieder. Eine alte Araberin kauerte hinter einer Holzkiste mit Kaktusfrüchten. Sie schälte eine *Sabra* mit einem Küchenmesser und gab einem kleinen Jungen ein Stückchen. Das Kind rannte mit aufgerissenem Mund davon, in seiner Zunge steckte ein übersehener Stachel.

Dow Benjamin drückte seinen Tallitbeutel fester an sich und schob sich durch die Menge. Durch die Straßen von Ost-Jerusalem ging er zurück nach *Mea Shearim*. Sollten sie doch Steine werfen. Aber niemand tat es. Niemand nahm auch nur Notiz von ihm, es sei denn, um ihm Platz zu machen, als er zum Haus des Rebben eilte, um Rat zu suchen.

Der Gehilfe Meir saß auf einem Plastikstuhl an einem Plastiktisch im Vorraum.

»Hast du heute keine Arbeit?« fragte Meir, ohne von den Papieren aufzuschauen, die er von einem Haufen auf den nächsten schob. Dow Benjamin ging auf die Frage nicht ein.

»Ist der Rebbe da?«

»Er ist sehr beschäftigt.« Dow Benjamin ging zum

Heißwasserkessel, goß sich einen Becher ein und rührte einen Löffel Nescafé hinein.

»Wie wär's, wenn du's heute mal nicht so schwer machst?«

»Wer macht was schwer?« fragte Meir, legte die Papiere hin und stand auf. »Ich sag bloß, sonntags ist nach anderthalb Feiertagen viel zu tun.« Er klopfte an die Tür des Rebben und trat ein. Dow Benjamin machte den Segen über seinem Kaffee, nippte daran und setzte sich vorsichtig auf einen Plastikstuhl, um nichts zu verschütten. Der Kaffee linderte die Hitze, die ebensoschwer im Raum lastete wie Dows Anwesenheit.

Der Rebbe lehnte auf seinem Stehpult und wiegte sich vor und zurück, als werde er jeden Moment das Gleichgewicht verlieren.

»Nein, das ist nicht gut. Das ist schlimm, sehr schlimm.« Er richtete sich über dem Stehpult wieder auf und hielt es in dieser Position fest. Die Bewegung erinnerte Dow an seinen Traum, an das Donnern der Motoren und eine Vase – eine blaue Glasvase –, die auf einem Regal gewackelt hatte. »Und du willst keine Scheidung?«

»Ich liebe sie, Rebbe. Sie ist meine Frau.«

»Und Chawa Bayla?«

»Sie hat das Thema Trennung Gott sei Dank noch nicht mal erwähnt. Sie will nichts von mir, als daß ich sie in Ruhe lasse. Und da beißt die Schlange sich in den Schwanz. Je mehr sie mich abweist, desto mehr will ich bei ihr sein. Und je mehr ich bei ihr sein will, desto mehr will sie, daß ich wegbleibe.«

»Sie prüft dich.«

»Ja, Rebbe. Chawa Bayla unterzieht mich einer Art Prüfung.«

Der Rebbe strich sich den Bart und stützte sein ganzes Gewicht auf das Stehpult. Er sprach in einem talmudischen Singsang.

»Dann mußt du die Kraft finden, Chawa Bayla fernzubleiben, bis Chawa Bayla zu dir kommt – und du mußt streng mit dir selbst sein, denn sie wird deine Tugenden erst sehen, wenn sie sicher weiß, daß sie ihre Wahl ganz frei trifft.«

»Aber dazu bin ich nicht stark genug. Sie ist meine Frau. Ich habe Sehnsucht nach ihr, und ich bin auch nur ein Mensch mit menschlichen Gewohnheiten. Es ist mir unmöglich, sie nicht berühren zu wollen, sie nicht überzeugen zu wollen. Vergib mir, Rebbe, aber Gott hat die Welt auf bestimmte Weise eingerichtet. Ich leide sehr unter dem Verlangen, mit dem ich gesegnet bin.«

»Ich verstehe«, sagte der Rebbe. »Das Verlangen ist groß geworden.«

»Unerträglich groß. Und in der Nähe von jemandem zu sein, den ich so liebe, sie zu sehen, aber nicht berühren zu können – das ist, als ob man in einer Blase aus der Hölle durch den Himmel schwebt.«

Der Rebbe schob einen Stuhl zu den Bücherregalen, die die Wände bedeckten. Er stieg hinauf, fand sein Gleichgewicht und nahm ein Buch vom obersten Brett. »Wir müssen den Druck lindern.«

»Das ist ein schöner Gedanke, aber ich fürchte, es ist unmöglich.«

»Ich gebe dir einen *Heter*«, sagte der Rebbe, »eine

besondere Erlaubnis.« Er ging zu seinem Schreibtisch und blätterte in dem Buch. Er kritzelte auf einen Block mit Luftpostpapier.

»Wofür?«

»Um zu einer Prostituierten zu gehen.«

»Wie bitte?«

»Deine Ehe steht auf dem Spiel, nicht wahr?«

Dow biß sich auf den Daumennagel und steckte die Hand rasch in die Kaftantasche, als sei sie etwas Anstößiges.

»Ja«, antwortete er, und in seiner Stimme lag ein Zittern. »Meine Ehe ist ein verdorrter Arm an meiner Seite.«

Der Rebbe zeigte mit dem Bleistift auf Dow.

»Um des Friedens in der Familie willen ist vieles möglich.«

»Aber eine Prostituierte?«

»Zur Linderung unerträglichen Verlangens«, sagte der Rebbe und riß den Zettel von seinem Schreibblock wie ein Arzt.

Dow Benjamin fuhr nach Tel Aviv, in die Stadt der Sünde. Er war überzeugt, dort viele Prostituierte zu finden. Er parkte seinen Fiat in einer Seitenstraße der Dizengoff Street und wanderte umher.

Obwohl er die Stadt kannte, waren ihre sozialen Verhältnisse ihm fremd. Es war sein erster geruhsamer Spaziergang in Tel Aviv, und er fand alles recht interessant und stellte sich vor, die Sitten eines fremden Landes zu erforschen. Normalerweise war er es, der unter Beobachtung stand. Ganze Busladungen amerikanischer Touristen hasten täglich durch Mea Shearim. Sie kaufen die Läden leer, ziehen kleine Fotoapparate aus ihren Gürteltaschen und machen Fotos von echten Chassidim, wie denen aus den Geschichten ihrer Großeltern. Das nächste Mal würde er »Buh!« machen. Bei dem Gedanken mußte er lachen. Schon jetzt fühlte er sich leichter. Als er an einem Kiosk vorbeikam, blieb er stehen und kaufte eine Tüte Reisplätzchen mit Pizzageschmack. Am Brunnen setzte er sich zwischen den neu eingewanderten Alten auf eine Bank. Sie drängten sich zusammen, als suchten sie Schutz vor einem beißend kalten Wind, der ihnen aus den Ländern ihrer Geburt gefolgt war. Er blieb bis zum Sonnenuntergang, bis die Menge der Einwanderer sich öffnete wie eine Blüte, und die alten Leute nacheinander die Rampen des Brunnens hinunter in die Straßen der Stadt gingen. Ihr Platz wurde von jungen Paaren eingenommen und von Gruppen von Jungen und Mädchen, die aus der Entfernung miteinander redeten, aber sich nicht vermischten. Ganz wie bei den frommen Kindern, dachte er. Irgendwie sind wir alle gleich. Dow Benjamin fühlte sich plötzlich überwältigt. Er war verblüfft, sich in Tel Aviv zu finden, schon im Begriff, eine Hure zu suchen, statt zu Hause auf seinem Stuhl am Balkon zu sitzen und zu grübeln, ob er den Rat des Rebben überhaupt befolgen solle.

Er kehrte zu seinem Wagen zurück. Ein einsamer Taxifahrer lehnte rauchend an der Vordertür seines Mercedes. Dow Benjamin ging auf ihn zu, während die Hitze in seinen Schuhen mit jedem Schritt unerträglicher wurde.

»Entschuldigung«, sagte er.

Der Taxifahrer, dessen Brusthaar aus dem Kragen

seines T-Shirts wucherte, trat seine Zigarette aus und öffnete die Tür zum Rücksitz.

»Brauchen Sie ein Taxi, Rabbi.«

»Ich bin kein Rabbi?«

»Und Sie brauchen kein Taxi?«

Dow Benjamin schob seinen Hut zurecht. »Nein, danke.«

Der Fahrer zündete sich eine neue Zigarette an, wobei er sein Zippo-Feuerzeug eindrucksvoll schwenkte. Dow sah es, war aber nicht besonders beeindruckt.

»Ich suche eine Prostituierte.«

Der Fahrer hustete und preßte sich die Hand an die Brust.

»Seh ich so aus?«

»Nein, das ist ein Mißverständnis.« Dow Benjamin überlegte, ob er sich umdrehen und wegrennen solle. »Eine Frau.«

»Wie heißt sie?«

»Ist egal. Sie sind Taxifahrer. Sie müssen wissen, wo es solche Frauen gibt.«

Der Taxifahrer schlug die Hand auf die Motorhaube und sagte »Ha«, was Dow für Lachen hielt. Ein zweites Taxi hielt auf der anderen Seite von Dow.

»Was ist los?« fragte der Fahrer.

»Nichts. Der Rabbi hier will wissen, wo man Anschluß findet. Er meint, ein Taxifahrer müßte ihm den Weg zeigen.«

»Sind wir vom Tourismusministerium?« fragte der andere Fahrer.

»Es war ja nur so ein Gedanke«, sagte Dow Benjamin. Seine Stimme war hoch und brüchig. Sie schien das Mitleid des zweiten Fahrers zu erregen.

»An der Dizengoff Street ist ein Geldautomat.«

»Stehen Prostituierte vor der Bank?« fragte Dow Benjamin.

»Nein, nicht vor der Bank. Aber es ist nicht umsonst.« Dow errötete unter seinem Bart. »Vor dem Bahnhof in Ramat Gan – an der Bushaltestelle.«

»Die ganzen hübschen Damen warten nicht auf den Bus nach Haifa«, meinte der erste Fahrer, der erneut auf die Motorhaube schlug und »Ha!« sagte.

Beim ersten Mal hielt er nicht, sondern fuhr schnell an den Frauen vorbei und nahm die Kurven um die Verkehrsinsel so eng, daß die Räder quietschten und er verbranntes Gummi roch.

Dow Benjamin fuhr langsamer und versuchte sich und den Wagen in der Gewalt zu behalten, da er befürchtete, schon zuviel Aufmerksamkeit auf sich gezogen zu haben.

Das Lenkrad begann in Dows zitternden Händen zu vibrieren. Der Rebbe hatte ihm die Erlaubnis gegeben, ihm Rat erteilt. War der *Heter* des Rebben nicht gültig? Das sagte Dow Benjamin zu seinen Händen, aber aus Protest zitterten sie weiter.

Beim zweiten Mal kam eine Frau auf die Beifahrertür zu. Sie trug ein Oberteil und Hosen, die zueinander paßten. Die Kleidung lag eng an, und Dow sah ihre Kurven. Was für eine Schamlosigkeit! Sie klopfte ans Fenster. Dow Benjamin faßte hinüber, um die Scheibe herunterzukurbeln. In seiner Aufregung kam er an die Gangschaltung, und der Wagen machte einen Ruck nach vorne. Er zog die Handbremse und öffnete das Fenster ganz.

»Mach die Scheinwerfer aus«, sagte sie, »wir brauchen hier keine Festbeleuchtung.«

»Entschuldigung«, erwiderte er und schaltete sie aus. Sein Fehler tröstete ihn, denn er wollte nicht, daß die Frau ihn für einen Mann hielt, der regelmäßig mit Prostituierten zu tun habe.

»Hast du Interesse?«

»Ich?«

»Ein Schüchterner«, sagte sie und lehnte sich durchs Fenster. Dow Benjamin wandte den Blick von ihren großen Brüsten ab. »Ist es das erste Mal? Keine Angst, ich bin ganz lieb. Ich weiß, wie man einen Schwarzhut behandelt.«

Dow Benjamin spürte jetzt die ganze Last seines Tuns. Er brachte alle Chassidim in Verruf. Es war eine Sünde wider den Namen Gottes. Das Bedürfnis, wegzufahren und nach Jerusalem und zu seiner Frau zurückzurasen, brach mit voller Macht über ihn ein. Er mußte sich jetzt ganz auf seine Erlaubnis konzentrieren.

»Was weißt du denn von Schwarzhüten?« fragte er.

»Eine Menge«, sagte sie. Dann lehnte sie sich weiter hinein. »Eigentlich kommst du mir sogar bekannt vor.«

Dow Benjamin erstarrte, begann dann aber um so heftiger zu zittern. Er legte den ersten Gang ein und gab etwas Gas. Die Prostituierte konnte gerade noch zurückspringen.

Als es schon so aussah, als werde er keine passende Partnerin mehr finden, trat eine kräftige junge Frau aus dem Dunkel.

»Guten Abend«, sagte er.

Sie antwortete nicht, stellte keine Fragen und lächelte auch nicht. Sie öffnete die Beifahrertür und stieg ein.

»Was machen Sie da?«

»Ich erspar dir's, bis Sonnenaufgang hier rumzufahren.« Sie war Amerikanerin, das hörte er, aber sie sprach schönes Hebräisch, stark und süß wie ihre Schritte. Dow Benjamin schaltete die Scheinwerfer ein und kam wieder an den Schalthebel, so daß der Wagen einen Satz machte.

»Immer mit der Ruhe, Süßer«, sagte sie. »Der schwierige Teil ist vorbei. Um den Rest kümmer ich mich schon.«

Das Zimmer befand sich in einer Pension, die nicht registriert war. Es hatte seinen eigenen Eingang. Außer einem Doppel- und drei Einzelbetten gab es keine Möbel. Die einzige Lampe stand neben der Tür.

Die Prostituierte setzte sich auf das große Bett und zog die Beine unter den Körper. Sie sagte, sie heiße Deborah.

»Wie die Prophetin«, sagte Dow Benjamin.

»Genau. Aber ich sehe nur die unmittelbare Zukunft voraus.«

»Trotzdem ist es eine seltene Gabe.« Dow verlagerte sein Gewicht von einem Fuß auf den anderen. Er stand neben dem großen Bett, brachte es aber nicht über sich, Platz zu nehmen.

»Eigentlich nicht«, erwiderte sie. »Alle meine Kunden wissen schon, was sie zu erwarten haben.«

Sie hatte Feuer, und ihr Gespräch erwärmte auch die Teile von Dow Benjamin, die der Hitzewelle entgangen waren. Das Verlangen, das sich in Dow viele Monate lang gesammelt hatte, füllte seinen Körper, so daß es ihn beinahe überraschte, seine Haut von dem Druck nicht platzen zu sehen. Er warf den Hut auf das Einzelbett gegenüber und hoffte, entspannt zu wirken, so selbstsicher wie der Taxifahrer mit der behaarten Brust und den Zigaretten. Der Hut landete mit der Krempe nach unten. Dows Muskeln zuckten spontan, aber er drehte ihn nicht um.

»Würdest du dein Geld nicht lieber als Prophetin verdienen?« fragte er.

»Sicher. Prophezeien ist kinderleicht. Man braucht sich nicht den ganzen Tag dafür aufzutakeln. Und es ist viel besser für den Rücken, nicht so'ne Belastung. Für *dich* wär's auch besser. Wenigstens könntest du dann morgen früh was mitnehmen.« Sie nahm einen Ohrring ab, besann sich kurz und steckte ihn wieder an. »Ist ja auch egal. Kein Geld mit zu machen. Ich werd für alles andere bezahlt, außer in die Zukunft zu sehen.«

»Dann werde ich der erste sein«, sagte er und begann sich fast wohl zu fühlen. »Sag mir, was du voraussiehst.«

Sie schloß die Augen und ließ den Kopf zurücksinken, so daß ihre Lippen sich etwas öffneten, wie bei denen, die in andere Welten blicken. »Ich sehe voraus, daß du zum ersten Mal so was tust.«

»Das ist keine Prophezeiung, das ist geraten.« Dow Benjamin räusperte sich und wackelte in seinen Schuhen mit den Zehen. »Was siehst du noch voraus?«

Sie massierte ihre Schläfen und unterdrückte ein frivoles Grinsen.

»Daß du endlich mal richtig verwöhnt wirst.«

Das war zuviel für Dow Benjamin. Vor Hitze und Scham kochend, griff er nach seinem Hut.

Deborah nahm seine Hand.

»Vergib mir«, sagte sie, »ich wollte nicht grob sein.«

Ihre Finger waren gebräunt und dünn, zierlicher als Chawas. Wie seltsam, fremde Finger auf seinen eigenen weißen zu sehen.

»Außer meiner Mutter, ihr Andenken sei gesegnet, hat mich noch nie eine andere Frau berührt als meine Ehefrau.«

Sie ließ seine Hand los, und bevor er sich entfernen konnte, ergriff sie sie erneut, dieses Mal fester, als wolle sie einen Handel bekräftigen. Deborah richtete sich auf und streckte ein Bein aus, zeigte es einen Moment und ließ es dann über den Bettrand baumeln. Dow bewunderte das Bein und die Finger auf seiner Handfläche.

»Warum sind wir hier?« fragte sie – sie machte sich nicht über ihn lustig. Deborah zog an seiner Hand, und er setzte sich neben sie.

»Um mein Verlangen zu lindern. Damit meine Frau mich wieder lieben kann.«

Deborah zog die Augenbrauen hoch und zog die Lippen kraus.

»Du kommst wegen deiner Frau zu mir?«

»Ja.«

»Du bist ein sehr überzeugter Ehemann.«

Ihr Lächeln sagte, du wirst es nicht tun. Das Lächeln blieb, und dann sah er, daß es etwas völlig anderes sagte, etwas Unwiderstehliches. Und während ein Schauder von seinem Rücken zu der Hand lief, die

Deborah festhielt, fragte er sich, ob das, was man über amerikanische Frauen sagte, wahr sei.

Dow ging zur Tür, nicht um sich zu entfernen, sondern um das Licht auszuschalten.

»Einen Moment«, sagte Deborah, faßte hinter sich und zog ein Kondom aus einer winzigen Tasche, einem bloßen Schlitz im weichen schwarzen Stoff ihrer Hose. Dow Benjamin wußte, was es war, und machte eine abwehrende Handbewegung.

»Bin ich wirklich erst deine zweite Frau?« fragte sie.

Dow hörte in ihren Fragen mehr, als beabsichtigt war. Er hörte ein Flirten; er hörte eine Frau, die es als etwas Besonderes ansah, die zweite zu sein. Sie tat ihm leid – ob sie wohl je die erste für jemanden gewesen war? Er antwortete nicht, sondern nickte bestätigend.

Deborah zog die Lippen kraus, während sie nachdachte, und hielt das Kondom dabei zwischen zwei Fingern wie eine Münze vor dem Schlitz einer Musikbox. Dow schaltete das Licht aus und machte einen halben Schritt zum Bett. Er tastete sich im Dunkeln vorwärts, bis er ihr weiches, lebendiges Haar fand, das nichts von der Starre von Chawas Perücken hatte.

»Mein Gott«, sagte er und riß die Hand zurück, als habe ihn eine Wespe gestochen. Aber es war schon zu spät, das wußte er. Die Begierde hatte ihn ganz überschwemmt. Sein Herz war davon geschwollen, es pumpte so laut und so stark, daß es alle Vernunft übertönte, die ihm vielleicht noch geblieben war. Für wen, fragte er sich, täuschte er hier im Dunkeln diese Scham vor? Er streckte die Hand erneut aus und strich ihr zitternd, aber zielbewußt übers Haar. Mit dem anderen Arm, dem schwächeren, um den er jeden

Morgen seine *Tefillin* schlang, dem Arm, welcher der Gewalt seines Herzens näher war, suchte er ihre Hand.

Dow fand und ergriff sie zuerst so fest, als sei er verzweifelt. Dann hielt er sie leicht, sanft, als sei sie aus geblasenem Glas – ein Kelch, aus dem er feierlich zu trinken wünschte. Er führte sie an seinen Mund und sagte: »Es ist Sünde, den Samen umsonst zu vergießen«, und bei seinen Worten ließ Deborah das Kondom fallen.

Am Montag arbeitete Dow Benjamin und kam wie gewöhnlich am Abend nach Hause. Er hatte nicht den Wunsch, sich während der langen Stunden, in denen er nicht schlafen konnte, aus der Wohnung zu schleichen, er geriet nicht in Versuchung, Richtung Tel Aviv zu fahren, wenn er etwas nach Ramot lieferte. Neben einem Schuldgefühl, das er nicht abschütteln konnte, verspürte Dow Benjamin auch so etwas wie eine Befreiung. Er wußte, daß er nie wieder mit einer anderen Frau zusammensein könnte, und wenn es möglich gewesen wäre, alles sexuelle Verlangen der letzten Monate auf sich zu laden, wenn er die eine Nacht mit der Prostituierten hätte ungeschehen machen können, um seine Treue unbefleckt wiederherstellen, so hätte er es zehnfach getan. Diese Nacht der Ausschweifung verlieh ihm die Kraft, wenn nötig ein Leben lang auf Chawa zu warten.

Wenn Chawa Bayla ins Eßzimmer trat, verschwand Dow Benjamin in die Küche. Wenn sie das Schlafzimmer betrat, schloß er die Augen und tat, als ob er schliefe. Er lag stumm im Dunkeln und fühlte die Liebe zu seiner Frau. Und er grübelte, ob der Ratschlag des Rebben weise gewesen sei, fand aber nie eine Antwort. Er stellte sich den haarigen Arm des Taxifahrers vor, als er auf die Motorhaube seines Wagens schlug. Und er machte sich Vorwürfe. Nie, niemals würde er seiner Frau vorwerfen, Unreinheit vorzutäuschen, denn war es nicht die größere Sünde, daß er Reinheit vortäuschte?

Nur wenige Tage nach jener Sonntag nacht begann Chawa Bayla zärtlich zu ihrem Ehemann zu sprechen. Bald darauf berührte sie ihn an der Schulter, als sie ihm eine Platte mit *Kasha Warnischkas* reichte. Er stellte sie auf den Tisch und aß schweigend. Als sie zum Nachtisch seine Leibspeise *Lewelesch* servierte, nahm Dows Schuld körperliche Gestalt an. Was konnte es sonst sein? Was außer Schuld konnte einen Mann so spürbar befallen?

Es begann als konzentriertes Glühen, das seinen ganzen Körper erhitzte. Es wurde rasch stärker, so daß er fast wie im Fieber war. Er kam nicht zu den Mahlzeiten und kroch nachts heimlich aus dem Bett. Während die Furcht und der Schmerz wuchsen, lief er bei der Arbeit den Kunden davon, um sich auf der Toilette zu untersuchen. Dow Benjamin wußte, daß es mehr war als bloß die Schande, worunter er litt.

Aber vielleicht war es eine Probe, eine Prüfung, vor der der Rebbe ihn nicht gewarnt hatte, denn nicht nur seine Beschwerden wuchsen, sondern auch Chawas Zuwendung. Wenn sie aus der Dusche kam, ließ sie vor ihm das Handtuch fallen und ließ es liegen, als habe sie nichts gemerkt, wie eine viktorianische Dame, die wartete, daß ein Gentleman ihr mit einer Verbeugung das Taschentuch zurückgebe. Sie zog sich langsam und befangen an, vergaß ihre Unterkleider und schaute zu Dow, damit er sie daran erinnere. Er ging nicht darauf ein, spürte das Gewicht seines Herzens, das nicht mehr bis zum Hals schlug, aber dennoch aufgepumpt war, und sein stockendes und schweres Blut. Chawa fing an, in der Tür stehen zu bleiben, so daß er sie beim Vorbeigehen zwangsläufig streifte. Ihre Leidenschaft war eine Tortur für Dow, der gezwungen war, die seine zu verbergen. Einmal sprach sie das Thema direkt an, ganz ohne das Protokoll, mit dem sie ihr Leben führten. »Bist du so klein, daß du dich bis in alle Ewigkeit rächen mußt?« fragte sie. Er gab keine Antwort. Sie war es, die fortging, aber nur desto zärtlicher und kühner wiederkam. Sie wurde so dreist, so verzweifelt, daß er sich fragte, ob er seine Frau nicht verkannt habe. Doch er weigerte sich auch nach wiederholten Avancen, zu Chawa Bayla ins Bett zu kommen.

Sie sprach im Dunkeln zu ihm.

»Dowi, bitte komm raus. Leg dich zu mir, und wir reden. Bloß reden. Komm doch ins Bett, Dowele.«

Er stand im dunklen Badezimmer. Das wenige Licht von der Straße genügte, um die Toilette und das Waschbecken zu erkennen. Er hörte jedes Wort seiner Frau, und jedes riß an seinem Herzen.

Er stand vor der Toilette, hielt behutsam seinen Penis und gedachte der halachischen Regeln, wie man sich auf der Toilette zu verhalten habe. Unter großen Schmerzen versuchte er Wasser zu lassen.

Beim Urinieren wurde das Brennen schlimmer. Er schaute im Halbdunkel nach unten und bildete sich ein, Flammen aus seinem Penis züngeln zu sehen.

Er erinnerte sich an die Worte der Prostituierten. Um seiner Frau willen, dachte er, während ihm die Tränen in die Augen traten. Das konnte nicht die Lösung sein, die der Rebbe angestrebt hatte. Dow sollte in den Armen seiner Frau liegen und ihre Zärtlichkeiten genießen, statt dessen würde er auf einem Untersuchungstisch die forschenden Hände eines Arztes spüren.

Dow Benjamin fiel auf die Knie. Er lehnte den Kopf gegen die Kühle des Beckens. Worin immer die Prüfung bestehen mochte, sehr viel länger würde er sie nicht mehr ertragen. Inzwischen hatte er sich Chawa Baylas Liebe verdient, dessen war er sicher.

Ein Geräusch schreckte ihn auf, Chawa versuchte die Tür zu öffnen. Dow hatte sich eingeschlossen. Die Klinke bewegte sich wieder, dann sprach Chawa durch das Milchglasfenster in der Tür zu ihm.

»Sag mir: Wann habe ich meinen Ehemann verloren?«

Jedes Wort eine Qual.

Dow drückte die Spülung und übertönte Chawa Baylas Stimme. Die Tränen liefen ihm das Gesicht herunter, und er nahm seinen Penis ganz in die Hand.

Denn Dow Benjamin brannte innerlich.

Und doch wurde er nicht verzehrt.

DIE ART UNSERER WEISHEIT

Drei Explosionen. Wie Vögel. Sie kommen durchs
Fenster, ungebändigt, verwirrend und verloren. Sie
sind unter der hohen Deckenkuppel des Cafés gefangen, jagen zwischen uns umher, schlagen gegen
Wände und Glas, reißen Geschirr von den Regalen.
Und wir wissen, solange ihre schreckliche Bewegung
andauert, solange sie nicht aufhören, hinabzustoßen
und an die Wände zu schlagen, solange sie sich nicht
niederlassen, sich beruhigen, erschöpft und müde,
kann niemand etwas tun.

Teller in Halbmonden und Dreiecken auf dem Boden.
Eine Gruppe von bauchigen Steingutbechern, gesprun-
gen wie überreife Früchte. Der Leuchter schwingt
immer noch, ein Pendel.
    Der Besitzer, die Kellnerin und die wenigen ande-
ren Gäste sitzen stumm und regungslos da. Ich stehe
am Fenster. Ich sehe, wie Leute um die Ecke strömen,
mit aufgerissenen Mündern auf uns zu rennen, sich
an den Haaren zerren und das Gesicht zerkratzen. Sie
stürzen und rappeln sich wieder auf, rennen ziellos
umher.
    Wie aufgescheuchte wilde Vögel.
    Wie Besessene, die an ihren Körpern zerren, um
etwas zu befreien.

Leute aus Jerusalem gehen nicht durch wie Pferde. Sie fliegen nicht wie Motten ins Feuer.

Sie haben sich dem Klima angepaßt. Terror als zweiter Winter, als Teil des Wetters. Etwas, das kommt und dann wieder geht.

Ich sehe Rauchfahnen, die niedrigen Rauchwolken, die den Menschen die Straße entlang folgen, und muß plötzlich beim Feuer sein, dort, wo die Asche noch immer niederfällt und die Cafésonnenschirme brennen.

Ich strebe zur Tür, die Kellnerin hält mich auf. Der Besitzer legt mir die Hand auf die Schulter.

»Beruhige dich, Natan.«

»Setz dich, Natan.«

»Trink einen Kaffee, Natan.« Die Kellnerin ist schon auf dem Weg zur Kaffeemaschine.

Fühlen die anderen die Not nicht mit der gleichen Dringlichkeit? Ich könnte mit einem Kind auf den Armen zu einem bremsenden Krankenwagen laufen, könnte den Barfüßigen helfen, ihre Schuhe zu finden. Es ist sechzehn Minuten nach drei, meine Freundin ist immer noch nicht da. Ich sollte Leichen umdrehen und nach ihrem Gesicht suchen.

Ich sitze auf einem Stuhl und trinke Kaffee, der Besitzer hält meine Hand. »Draußen gibt's nichts zu tun, niemanden zu retten. Es helfen die, die schon da sind, Natan. Wenn du noch nicht da bist, wenn es passiert, ist es schon zu spät.«

Ich wechsle das Bild meiner toten Freundin gegen eines aus, das sie schwerverwundet zeigt.

Inbar mit verbranntem Gesicht, ohne Hände, einem fast abgetrennten Bein. Ich werde die Rolle des Tröstenden spielen. Ich werde mich runterbücken, das Tuch an ihrem Arm halten und ihr lächelnd sagen, wieviel Glück sie hat, noch am Leben zu sein und in einer Lage, von der wir in unserem glücklichen Bett, dem Bett von Liebenden, geschworen hatten, daß wir ihr den Tod vorzögen.

Die Telefone funktionieren wieder. Die Straßen sind gesichert. Überall Soldaten, die ihre Positionen einnehmen, den Finger am Abzug gekrümmt.

Ein Araber kommt mit einem Besen aus der Küche.

Ich bin der erste, der das Telefon erreicht, kann mir aber keine Nummern merken. Eine Frau schlägt mit einem Handy auf den Tisch, als könnte sie so den Satelliten aus dem Zugriff der Armee befreien. Ich wähle eine falsche Nummer und hänge auf, nicht mal an den Abruf-Code meines Anrufbeantworters kann ich mich erinnern.

»Natan paßt auf sich auf«, verspreche ich beim Gehen. »Natan ist erwachsen, er findet allein nach Hause.«

Auf der Straße verlasse ich mich auf meinen Instinkt. Ich bestehe nur aus Sinnen, bin ganz Geruchs-, Geschmacks- und Tastsinn. Ich lese die Absichten jedes Fremden aus dem Geruch, dem Beugen eines Muskels, der Länge unseres Blickkontakts.

Ich stehe an der Ecke und könnte in die Straße einbiegen, mit ein paar Schritten wäre ich mitten in der

Todeszone. Ich könnte an den Reihen von weinenden Verwundeten und erstarrten Toten vorbeigehen, vorbei an den Geschwärzten und Verbrannten, noch immer glimmenden Geistern.

Bald werden die *Chassidim* kommen, um verstreute Teilchen einzusammeln, Teile von Christen. Angenagelte, eingeklemmte, an Stein oder Metall haftende Teile von Opfern.

An einem Baumstamm hängt eine Hand, von einem rostigen Nagel durchbohrt.

Mit echter Anstrengung und dem bißchen Vernunft, das ich noch zusammenbringe, erspare ich mir ein Leben voller Alpträume.

Ich biege in eine andere Straße und nehme dann den Weg zu Inbars Wohnung.

Sie ist da. Wir küssen und umarmen uns. Sie hält mich im Türrahmen fest, während ich die gesamte Evolution durchlaufe. Die Jahrmillionen instinktiven Wissens, des Verstehens ohne Denken, sind versunken.

Wir tauschen Geschichten vom Überleben um Haaresbreite aus, Theorien über Schicksal und Algorithmus, Wahrscheinlichkeit und Gott. Inbar war spät dran, fuhr im Bus, hörte Donner in der Ferne, dann gab es einen Stau. Mit ein paar anderen stieg sie aus und ging den Rest zu Fuß.

Sie kocht Tee, und wir setzen uns hin und betrachten unsere Welt im Fernsehen.

Da ist die Ecke. Ein Mann steht vor meinem Café und berichtet. Dann die Totale jener Strecke, die ich vermieden habe. Die Straße, durch die ich jeden Tag ein Dutzend Mal gehe. Da ist mein Geldautomat mit zertrümmertem Vordach, das Gehäuse blutbespritzt. Da ist der Basar, auf dem ich Kugelschreiber und Bleistifte kaufe. Die Kamera verweilt auf verstreuten Notizbüchern, herumliegenden Schulartikeln, dem angedeuteten Kontrast von Tod und neuem Schuljahr. Sie werden verzweifelte Klassenkameraden zeigen, Gruppen von weinenden Mädchen, von aneinandergeklammerten Mädchen, von Mädchen, die übereinander kriechen und vom Schmerz gesäugt werden. Sie werden die Freunde befragen, die Eltern; bevor die Woche herum ist, werden sie das vollständige Drama, das Echo aller drei Explosionen von Haus zu Haus tragen.

Wir sehen unser Leben auf allen Kanälen. Wir schalten auf CNN, um eine aktuelle Übersetzung unserer Welt zu bekommen. Vielleicht wird es auf englisch wirklicher.

Es hilft nicht. Da ist mein Café. Mein Geldautomat. Da ist der Baum, in dessen Schatten ich warte, wenn ich warten muß.

»Würdest du dein eigenes Schlafzimmer wiedererkennen, wenn's im Fernsehen käme?« frage ich.

Inbar macht Anrufe, nimmt Anrufe entgegen, während ich dasitze und Nachrichten schaue. Ein Kreislauf der immer gleichen Geschichte, jedesmal ein paar Kleinigkeiten mehr. Die Anrufe erinnern mich an Amerika. Die Nachrichten auch. Wie bei plötzlichen Schneefällen. Morgens am Radio hängen. Eine Telefonliste. »Guten Morgen, Mrs. Gold, hier ist Natan. Bitte sagen Sie Beth, die Schule ist geschlossen, weil die Busse nicht fahren können.« Die Absurdität der

Veränderung. Jahre und Meilen. Eine andere Art von Wetterumschlag. »Hallo Udi, hier ist Inbar. Wieder ein Anschlag. Natan und mir geht's gut.«

Inbar erzählt mir Dinge über Israel, Maximen über Schicksal und Glück. »Wir können uns nicht der Angst überlassen«, sagt sie. »Natürlich ist man erschreckt, schließlich ist es Terror.« Sie kennt auch unsinnige Statistiken. »Es ist fünfmal wahrscheinlicher, überfahren zu werden, zehnmal wahrscheinlicher, in einem Auto zu sterben. Trotzdem gehst du noch über die Straße, nicht wahr?«

Sie streichelt meinen Hals, schiebt die Hand unter mein Hemd und streichelt meinen Rücken.

»Vielleicht sollte ich damit aufhören«, sage ich. Ein Kuß auf mein Ohr. Ein anderes Programm. »Vielleicht sollte man nicht mehr über die Straße gehen.«

Ein biblisches Israel, voll mit Kriegern und Propheten, gefallenen Königen und gewöhnlichen Männern, zur Ausführung von Gottes Willen berufen.

Das Israel eines amerikanischen Jungen. Eines Kindes, das auf kausale Zusammenhänge und Symbole gedrillt wurde.

Der Holocaust als Zorn Gottes.

Israel, der Phönix aus der Asche.

Die Reporter stöbern die seltsamen Überlebenden auf, die Todesverächter mit neun Leben. Ein Mädchen mit einem kleinen Kratzer auf der Wange. Sie steht einen halben Meter neben dem Attentäter, und ringsherum sind alle tot. Ein alter Mann, der in einem dicken Buch las, in dem das Schrapnell steckenblieb, und der auf genau dieselbe Art überlebte, als hier vor fünfzig Jahren eine Bombe hochging. Ein Zeitungsausschnitt. Er sucht in seiner Brieftasche nach einem Zeitungsausschnitt, den er immer bei sich trägt.

Sie tauchen nach jeder Tragödie auf. Serienüberlebende. Leute, die ständig in explodierenden Bussen fahren, aber anscheinend nie sterben.

»Auguren«, sage ich, »Unheilsboten. Das sind Dämonen, *Dibbuks*. Wir sollten zu ihren Häusern marschieren, sie auf die Plätze schleifen und vor der jubelnden Menge verbrennen.«

»Du bist mit deinen Nerven am Ende«, erwidert Inbar. »Das sind die unglücklichsten glücklichen Leute, die es gibt. Es sind hoffnungsvolle Geschichten in hoffnungslosen Zeiten. Ohne sie würde der Schmerz dieses Land ins Meer kippen.«

Ich bin vor Heldentum geschwollen. Traurig, aber wahr. Zusammengekrümmt liege ich auf dem Boden des Badezimmers, benebelt von mutigen Rettungstaten, mit einer Überdosis jener Geistesgegenwart, die man im Leib hat, wenn es um Leben oder Tod geht. Mein Körper exorziert den Retter aus brennenden Gebäuden, den Taucher in eisigen Wassern. Der nicht gebrauchte Held wird ausgetrieben, während ich drinnen geduldig warte.

Der Leuchter schwingt wie ein Pendel, der Tag schwingt wie ein Pendel.

Inbar wird in ihre Wohnung um die Ecke gehen und ihren amerikanischen Freund unbeweglich am Boden liegen und schwitzen sehen, als habe er Malaria.

Sie wird entdecken, daß er an der Augenzeugenkrankheit leidet. Sie wird ihn in eine Decke hüllen, ins Taxi setzen und ins Krankenhaus bringen wollen, wo all die unverletzten Opfer, die unversehrten, davongekommenen Opfer nach und nach eintreffen, um ein leeres Bett zu suchen oder sich einen Platz auf den Liegen in den Korridoren zuweisen zu lassen.

Ich will nicht ins Krankenhaus, will nicht dafür behandelt werden, daß ich mich danach hingesetzt, Kaffee getrunken und die Hand des Besitzers gehalten habe.

Anruf zu Hause. Inbar wählt die Nummer in dem Augenblick, da sie glaubt, ich sei halbwegs ruhig. Rita, die Sekretärin meiner Mutter, ist am Apparat. Rita sagt nie mehr als »Hallo« und »Ich hol deine Mutter«. Meine wegen der Entfernung so wertvollen Anrufe. Als ob ich vom Mond aus anriefe.

Heute redet sie. Heute hat Rita mir etwas mitzuteilen.

»Deine Mutter ist in ihrem Büro und weint. Sie wird nichts sagen, aber ihr geht's schlecht, wenn du da mitten im Krieg bist. Denk dran, wo du lebst, Junge. Denk an deine Mutter.«

Es hat etwas von einem Kampf, der Sex ist in dieser Nacht eine Sache von Leben und Tod. Wir strampeln viel, um uns richtig abzustützen und festzuhalten.

Formen der Körpersprache, die ich nie gekannt habe. Wir klammern uns aneinander, als suchten wir eine Dauer, eine Vereinigung, die sich nicht mehr auflösen läßt.

Hinterher lachen wir. Wir gackern und rollen herum, reden über Technik und Ausführung. Hysterisch. Absurd. Vollkommen in seiner Verzweiflung. Wir machen Witze auf eigene Kosten.

»Kein Sex ist wie der Sex im Schatten des Todes.«

Nackt und in die Laken verstrickt, zünden wir eine Zigarette an. Auch jetzt würden wir uns im Fernsehen nicht erkennen.

Inbar ist zur Arbeit gegangen und hat Lynn gebeten herüberzukommen, um sicherzugehen, daß ich nicht im Bett liegenbleibe, daß ich in die Stadt zum Kaffeetrinken gehe und in meinem Café sitze. Wenn möglich zur selben Zeit am selben Tisch, mit derselben Tasse.

Nichts darf die Routine unterbrechen.

»Gehört hier zum Leben«, sagt Lynn.

Deshalb hat Inbar sie eingeladen. Sie respektiert Lynn als Amerikanerin mit israelischem Lebensgefühl.

Die hartgesottene Journalistin, die nach jeder Tragödie kommt, um alles zu photographieren, was übriggeblieben ist.

Wir nennen sie das Objektiv, das Auge des Voyeurs. Unsere Lynn, die die knurrenden, bilderhungrigen Mägen amerikanischer Pendlerzüge und Frühstücksnischen füttert.

»Ich bin ein Gespenst«, sagt Lynn. Sie ist düster, hat aber die gedämpfte Erregung eines Sportlers. »Total unsichtbar. Die Leute laufen mitten durch mich hindurch. Ich glaube, irgendwann hab ich sogar mein Gewicht verloren und aus unmöglichem Winkel geknipst, bin über der Menge geschwebt. Heute früh hab ich schon meine Sachen weggeschickt.« Sie öffnet eine Filmdose und schüttet den Inhalt in ihre Handfläche. »Du mußt mal mitkommen, einfach um's zu erleben. Du kannst mitten in 'nem verdammten Aufruhr stehen, wo die Leute links und rechts neben dir hinstürzen. Arabische Kids schmeißen Steine und Molotowcocktails, die Israelis schießen Tränengas und Gummigeschosse zurück. Chaos. Und du gleitest einfach durch das Ganze wie ein verdammtes Gespenst, fängst Seelen und frierst die Zeit ein. Ein Junge in der Luft, sein Körper zurückgebogen, das Gesicht zum Himmel. Er wirft einen Benzinkanister, der Rauch macht einen langen Zickzackschweif. Poesie. Aber gestern nicht. Gestern war's schlimm.«

»Ich bin für so was nicht geschaffen«, erwidere ich. »Ich bin in einem Vorort aufgewachsen. Ich habe eine Heißluftmaschine zum Popcornmachen und eine Sammlung Mylec Air-Flo Straßenhockey-Schläger.«

»Zwei hiervon«, sagt sie und wirft zwei orangefarbene Kapseln in meinen Tee. »Trink aus.« Ich befolge ihren Rat. »Ich nehme zwei vor dem Fotografieren und zwei gleich nachdem ich den Film eingeworfen habe. Wenn sich ein Bild festsetzt, nehm ich noch eine. Die Falltür in meinem Organismus. Wenn's zuviel wird, schlaf ich einfach weiter. Und um nach dem Aufwachen meine Dankbarkeit zu zeigen, mach ich am nächsten Tag eine Tour durch die Altstadt. Ich bleib in jedem Viertel stehen und bete an jedem Altar, den ich sehe. Das ist mein Geheimnis, die Unbeständigkeit. Ich bevorzuge keinen Gott und zeige immer wieder, daß ich nicht dazugehöre.

Das macht mich unsichtbar. So kann ich durchs Zentrum des Konflikts gehen, alles beobachten, sehen und sehen und sehen, dann meine Bilder einpacken und weggehen. Ich lasse nichts dafür da. Ein Gespenst. Zu spüren, aber nicht zu sehen. Das ist der ganze Trick. Am Leben bleiben heißt, niemals blinzeln und nie Stellung beziehen«, sagt sie. »Ich hab nicht hingeschaut, ich wollte die Träume nicht. Ich bin auch absichtlich einen Umweg gegangen, um es nicht sehen zu müssen.«

»Unwichtig. Es zählt nicht, wie du siehst, sondern die Entfernung. Die simple Tatsache, daß man dem Tod ausgesetzt ist. Dasselbe Prinzip wie bei Strahlung oder Chemotherapie. Soviel Tod ausgesetzt zu sein, hält am Leben.«

»Ich fühle mich alt davon«, sage ich.

»Gut«, antwortet sie. »Abgeklärtheit ist gut, genau das solltest du anstreben. Spiel in deinem Café den Außenstehenden. Erzähl ironische Kriegsanekdoten. Zieh eine Augenbraue hoch und laß dir einen Schnaps in den Kaffee gießen. Ignorier das Wetter und zieh einen dicken Pullover an. Kneif die Kellnerin in den Hintern.«

Ich bin mit der Tradition aufgewachsen. Bilder eines geheiligten Jerusalem, so sicher geborgen wie der Garten Eden. So wertvoll, daß Gott es bei der Sintflut verschonte.

Ich kann dich zu dem Tal führen, wo David Goliath erschlug, die Liebeslieder seines Sohnes Salomo auswendig aufsagen. Es hat dreizehn Belagerungen und zwanzig Eroberungen gegeben. Und ich kann dich durch die Gassen der Altstadt führen und über jede eine Geschichte erzählen.

Das ist mein Wissen. Staubiges Bücherwissen. Ich meinte, alles über Jerusalem gelernt zu haben, bis ich entdeckte, daß meine Informationen sehr, sehr alt waren.

Ich gehe durch die Stadt, die Straße der leeren Fenster und geschwärzten Mauern entlang. Das Kopfsteinpflaster ist geputzt. Sogar von Zweigen und Dächern ist alles sauber entfernt worden. An jeder Stelle, wo ein Toter lag, stehen Kerzen. Hier fünfzig, dort hundert. Behelfsmäßige Markierungen, bevor Denkmäler errichtet wurden.

Mein gewohnter Gang ins Café: Ich nicke dem Besitzer zu, beobachte die Leute, die den Kameras und einander zeigen wollen, daß sie einen unbeschwerten Nachmittag verbringen können.

Ich sitze an meinem Tisch und bestelle einen Kaffee. Die Kellnerin geht zu ihrer Maschine. Ich stütze das Kinn in die Hand und ringe mit Bildern: aufgerissene Münder und Rauchwolken. Explosionen wie wilde Vögel.

Heute ist ein Tag, um zum Glauben zu finden. Um zu entscheiden, daß ein Gott mehr Recht hat als ein anderer, in dieser traurigen Wirklichkeit eine Verheißung zu entdecken – irgendein Versprechen künftigen Segens.

Wenn man nur genau hinschaut, sieht man die Zeichen. Wenn man bereit ist, zu seinem alten Wissen zurückzukehren, Salz über die Schulter zu streuen, vor

Reisen zu beten, heilige rote Bänder am Handgelenk zu tragen.

Hexerei und Aberglaube.

Trost.

Ein Knall verdrängt die Luft, die nach unten strebt und durch den Raum fegt. Mein Haar löst sich an den Wurzeln.

Die anderen reden und essen. Eine einsame Frau starrt ins Leere, sie hat die Seite ihres Magazins halb umgeblättert.

»Düsenjäger«, sagt die Kellnerin, die lächelnd am Tresen lehnt und den Raum überblickt.

Sie ist abgeklärt. Weise. Natürlich, die Luftwaffe. Die durchbrochene Schallmauer.

Ich möchte ihr Lächeln erwidern. Eigentlich möchte ich sie sein. Ich konzentriere mich, atme ruhig und tief und studiere sie. Ich registriere, wie man voller Wissen an einem Tresen lehnt. Bei lauten Geräuschen und plötzlichen Bewegungen muß man Ruhe bewahren.

Ich greife nach meinem Kaffee, stoße an die Tasse, verbrenne mir die Finger und ziehe die Hand weg.

Ein schreckliches Zittern ist in meinen Händen gefangen. Die Geräusche von gestern gehen mir nicht aus dem Kopf. Ich klopfe mir ans Ohr wie ein Schwimmer. Bestimmt nur ein kleines Frequenzproblem. Ich höre jetzt das angeborene Klingeln in den Ohren Jerusalems.

Die Kellnerin kümmert sich um mich, wie es eben von einer Kellnerin erwartet wird. Sie serviert mir einen dicken runden Muffin mit Mohnkörnchen in der Glasur. Die Rechnung geht aufs Haus, eine Art Tauschhandel. Hier ist eine kleine Aufmerksamkeit, jetzt verlier nicht die Nerven.

Anker. Symbole. Der Besitzer erscheint neben mir und legt die Hand auf meinen Arm. »Runde Speisen passen gut zur Trauer«, sage ich. »Sie symbolisieren die Ewigkeit und die unauflösbaren Zyklen des Lebens.«

Ich deute mit der freien Hand auf die Fensterscheiben.

»Sprünge im Glas sind auch gut. Jeder bedeutet, daß ein Dämon verschwunden ist.«

Er lächelt, als wolle er sagen, so ist es recht, und fügt hinzu:

»Ein Splitter im Becher bedeutet in meiner Familie, daß etwas Gutes bevorsteht«, sagt er. »So wie meine Küche aussieht, werden wir uns hier bald vor Glück kaum retten können.«

Die Kellnerin schiebt den Muffin näher zu mir, als hätte ich ihn vergessen.

Aber dies ist nicht der Tag, Gefälligkeiten anzunehmen. Inbar hat mich gewarnt: Bleib bei deiner Routine. Lynn hat mich gewarnt: Schau unverwandt hin.

Und selbst dieser Ort hat seine Geschichte der Warnungen. Die einen begleiten jede seiner Zerstörungen, die anderen jeden Aufstieg. Die Balance, die das Land vor dem Umkippen bewahrt. Die Fallen, die das Paradies und die Freiheit kosten, die zweitgeborene Söhne zu erstgeborenen machen. Eine Litanei nichtbrennender Büsche und geschlagener Felsen.

Eine Fülle von Verheißungen, durch Nahrung und

Feuer besiegelt. Opfer auf Opfer. Ich befreie mich von der Hand des Besitzers und gehe die biblischen Modelle durch.

Beiße nie aus Neugier hinein.

Verkaufe nie aus Hunger deinen guten Namen.

Und selbst wenn ein Bombenanschlag dich persönlich trifft, verbirg es vor allen, damit du sie nicht führen mußt.

GLOSSAR

Achtzehn(bitten)gebet: aus einer Reihe von Bitten an Gott (um Frieden, Erlösung, den Wiederaufbau des Tempels, das Kommen des Messias) bestehendes Gemeindegebet.

Aguna: Ehefrau, die nicht wieder heiraten darf, da ihr Mann die Scheidung verweigert oder sein Tod nicht einwandfrei nachweisbar ist.

Akiba, Ben Joseph: jüdischer Schriftgelehrter in Palästina, gestorben 136 n. Chr.

Alija: Aufruf zum Vorlesen aus der Tora.

Bedecken: Bedecken der Braut mit einem Schleier oder Tuch vor der Trauung.

Bima: Synagogenpodium mit Lesepult und Toralade.

Chabad: chassidische Gruppe.

Challa (auch *Barches/Berches*): mit Eiweiß glasiertes' weiches, geflochtenes Weißbrot, das nur am Sabbat und an anderen Feiertagen gegessen wird.

Chamsin: föhnähnlicher, heißer Wind.

Chanukka: Lichterfest (Ende Dezember), erinnert an die Wiedereinweihung des Tempels durch Judas Makkabäus. An jedem Tag des achttägigen Fests wird eine Kerze mehr entzündet.

Chasan: Kantor, Vorbeter.

Chassidim (»Fromme«): im Polen des 18. Jh. entstandene Glaubensströmung, die von Volksfrömmigkeit und innerer Begeisterung gekennzeichnet ist und das Volksleben mit mystisch-religiösem Empfinden durchdringt; ihre Anhänger leben heute v. a. in Israel und Amerika.

Cohen (Pl. *Cohanim*): Priester. Die Cohanim waren zur Zeit der Tempel für den Tempelkult zuständig. Durch die Zerstörung des Zweiten Tempels im Jahre 70 n. Chr. verloren die Priester ihre Hauptaufgabe, haben aber in Erinnerung daran auch heute noch besondere Rechte und Pflichten.

Dibbuk (»Anheftung«): böser Geist oder Seele eines Sünders, die von einem Menschen Besitz ergreift.

Gabbai: Synagogenvorsteher, der bei der Toravorlesung den Text vergleicht, souffliert oder verbessert.

Gemara: Teil des Talmud: erläuternde und kritische Erörterungen der halachischen Lehrsätze (Mischna).

Get: Scheidungsurkunde, vor Zeugen zeremoniell auf Pergament ausgefertigt und der Ehefrau vom Ehemann übergeben.

Gilgul: wiedergeborene Seele, Seelenwanderung.

Goi/Gojim: Nichtjude, Christ.

Halacha (»Weg«): Brauch, religiöse Praxis; zunächst mündlich überlieferte Lehrsätze von verschiedenen Lehrern, die später teils verworfen, teils sanktioniert wurden; ihre Sammlung stellt einen Teil des Talmud dar.

Heter: Ratschlag.

Jarmulke (auch *Kippa*): Käppchen.

Jeschiwa: Schule für das Talmudstudium, Rabbiner-seminar.

Jom Kippur (»Versöhnungstag«): letzter der zehn mit dem Neujahrsfest beginnenden Buß- und Fastentage; im Zentrum steht die Bitte um Vergebung der Sünden und die Versöhnung mit Gott und den Menschen.

Kaddisch: Gemeindegebet, eine gekürzte Fassung wird als Totengebet bei der Bestattung und in der Trau-erzeit gesprochen.

Kasha Warnischkas: Zwischengang mit Buchweizennu-deln.

koscher: rein, den Speisevorschriften gemäß; allgemein: in Ordnung, verläßlich.

Lewelesch: Kuchen.

Mamser: aus Inzestehe oder Ehebruch stammendes Kind.

Marranen (span. *marrana:* Sau): teils zwangsweise, teils freiwillig getaufte Juden im Spanien und Portugal des 15. und 16. Jh., die oft des heimlichen Festhal-tens an ihrem Glauben bezichtigt wurden.

Mea Shearim: von Chassidim bewohnter Stadtteil Jeru-salems.

Menora: siebenarmiger, zu Chanukka achtarmiger Leuchter.

Mesusa (»Türpfosten«): verzierte Glas- oder Metall-kapsel am rechten Türpfosten als Segens- und Schutzsymbol. Sie enthält Pergamentstreifen mit Tora-Zitaten.

Mizwa (»Gebot«): religiöse Pflicht, gottgefällige Tat.

Neschama: Seele.
Narrischkeit: Torheit, Unsinn.

Pessach: Passahfest; achttägiges Fest, das mit dem Seder-
abend beginnt und an die Befreiung aus der ägypti-
schen Sklaverei erinnert.

Rachmones: Mitgefühl, Barmherzigkeit.
Rebbizen: Ehefrau des Rabbi.

Sabra: rote, stachlige Frucht des Sabra-Kaktus.
Schabbes: Sabbat.
Schatnes: orthodoxes jüdisches Kleidungsverbot, unter-
sagt das Vermischen von Wolle und Leinen.
Schaufäden: vgl. Zizit.
Scheitel: von orthodoxen Ehefrauen getragene Perücke.
Schiddach: vom Heiratsvermittler arrangierte Heirat.
Schul: Synagoge.
Seder: Hausgottesdienst und rituelles Mahl am Vor-
abend des Passahfestes zur Erinnerung an den Aus-
zug aus Ägypten.
Schiwa: siebentägige Trauerzeit.
Stiebel: chassidisches Bethaus.

Tallit: Gebetsmantel, der vom Tage der Bar-Mizwa
(Einführung in die Glaubensgemeinschaft) an von
den Männern beim Morgengebet getragen wird.
Talmud (»Lernen«, »Lehre«): aus Mischna und Ge-
mara bestehende umfangreiche Sammlung von Tora-
Auslegungen, um das 5. Jahrhundert schriftlich fixiert.
Tauchbad (*Mikwe*): rituelles Bad mit fließendem Wasser
zur Reinigung nach der Menstruation, von be-

stimmten Krankheiten oder der Berührung eines Toten.

Tefillin (»Gebetsriemen«): zwei schwarze Lederkapseln, die Pergamentstreifen mit Tora-Zitaten enthalten und mit Lederriemen um die Stirn und den linken Arm geschlungen werden.

Tehillim: Psalmen.

Tora: in der Synagoge aufbewahrte, handgeschriebene und geschmückte Pergamentrolle mit den fünf Büchern Mose (Pentateuch), der heiligen Schrift des Judentums.

trefe: unrein, nicht den Speisegeboten entsprechend, Gegenteil von koscher.

Wochenfest (*Schawuot*): wird sieben Wochen nach Pessach gefeiert und erinnert an die Offenbarung am Sinai, zugleich Fest der Erstlingsfrüchte; traditionell werden Milchprodukte aller Art verzehrt.

Zizit: Quasten an den Zipfeln des Tallit zur Mahnung an die Glaubenspflichten.